만주문학 연구

만주문학 연구

김 장 선

도서출판 역락

▌머리말

　나와 만주문학은 숙명 같은 인연이 있다고 할까? 1987년 7월, 나는 대학을 졸업하고 길림성 장춘시(만주시기의 신경)의 한 교육기관에 취직하게 되었는데 숙소는 바로 옛 만주 민생부(民生部) 건물 뒷골목에 있었다. 이 숙소는 만주시기의 여관이었는데 영창로(永昌路)에 위치한 옛 만선일보사(滿鮮日報社) 건물과 1000m 가량 떨어져 있었다. 1988년까지만 해도 만선일보사 건물은 공영 음식점이었는데 나는 이 음식점에 가서 여러 번 식사를 한 적 있다. 또한 이 숙소의 북쪽으로 2000m 가량 떨어진 곳에는 옛 만주 협화회 본부 건물이 있었는데 1990년대 중반까지도 군인 구락부로 사용되어 나는 이 구락부에 가서 늘 영화를 보곤 하였다. 내가 이런 사실을 알게 되었을 때는 이미 만선일보사 건물을 비롯한 많은 만주문학과 관련되는 유적과 사료들이 인멸된 때였다. 낫 놓고 기역자도 모르는 자신의 무지함을 뼈아프게 후회하며 나는 늦게나마 만주문학에 각별한 관심을 갖고 박사 과정을 수료할 때 만주문학 연구를 학위논문 테마로 정하게 되었다

　2003년 6월, 연변대학 조선언어문학학부의 김관웅 지도교수님, 고 권철 교수님 등 여러 교수님들의 많은 지도를 받은 논문『僞滿洲國時期 朝鮮人文學과 中國人文學의 比較 硏究』로 박사학위를 받게 되었다. 2004년 8월, 한국 도서출판 역락의 이대현 사장님께서 이 학위논문을 흔쾌히 출판해주었는데 이 책은 2006년도 대한민국학술원 기초학문육성 '우수학술도서'로 선정되었다. 한국 원광대학교 한국어학부의 김재용 교수님께서 이 책의 출판을 도와주었을 뿐만 아니라 내가 다년간 만주문학을 보다 깊이, 지속적으로 연구할 수 있도록 여러 모로 격려해주고 이끌어 주었다. 이런 분들의 가르

침과 도움에 보답하는 마음으로 지난 몇 년 간 만주문학 연구에 게을리 하지 않도록 애쓴 결과 십여 편 넘는 논문을 쓰게 되었다. 이 졸고들을 책으로 묶는다는 것은 얼굴 뜨거운 일인 줄 뻔히 알면서도 남달리 애쓴 자세와 노력을 조금이라도 평가받고 싶은 그 못난 욕심을 스스로 못 이겨 부족하기 짝이 없는 이 책을 내놓는다.

이 책에 실린 11편의 논문은 모두 몇 년 전에 쓴 것인데 대부분은 여러 학술지 혹은 학술회의에 발표했던 것들이다. 이 책을 엮으면서 일부 논문의 내용을 수정하려다가 원래 이 논문들은 이론적 연구보다 자료 발굴과 정리에 모를 둔 것이라 내용 수정은 별로 의미가 없다고 느껴 부족한 대로 그냥 두었다.

제1부에는 만주 조선인 문학에 관한 논문 6편을 모았다. 이 논문들은 학계의 기존 연구를 섭렵하면서 나름대로 1차 자료에 대한 발굴 정리나 그에 입각한 새로운 시각으로 연구하고자 애쓴 것인데 독자들의 연구에 밑거름으로 되었으면 하는 바람이다.

제2부에는 만주 중국인 문학에 관한 논문 4편을 모았다. 이 논문들은 제반 만주 文學場에서 제일 많은 비중을 차지하는 중국인 문학의 제 양상과 그 연구 양상 및 일부 민감한 문제를 대체적으로나마 그 윤곽을 알 수 있게 한다. 만주 조선인 문학 연구에 새로운 참조가 되지 않을까 싶다.

제3부에는 만주 러시아인 문학에 관한 논문 1편을 모았다. 만주 文學場에서 러시아인 문학은 특수한 비중을 차지하여 조선인 문학과 거리가 좀 멀어 보이지만 "流移民文學"이라는 점에서 조선인 문학 연구에도 참조가 될

듯싶어 러시아인 문학에 대한 깊은 이해나 연구가 없이 기존 연구 성과들을 그대로 섭렵, 소개하는 식으로 이 글을 쓰게 되었다.

주지하다시피 1931년 9·18사변 후, 옛 만주 중국 동북은 1945년 8월 일제가 패망하기까지 14년간 일제의 식민지로 전락되었다. 이 수난의 역사를 중국학계에서는 시간적으로 위만주국시기(僞滿洲國時期) 또는 동북륜함시기(東北淪陷時期)라고 하고 지역사적으로 위만주국(僞滿洲國) 또는 동북륜함구(東北淪陷區)라고 한다. 한국학계에서는 오래전부터 만주라 불렀던 습관대로 이 일제강점기 중국 동북을 그냥 만주라고 한다. 이 책이 한국에서 출판됨을 감안하여 이 책에서 14년간의 일제강점기 중국 동북을 통칭 일제강점기 만주로, 약칭 만주로 함을 특히 밝히는 바이다.

현재 세계적인 경제위기로 모두가 불안하고 어려운 여건 속에서 이 책의 출판을 흔쾌히 허락해 주신 도서출판 역락의 이대현 사장님께 진심으로 감사힌다.

그리고 여기서 사랑하는 아내 李貞子 여사에게 감사한 마음 전하지 않을 수 없다. 남편의 보잘것없는 학문 연구를 뒷바라지하느라 말없이 가정 重任을 홀로 떠메고 자신의 모든 것을 헌신한 아내다. 이 책의 출판이 아내의 그 헤아릴 수 없는 헌신적인 노고에 조그마한 위로라도 되었으면 하는 간절한 바람이다.

2009년 3월 30일

저자

제3부 일제강점기 만주 러시아인 문학 연구

제1부

일제강점기 만주 조선인 문학 연구

만주 文學場에서의 변두리문학의 二重性 연구
—「돌아오는 人生」과 「新生」을 중심으로—

1. 변두리문학이란

　문학장(文學場)은 하나의 상대적으로 자주적인 공간인 동시에 권력장(權力場)과 경제장(經濟場)에 의뢰하는, 상대적으로 비자주적인 공간이기도 하다. 대체로 권력장과 경제장에서 통치지위를 차지한 자는 문학장에서도 통치지위, 즉 중심지위를 차지하게 되며 반대로 정치·경제상에서 피통치지위에 처한 자는 문학장에서도 피통치지위, 즉 변두리위치에 처하게 된다. 중심지위를 차지한 문학은 그 문학장의 담론권(話語權)을 지배하는 중심문학으로 되고 변두리지위에 처한 분학은 담본권이 지배낭하거나 소외낭하는 변두리문학으로 된다. 변두리문학은 그 피지배지위로 하여 정도 부동하게 중심문학에 의뢰하지 않을 수 없게 되며 또한 문학의 상대적인 자주성으로 하여 정도 부동하게 중심문학에서 이탈하기도 한다. 즉 변두리문학은 대체로 중심문학에 의뢰하기도 하고 이탈하기도 하는 이중성을 띠게 된다.

　일제강점기 중국 동북, 즉 만주[1]는 실질적으로 일제의 식민지나 다름없

---

[1] 주지하다시피 일본제국주의는 1931년 9·18사변을 일으켜 중국 동북 땅을 점령하고 1932년 3월에 괴뢰정부 만주국을 건립한다. 이로부터 1945년 8·15를 맞기까지 14년간 중국 동북 땅은 일제의 식민지로 되었다. 중국학계에서는 이 수난의 역사를 위만주국시기(僞滿洲國時期) 또는 동북륜함시기(東北淪陷時期)라고 하는데 현재 흔히 동북륜함시기라고 통칭한다.

었기에 정치, 경제, 문화 등 모든 면에서 일제가 식민통치지위를 차지하고 있었다. 따라서 만주 문학장은 일제의 식민문학장으로 되어 식민문학, 즉 일본인 문학이 담론권을 지배하는 중심문학으로 되었고 피식민 민족문학인 조선인 문학과 중국인 문학은 담론권이 지배당하는 변두리문학으로 되었다.

만주 조선인 문학이나 중국인 문학의 연구에서 적지 않은 작가들의 작품이 친일문학이냐 저항문학이냐 하는 두 가지 상반되는 논점으로 심각한 논쟁을 불러일으키고 있는데 그 주요한 원인은 바로 이런 작품들이 변두리문학의 이중성적인 특징을 비교적 선명하게 띠고 있기 때문이다.

본고는 주로 조선인 문학에서 그 대표작의 하나로 되는 현경준의 장편소설 「돌아오는 인생」과 중국인 문학에서 그 대표작의 하나로 되는 고정(古丁)의 장편소설 「신생(新生)」의 이중성을 분석 연구하는 것을 통해 만주 문학장에서의 변두리문학의 이중성을 조명해 보고자 한다.

2. 변두리문학의 의뢰성

조선인 문학의 대표적 작가의 한 사람인 현경준(1909~1950)의 장편소설 「돌아오는 인생」과 중국인 문학의 대표적 작가의 한 사람인 고정(1914~1964)의 장편소설 「신생(新生)」은 만주 문학장이라는 특정된 문학 환경에서 창작, 발표되면서 변두리문학의 주요특징의 하나로 되는 이중성을 띠게 되었고 그 이중성은 대체로 작품구성의 이중구조와 주제의미의 이중성으로 표현되고 있다.

우선 이중구조의 한 측면으로 되는 표면적인 구조와 그 주제의미를 살

본고에서는 한국독자들의 이해에 편리를 주고자 이 시기 동북을 '만주'라고 칭한다.

펴보기로 한다.

현경준의 장편소설 「돌아오는 인생(도라오는人生)」은 1941년부터 1942년 3월 3일까지 「만선일보」에 연재되었는데 현재 발굴된 부분은 제23회(1941. 11. 1)부터 마지막 회인 제94회(1942. 3. 3)까지이다(이 가운데서 10회분이 빠졌음). 비록 제1회부터 제22회분의 원문을 볼 수 없지만 다행히 중편소설 「유맹(流氓)」이 「돌아오는 인생」의 전편(前篇)으로 된다고 하기에[2] 전반 소설의 구성을 살펴볼 수 있다.

중편소설 「유맹」과 「마음의 금선(마음의 琴線)」(「돌아오는 인생」의 수정판)의 서두를 미루어 보아 「돌아오는 인생」은 서두에서 만주정부의 관심으로 마약중독자들이 소생한 상황을 기록한 것으로 밝히고 있다. 즉 프롤로그 형식으로 본 소설은 만주 국책선양에 협력하고 있는 작품임을 특별히 교대하고 있다.

이 프롤로그 형식의 교대는 당시에 출판된 몇 권 밖에 안 되는 조선인 문학의 작품집들의 서두에서 모두 보여주고 있는 하나의 공동한 현상 내지 특징을 연상케 한다. 「만주시인집」(第一協和俱樂部文化部 發行, 1942년 9월 29일)은 서(序)에서 "建國十週年을 마저 이詩集을 刊行함에 際하야"[3] 하고 시집의 간행에 대해 특별히 교대하였고 「재만조선시인집」(藝文堂 發行, 1942년 10월 10일)은 서문에서 "우리는 이 微誠으로나마 빛난 建國十週年을 慶祝함과 아울러"[4]라고 쓰고 있으며 「싹트는 대지-재만조선인작품집」(만선일보사 출판부 간행, 1941)은 서문에서 "이것이 신만주의 협화정신을 체득한 국민문학에까지 전개되어야 할 것을 그 섬부(贍富)한 장래에 크게 기대"[5]한

---

2) 신형철, 「싹트는 대지 뒤에」, 『20세기 중국조선족 문학사료전집』(제5권), 연변인민출판사, 2001. 4, 725면.
3) 오양호 著 「日帝强占期滿洲朝鮮人文學研究」, 『滿洲詩人集』, 文藝出版社, 1996. 1, 243면에서 재인용.
4) 오양호 著 「韓國文學과 間島」, 『在滿朝鮮詩人集』, 文藝出版社, 1995. 7, 220면에서 재인용.
5) 「싹트는 大地」, 「20세기중국조선족문학사료전집(제5집)」, 연변인민출판사, 2001. 4, 471면에서 재인용.

다고 쓰고 있다. 즉 당시에 출판된 조선인 문학 작품집들은 모두 서두에서 본 작품집은 만주 국책에 협력하고 있음을 특별히 밝히고 있다. 주지하다 시피 당시 만주의 홍보처에서는 엄격한 문예심열제도를 실시하여 조선인 문학, 중국인 문학 등 변두리문학의 작품발표와 간행물의 출판을 통제하면서 국책선양에 협력하도록 강요하였다. 변두리문학은 무엇 보다 먼저 중심문학을 분식 보완하는 분식문학으로 되어야 생존할 수 있었다. 즉 조선인 문학이나 중국인 문학은 당시 만주 문학장에서 변두리위치에서라도 생존 발전하자면 우선 중심문학에 의뢰하지 않을 수 없었다. 상기한 작품집들이 프롤로그 식으로 보여준 국책협력의 색채는 바로 변두리문학의 생존공간을 확보하는 생존방식 내지 보호수단의 한 반영이라고 할 수 있다.

1930년대 말에 만주의 조선인 문단은 「만선일보」 학예란이 유일한 발표공간으로 되나 다름없었기에 절대 대부분의 문학작품은 「만선일보」 학예란을 통하여만 발표될 수 있었다. 「만선일보」 학예란은 만주의 식민언론 도구나 다름없었던 만큼 작품이 발표되자면 일본인 심사관의 심사를 받아야 했다. 장편소설 「돌아오는 인생」도 예외가 아니었을 뿐만 아니라 몇 달 동안이라는 긴 시간으로 연재 발표되어야 했다. 할진대 소설 「돌아오는 인생」은 「만선일보」에 무난히 발표되자면 중심문학이 강요하는 국책선양의 색채를 띠지 않을 수 없었다.

이런 특정된 상황에서라고 할까 「돌아오는 인생」은 만주정부에서 마약 중독자들을 소생시키기 위해 설립한 금연 보도소(禁煙輔導所)라는 한 특수부락에서 보도소 소장이 중독자들을 개전(改悛)시키는 이야기가 주선(主線)을 이루고 있다. 소설의 한 주인공인 보도소 소장은 "빗두루 인생의 행로에서 탈선하여 나간", 즉 "지옥에서 헤매는 무리들을 개전시켜 다시금 참다운 사회인으로 맨들려구 자청을 하여온" 지도자로서 그 직책에 충성한다. 그는 "한번 시작만하면 좀체로 끊을줄 모르는 설교"와 구류소(拘留所)에 구류시키는 형벌 등 각종 수단으로 중독자들을 개전시키려 하나 별로 효과를 보지 못하자 책략을 바꾸어 일부 마음 여린 사람들을 대상으로 인심을 수매하는 수단을 쓴다. 그는 명우라는 순박한 청년을 도와 순녀라는 처녀와 결혼하도록 주선해주고 또 조선에 있는 명우의 어머니를 모셔오며 명우가 부락학교에서 교편까지 잡게 한다. 보도소라는 이 특수부락에서 소장의 덕분으로 단란한 가정을 꾸리고 소생하게 된 명우는 자각적으로 또 인규라는 지식인 중독자를 개전시키기에 애쓴다. 인규도 나중에는 새 살림을 차릴 결심을 내리고 학교 일을 보러 나선다. 이밖에 순동이라는 청년은 새로 이민 온 복순이라는 처녀와 행복한 가정을 꾸리게 된다. 이렇게 보도소는 중독자들이 소생시키는 곳이기에 소설은 나중에 "여러사람들이 한곳에 모혀서서 희열과 희망에 빗나는 눈으로 풀은하눌을 흘러가는 힌구름을 어느때까지던지 바라보고잇다."는6) 명랑한 분위기로 끝난다. 이는 당시 만주 국책선양과의 협력을 보여주는 이야기가 아닐 수 없다. 다시 말하면 국책문학에 협력하는 색채를 띠고 있다.

일부 학자들이 이 소설을 일제의 식민지정책에 호응한 작품 내지 친일 작품으로 평가하고 있는데 이는 결코 일리가 없는 것이 아니라 하겠다. 하지만 이런 색채의 다소 혹은 주차를 명확히 밝히고 그에 따라 작품을 전면적으로 평가하는 것이 바람직한 자세라고 하겠다.

소설 「놀아오는 인생」에서 상기한 이야기 즉 국책선양과의 협력석인 색채를 드러내 보이는 이야기는 비록 주선으로 되기는 하지만 제반 소설 구성에서 다만 표층구조를 이룬다고 하겠다. 한 것은 소설은 상기한 이야기 외에 또 다른 이야기로 그 의미색채가 잘 드러나지 않는 심층구조를 이루고 있기 때문이다.

이 심층구조에 대한 분석은 잠시 뒤로 미루고 고정의 장편소설 「신생」의 표층구조를 살펴보기로 한다.

---

6) 연변대학 조선언어문학연구소 편, 『중국조선민족문학대계 (9) 소설집(현경준)』, 흑룡강조선민족출판사, 2002. 2, 711면에서 재인용.

고정의 장편소설 「신생」은 1944년 2월 「예문지(藝文志)」(제1권 제4호)에 발표되었는데 이 해 말에 단행본으로 출판된 동시에 제2차 대동아문학상(大東亞文學賞) 은상을 수상했다.

1940년 가을 신경(지금의 장춘)에 페스트가 유행되었는데 고정이 살고 있던 집 구역이 전염구역으로 되어 고정 일가는 교외에 있는 전염병 병원에 십여 일 동안 격리되었다. 작가는 바로 이 경력을 소재로 장편실화소설 「신생」을 창작하였다고 한다.

소설의 주인공 '나'는 집 구역이 페스트 전염구역으로 되어 갑자기 방역원(防疫員)들에 의해 일가와 함께 교외의 찌하야(千早)병원에 격리된다. 이 병원에서 중국 사람이든 일본사람이든 모두 불안한 생활을 하는데 중국인과 일본인은 따로 거주할 뿐만 아니라 서로 접촉하지 못하게 한다. '나'는 중국인들은 무식하고 무질서하며 비위생적이고 일본인들은 질서 있고 위생적이란 것을 보아내게 된다. '나'는 일본말을 할 줄 알기에 산책시간에 고우노(甲野)라는 일본인과 사귀게 된다. '나'는 갑야에게 담배가 부족한 것을 알고 '나'의 담배를 준다. 갑야는 '나'에게 치약과 칫솔 그리고 담요를 준다. 이렇게 두 사람은 서로 도움을 주면서 친숙해진다. 그리고 정부와 시민들은 격리병원에 위문품을 보내주면서 격리된 사람들을 격려해준다. 격리되어 보름 만에 전염병 환자가 없다는 것이 확인되자 격리된 사람들은 시내에 있는 중간 격리소로 옮겨온다. 이 격리소에서 사람들은 정부에서 주는 새 옷과 이부자리들을 나눠 가지게 되며 이밥에 맛 좋은 요리들을 먹으면서 일주일간 안온한 격리생활을 하게 된다. 여기에 격리된 사람들은 중국인이든 일본인이든 민족을 가리지 않고 함께 밥을 먹는데 일본인 옷만 입으면 일본음식을 주기까지 하기에 어떤 사람들은 이것이 바로 "민족협화"라고 이야기한다. '나'와 아끼다(秋田)라는 일본인은 함께 청주 ―일본 술을 마시면서 이번에 두 민족이 서로 민족편견을 버리고 동심협력하였기에 페스트를 전승할 수 있었다고 하며 앞으로 운명공동체라는 신념을 갖고 두 민족의 행복을 위해 영원히 이와 같이 분투하자고 이야기 나눈다. 또한 이번의 격리생활은 죽었다가 다시 살아난 것이나 다름없는데 이는 두 민족의 신생이라고 동감을 표하면서 서로 신생을 축복한다. '나'의 집 또한 방역원들이 과학적으로 소독하고 잘 보호하였기에 모든 것이 그대로 보존되어 있다. '나'는 새로운 삶을 얻은 것이 꿈같이 느껴지며 행복감에 잠긴다.

「신생」은 바로 이런 이야기로 만주정부와 시민, 중국인과 일본인이 일심협력하여 죽음의 신처럼 무서운 페스트라는 전염병을 순조롭게 물리쳐 격리구역의 사람들이 신생을 찾게 되었다는 국책선양의 주제의미를 보여주고 있다. 「신생」은 이런 주제의미로 하여 제2차 대동아문학상(大東亞文學賞) 은상을 받게 되었다.

이로 하여 일부 학자들은 「신생」을 한간(漢奸)문학으로 평가하고 작가 고정을 한간(漢奸)문인으로 평가하기도 하였다. 이 역시 일리가 없는 평가는 아니라고 할 수 있지만 올바른 평가라고는 할 수 없다. 이 주제의미는 「신생」의 표면구조에서 보여주는 주제의미에 지나지 않고 심층구조에서는 또 다른 주제의미를 암시해주고 있기 때문이다.

보다시피 소설 「돌아오는 인생」이나 「신생」은 모두 우선 국책선양에 협력한 색채를 띠고 있다. 이는 하나의 공동한 원인으로 기인된 것이라고 할 수 있다. 만주 문학장에서 조선인 문인이나 중국인 문인들의 작품이 문단에 공개 발표되자면 최저로 만주 홍보처 산하의 관련 심사관의 심사를 받아야 했고 단행본으로 출판되자면 작품 심사는 말할 것 없고 지어 인쇄용 종이마저 만주 종이배급제도에 따라 신청하고 배급받아야 했다. 이런 특정된 문학 환경에서 변두리문학의 작가들이 작품을, 더욱이 장편소설을 창작 발표하자면 이런 피지배적인 요소를 의식하지 않을 수 없다. 다시 말하면 변두리문학의 생존권 내지 담론권은 우선 중심문학의 지배 하에서만이 그 존재가 가능하였기에 변두리문학 작품들은 중심문학의 색채를 띠지 않을 수 없다. 즉 변두리문학은 우선 중심문학에 의뢰하여만 그 생존공간을 차지할 수 있는데 이를 중심문학에 대한 변두리문학의 의뢰성이라고 하겠다. 이런 의뢰성은 변두리문학으로서는 회피하기 어려운 한 특징으로 되며 대체로 의뢰성의 다소나 주차에 의해 작품의 주제성향 내지 가치가 다르게 된다.

상기한 두 소설이 국책선양에 협력하는 색채를 띠고 있는 것이 바로 이런 의뢰성의 표현이라고 할 수 있다. 두 소설에서 표현된 의뢰성은 다만 표면구조에서 보여준 한 특징으로 될 뿐 전부 특징은 아니다. 두 소설의 다른 한 특징은 구성상의 심층구조에서 찾아보기로 한다.

3. 변두리문학의 자주성과 민족성

일제강점기 만주 문학장에서 조선인 문학이나 중국인 문학은 변두리문학으로 피지배적인 지위에 의해 중심문학에 대한 의뢰적인 특징을 갖고 있었지만 다른 한 면으로 일반문학으로서의 자주적인 특징과 민족문학으로서의 민족특징도 정도 부동하게 갖고 있었다. 이런 자주성과 민족성은 변두리문학의 개성적인 한 특징으로 되었고 동시에 중심문학의 지배에서 이탈하려는 원심력(遠心力)으로 되었다. 소설 「돌아오는 인생」과 「신생」의 심층구조에서 이 특징을 잘 보여주고 있다.

우선 소설 「돌아오는 인생」의 심층구조를 살펴보기로 한다. 소설의 한 주인공인 보도소 소장은 보도소라는 이 특수부락에서 가부장적인 권력을 갖고 있기에 모름지기 모든 면에서 권위와 자부심을 가진 당당한 인물이어야 한다. 하지만 그는 중독자들을 설교하거나 훈계할 때 오히려 중독자들의 반발과 조소를 당하여 울상이 된다. 그는 보도소에서 제일 순박한 청년이라고 할 수 있는 명우를 개전시킬 때도 "나는 진정으로 군에게 애원하네” 하며 “눈물까지글성하여 금시에두볼을적실것갓다.”7) 이렇게 그는 사실상 중독자들 앞에서 권위와 자부심이 없는 가련한 인물이기도 하였다. 그는 설교나 훈계로서는 중독자들을 소생시키기 어렵게 되자 주로 순박한 처녀총각들의 중매를 서 주는 등 감화교육으로 그들을 소생하게 한다. 이런 인성 감화 방법 외에 그는 거의 속수무책이다. 여기서 정부의 법령이나 시책으로는 중독자들을 소생시킨다는 것이 거의 불가능한 일이라는 의미를 제시해준다고 하겠다.

> 소장은책상에 기대안저서 머언 하눌을하염업시바라보며 것잡을수업는 생각에 잠겻다.
> 부락이 건설된지가 어제갓드니 생각하면 벌서 이개년이나된다.
> 그런데 그동안에 자기가한일은 과연무엇이엇든가?
> 온갓애를 다써오며 부락의 소생에전력을 기우렷다지만 부락상태는 여전 처음과 한모양이아닌가?
> 생갈할수록 암담해남을금할수가업다.
> 무엇보다도 그가 가슴속에 슬픔을 느끼는 것은 규선이와 인규의 일이다.
> 인제 며칠후면 규선이는 마을로 도라올것이아닌가?
> 그가 도라오다면 자기는 어떠한 태도와 방법으로 이끌어 나가야 할것인가?
> ……
> 이런 것을 생기히면 소장은 그만 두엇게심이 나릿하니 풀러지며 눈아피 캄캄해 나지안흘수가업다.8)

이것은 “한알의 보리알이 돼가지구새로운 싹을 길르기위해 부락민의 소생을위해 훌늉히 썩어보려구 결심”하고 모든 노력을 다해온 소장의 심리이다. 참으로 중독자 못지 않게 가련한 인물이다. 어찌 보면 소장 역시 중독자라고 할 수 있다. 즉 그는 보도소의 마약중독자가 아니라 만주의

---

7) 현경준, 『도라오는인생』, 앞의 책, 588면에서 재인용.
8) 현경준, 앞의 책, 702~703면에서 재인용.

국책중독자였다고 하겠다.

　소설은 또 중독자의 한 대표인물로 등장된 규선이라는 인물의 언행으로 심층구조의 다른 한 주선을 이루고 있다. 규선이는 "한때는 정치운동의 선봉에나서서 불타는 정열로 날뛰"었던 지식인으로 보도소에서 기회만 있으면 탈출을 시도하여 여러 번이나 구류소에 잡혀가 "교양" 받았지만 한사코 "개심"하지 않는다. 그는 보도소 소장을 "우리두불상하다지만 참말루불상한 사람은저소장"라고 보며 "이 망할놈의 세상이뒤집퍼지는 것"을 "보구 죽엇으면 한이 업을껏 갓트"다고 생각한다. 그는 "마음의 녹쓸은 줄"이 "다시울어줄"꿈을 잊지 않고 있다.[9] 그는 나중에 구류소에 갈 때 "아무리해두 제 길로 바루 들어설수는 업"다면서 아내더러 자기한테 매달려 살지 말기를 바란다. 그의 아내는 남편 개심할 수 없음을 느끼고 규선이가 구료소로 떠나간 지 약 두어 시간 지나서 서른아홉 살 나이에 자살하고 만다. 이는 보도소에 대한 부정이 아닐 수 없다. 규선이는 아내의 자살로 인하여 보도소에 돌아오지만 소설의 결말에서 그의 개심 여부는 알 바 없이 몽롱하게 묘사되어 있다. 규선이의 개심 여부는 우회적인 수법으로 심층구조를 이루면서 보도소에서 진정으로 새로운 인생을 찾을 수 있겠느냐 하는 의혹 내지 부정을 암시해 준다고 하겠다. 보도소에서 새로운 인생을 찾을 수 있다는 표면구조의 주제의미와는 전혀 다른 주제의미가 아닐 수 없다.

　소설은 이렇게 보도소 소장의 형상이 이중적이라고 할 만큼 모순되게 묘사되었을 뿐만 아니라 명우와 같이 개심한 '긍정적인' 인물을 묘사하였는가 하면 규선이와 같이 개심여부를 알 바 없는 '부정적인' 인물도 생동하게 묘사되어 있어 단순히 국책선양에 협력한 색채만 띠고 있는 것이 아니라 국책에 대한 의심 내지 부정의 색채도 띠고 있음을 제시해 주고 있

---

9) 현경준, 앞의 책, 590~596면.

다. 국책에 대한 의심 내지 부정의 주제의미는 만주의 금연정책의 기만성과 암울한 현실에 대한 사실주의적인 반영이라고 할 수 있다. 다시 말하면 소설은 사실주의 창작수법으로 심층구조를 엮어나가면서 주제의미의 이중성을 보여주고 있다.

　고정의 소설 「신생」도 구성상에서 심층구조를 갖고 있다. 소설은 우선 서두에서 페스트 전염의 위험에 직면한 도시사람들의 불안한 심리상태와 생활상을 진실하게 묘사하면서 당시 만주 수도의 불온한 상태와 암울한 분위기를 보여주고 있다. 이는 만주 수도를 건설적인 명랑한 분위기로 묘사한 당시 중심문학의 색채와 전혀 다른 색채가 아닐 수 없다. 다음 소설은 중국인들이 격리병원에서 잠자리를 다투고 밥을 다투고 도박을 놀고 마약을 먹는 등 무식하고 우매한 측면을 숨김없이 묘사하면서 이들에 대한 계몽의 필요성과 그 박절함을 절실히 제시해주고 있다. 소설의 주인공 ‘나’는 민중을 계몽하는 것이 문학가의 의무임을 절실히 느끼는 동시에 문학의 힘이 미약하다는 것을 느끼게 된다. 소설은 또 ‘나’가 격리병원에 격리된 후 고독과 죽음의 위험 속에서 암울한 나날을 보낼 때 병원 밖의 예문(藝文)동인지 동인들로부터 물심양면으로 되는 도움을 받는 이야기와 그 뜻 깊은 체험을 진실하게 엮고 있다. 외문(外文)을 비롯한 예문지 동인들은 병원외 감시를 피해가면서 ‘나’에게 생활필수품을 전해 줄 뿐만 아니라 병원 밖의 상황과 예문지의 간행 상황을 전해주어 ‘나’는 “확실히 하루를 살면 하루의 일을 해야 한다.”는 생활도리를 다시금 깨닫는다. 특히 외문은 일단 발견되면 병원에 격리될 위험 즉 생명의 위험을 무릅쓰고 늦가을의 찬 비바람을 흠뻑 맞으면서 ‘나’에게 위문품과 동인지 소식을 전해준다. 이 따뜻한 우정은 고독과 죽음을 물리치는 힘으로 되었고 생의 가치를 절실히 느끼게 한다. ‘나’는 신생을 얻게 된 것은 동인지의 도움 그리고 우정과 갈라놓을 수 없다고 생각한다. 하여 소설은 이렇게 결말을 맺고 있다.

친구들은 모두 나를 보러 왔고 위문을 표하는 식료품들을 보내왔다. 나
는 새로운 삶으로 돌아왔음을 진정으로 느꼈다. 이는 사랑으로 넘치는 새
로운 삶이다.
나는 사랑에 도취되었다.[10]

여기서 소설은 죽음의 위험에 직면한 특정된 생존환경에서 동인들의 우
정과 사랑이 진정으로 새로운 삶을 얻게 하였다는 심층적인 주제의미를
제시해준다고 볼 수 있다. 소설 「신생」은 작가가 직접 겪은 경력과 체험
을 소설화한 것으로서 이런 심층적인 주제의미는 표면적인 의미보다 더욱
실질적인 공감을 불러일으킨다. 소설에 등장한 외문을 비롯한 동인들은
모두 현실생활에 실재한 인물들이었고 적지 않은 소재들은 실제 사실이었
다. 이는 소설의 사실주의 창작수법을 선명하게 보여준다고 하겠다.

보다시피 장편소설 「돌아오는 인생」과 「신생」은 그 구성상에서 모두 사
실주의 창작수법으로 심층구조를 엮어나갔다. 이 사실주의 창작수법은 당
시에 국책 선양과 분식을 위해 중심문학이 주장 강요했던 낭만주의 창작
수법과 반대되는 창작수법이라고 할 수 있다. 이는 국책문학에서 이탈하
려는 특징이 아닐 수 없다. 다시 말하면 만주 문학장에서 변두리문학은
중심문학에서 이탈하려는 장력(張力)을 갖고 있었는데 이 특징을 곧 변두리
문학의 이탈성이라고 하겠다.

4. 이중성 연구의 중요성

장편소설 「돌아오는 인생」과 「신생」은 모두 한 면으로 국책선양에 협력
하는 분식문학의 색채, 즉 중심문학에 의뢰하는 특징 — 의뢰성을 보여주
고 다른 한 면으로 국책선양 내지 당시 현실사회에 대한 의심 내지 부정

---

10) 古丁, 「新生」, 「藝文志」 第1卷 第4號, 1944. 2, 219면.

의 색채 즉 중심문학에서 이탈하려는 특징―이탈성을 보여주고 있다. 이 이중성―의뢰성과 이탈성은 두 소설의 공통적인 특징으로 되는 동시에 변두리문학의 한 특징으로 된다고 하겠다.

조선인 문학이나 중국인 문학의 연구에서 일부 작가의 작품들이 친일작품이니 저항 작품이니 하는 서로 대립되는 논점으로 논쟁을 일으키고 있는 원인의 초점은 바로 변두리문학의 이중성에 대한 연구가 전면적이지 못한 데 있다고 하겠다. 현경준의 소설 「돌아오는 인생」과 고정의 소설 「신생」이 그 보기가 된다고 할 수 있다.

이런 작가와 작품을 올바로 평가하자면 우선 만주 문학장이라는 특정된 문학 환경에 대한 전면적인 이해로부터 출발하여 변두리문학의 이중성을 전면적으로 분석 평가해야 한다. 필자는 변두리문학의 이중성에 입각하여 소설 「돌아오는 인생」과 「신생」을 국책선양의 색채를 띠고 있으면서 우회적으로 저항의식을 보여준 민족적인 사실주의 작품이라고 평가해 보며 작가 현경준과 고정을 험악한 문학 생존환경에서 민족기개를 잃지 않고 민족문학의 개척과 발전에 일정한 기여를 한 사실주의 민족작가로 평가해 본다. 일본학자 오자끼(尾崎)가 '면종복배(面從腹背)'라는 일본어 한자성구로 고정을 평가하고 있는 것도 이런 시점에서 출발한 것이 아닌가 생각된다.[11]

요컨대 만주 문학장에서 조선인 문학과 중국인 문학은 변두리문학이라는 특정된 지위로 하여 중심문학―국책문학에 의뢰하면서도 이탈하는 이중성적인 특징을 갖게 되었으며 그 작품들은 대체로 이 이중성의 다소와 주차에 의해 주제 성향이 다르게 되고 따라서 그 작가와 작품의 문학적 지위와 가치도 다르게 된다. 이는 시기의 조선인 문학이나 중국인 문학을 보다 전면적으로 연구함에 있어서 자못 중요한 연구시점으로 된다고 하겠다.

―2004년 10월

---

11) 紀剛 「面從腹背―古丁」, 李春燕 編, 『古丁作品選』, 春風文藝出版社, 1995년 6월, 644~647면 참조.

이마무라 에이지 연구

1. 문제의 이마무라 에이지

주지하다시피 만주의 많은 조선인 문인들은 열악한 사회 문화 환경 속에서도 시종 민족문자 즉 한글로 문학 창작활동을 진행하여 만주의 조선인 문단을 생성 발전시키고 한민족문학 내지 한국문학의 맥락을 계승하였다. 이와 동시에 당시의 특수한 사회 역사 상황으로 말미암아 일부 조선인 문인들은 일본어로 문학 창작활동을 진행하게 되었는데 이 일본어로 창작된 문학작품 역시 만주 조선인 문학의 간과할 수 없는 한 부분으로 되었다.

이마무라 에이지(今村榮治)가 바로 만주에서 일본어로 문학 창작활동을 진행한 조선인 문인들 가운데의 대표적 작가라고 할 수 있다. 그는 만주라는 이 특수한 사회, 역사, 문화 환경 속에서 한 조선인 문인의 문학지향 및 민족 신분 의식에 대한 고민과 방황을 심각하게 보여주었고 국책문학 즉 식민문학과의 협력도 비교적 뚜렷하게 보여주었으며 그의 신상 또한 불명하여 남달리 독특한 양상을 보여주고 있다. 이 양상에 대한 조명은 만주 문학장(文學場)에서의 제반 조선인 문학을 보다 전면적으로 올바르게 이해하고 평가하는 데 있어서 자못 의미 있는 과제로 되어 있다.

이마무라 에이지에 대한 연구는 오래전부터 여러 모로 시도되었으나 주로 문학사료 발굴의 부진으로 아직 본격적인 연구가 진행되지 못한 상황이라고 할 수 있겠다. 중국 학계에서는 거의 공백으로 되어 있고 한국 학계에서는 채훈 교수가 이마무라 에이지의 "작품세계가 재만 한국문학이라는 큰 흐름 속에서 어떠한 위치를 차지하는가를 가늠해"[1] 보아야 한다고 일찍 논제를 제기한 뒤 최근에 사료 발굴, 정리 작업이 한창 추진되고 있는 상황이라고 할 수 있으며 일본 학계에서는 오카다 히테키(岡田英樹)교수가 1990년대 초에 이마무라 에이지를 재만 조선인 작가로 홀시 할 수 없는 연구 대상임을 밝힌 뒤[2] 최근에 구체적인 연구가 시도되고 있는 상황이다.

필자는 최근 년에 이마무라 에이지에 관한 일부 자료들을 새로 발굴, 수집하게 되었는데 본고는 주로 이 자료들에 근거하여 기성연구성과와 기존자료를 참고, 보완하면서 이마무라 에이지에 대한 보다 전면적인 연구를 시도해 보고자 한다.

2. 이마무라 에이지의 문학창작활동

이마무라 에이지는 1911년(메이지 44년)에 조선의 한 장씨(張氏) 가정에서 출생하였는데[3] 이름은 아직도 확실하게 알려지지 않고 있다. "今村榮治의 본명에 대해서 일본 문학 평론가 川村湊氏는 장환기(張喚基)라고 판단하고 있지만 확정적이라고는 보지 않는다."[4] 그가 언제 만주에 들어왔는지는 딱히 알 수 없지만 문학 창작활동은 그의 처녀작이라고 추정되는 단편소

---

1) 金烈圭외 지음, 『대륙문학 다시 읽는다』, 대륙연구소 출판부, 1992. 8, 311면에서 인용.
2) 『偽滿洲國文學』, 吉林大學出版社, 1992. 9, 290~295면.
3) 滿洲文藝年鑑編纂委員會 編, 『滿洲文藝年鑑』 康德9年版, 1943. 11면.
4) 大村益夫, 布袋敏博 編, 『舊滿洲』文學關係資料集』(2), 2001. 3, 2면에서 인용.

설 「악몽(惡夢)」(1935년 8월 2일에 『신경일일신문(新京日日新聞)』 학예란에 발표됨)의 발표를 계기로 1935년부터 시작되었다고 추정해 볼 수 있다. 강덕 9년의 『만주문예년감』에 실린 예문인명록(藝文人名錄)을 의하면 그는 신경(新京, 지금의 장춘시) 대륙과학원(大陸科學院)을 졸업하고 신경 홍안대로(興安大路) 221번지 석로장(石露莊)에 거주하였다.[5] 그는 『신경일일신문』을 통해 문학작품들을 발표하기 시작하며 일찍 이 신문의 학예란을 중심으로 한 일본인문학 동인에 참가한다. 그는 선후로 신경의 일본인 문인들이 조직한 『문학지대(文學地帶)』의 동인으로, 1937년 8월에 설립된 만주문화회 신경지부(滿洲文化會 新京支部) 회원으로 되며 1939년에는 신경 만주만일문화협회 소속 만주문화회 사무(滿洲滿日文化協會囑託 滿洲文化會事務)로[6] 되었다. 그리고 1939년 11월에 출판된 『만주문예년감』의 저작인 대표이자 발행인으로 된다. 또한 이 해 10월에 문화회에서 조직한 만주 각지 현지시찰단의 성원으로 뽑혀 현지시찰을 나가며 1940년 가을에는 일본파견단 성원으로 되어 처음으로 일본에 가보게 된다. 1941년 7월에는 문화회의 변신인 만주문예가협회(滿洲文藝家協會)의 비서(書記)로 된다.

보다시피 그는 일본인들의 여러 문학단체에 참가하였을 뿐만 아니라 일정한 직무들을 맡기까지 한다. 하지만 이런 화려한 경력의 이면을 밝혀 보면 사실 그는 이런 단체들에서 대체로 문학실무와 관련되는 번잡한 일들을 맡아하는 잡부나 다름없었고 신분, 직위상 실질적인 권위는 제로나 다름없었다고 하겠다.

일본말로 이마무라 에이지라는 성씨가 장씨인 조선인이 문화회 사무국의 실무를 맡아보기 위해 신경에서 대련으로 왔다. 서로 부동한 의견을 갖고 있는 여러 사람들이 그를 마음대로 부려먹는 바람에 그는 지탱하기 어려워 나중에 시등(柴藤) 선생한테로 가서 그의 부하로 되었다. 듣건대 시등

---

5) 滿洲文藝年鑑編纂委員會 編, 앞의 책 참조.
6) 滿洲文化會 編 『滿洲文藝年鑑』(昭和十四年版), 1939. 11, 467면 참조.

선생이 정신상에서나 물질 상에서 여러 번 그를 절망 속에서 구해 주었다고 한다.[7]

　　이마무라 에이지는 이런 불운을 당하면서도 이런 단체를 떠나지 못하였다. 그 원인은 물론 여러 가지일 수 있겠지만 주요하게는 그가 이런 단체를 떠난다면 곧 문단을 떠나는 것과 마찬가지나 다름없게 되기 때문이라고 볼 수 있다. 그는 비록 조선인이기는 하지만 한글을 모르는 탓으로 혹은 잘 못하는[8] 탓으로 조선인 문단에는 등단할 수 없었다. 열혈 문학도로서의 이마무라 에이지는 자신의 문학지망을 실현하기 위해서는 불운을 당하면서라도 부득불 일본인 문단에 등단해야 하였다.

　　그가 열혈 문학도이었다는 것은 1937년 11월 5일 그의 숙소에서 일어난 화재 사건 하나만으로도 충분히 확인해 볼 수 있다. 이날 새벽, 그는 창작에 너무 몰두하다나니 초불에 원고지가 불 달리고 신문이 타고 천장이 불타는 것도 몰랐다. 다행히 무의식간에 정신을 차려 정신없이 불을 끄기는 하였지만 손발이며 얼굴에 화상을 입어 병원에 입원하게 되었다. 당시 만주의 유명한 일본인 문인이었던 오오우찌 다까오(大內隆雄)는 "이 사건에서 그가 얼마나 문학에 집착하였는가를 쉽게 알 수 있다."라고[9] 평하였다.

　　이마무라 에이지는 일본인 문인들이 원고비가 적다니 작품을 평론해주지 않는다니 하면서 불평 부릴 때에도 이렇게 생각하고 있었다.

　　　그 시끄러운 원고료가 없더라도 자신의 생각을 소설, 시가 등 형식으로 써내어 그것이 활자로 되어 다시 자신의 눈앞에 나타난 문장을 검토해 볼 때 흥분되거나 만족감을 느끼는 것으로 족할 것이다.[10]

---

7) 『僞滿洲國文學』, 앞의 책, 293면에서 인용.
8) 『僞滿洲國文學』, 앞의 책, 294면 참조.
9) 大內隆雄 『滿洲文學二十年』, 國民畵報社, 1944. 10. 5, 235면에서 인용.
10) 今村榮治, 「佐和山一郎卜 ―(謝禮卜批評)ノコト」, 『新京日日新聞』, 1936년 4월 8일자에서 인용.

남다른 문학 의식과 창작 정열로 하여 이마무라 에이지는 비록 자기 민족어가 아닌 일본어로 문학 창작활동을 진행해야 하였지만 그 창작 초기부터 뛰어난 문학 재주로 적지 않은 작품들을 창작 발표하게 되었다.

그의 문학 창작 초기라고 인정되는 1935년부터 1937년 사이에 그는 선후로 「악몽(惡夢)」(『新京日日新聞』 1935년 8월 2일~8월 13일자에 여섯 번에 나누어 연재됨), 「애증기(愛憎記)」(『新京日日新聞』 1935년 9월 11일~9월 21일자에 여덟 번에 나누어 연재됨), 「정사(情死)한 여인(心中シタ女)」(『新京日日新聞』1935년 11월 16일~20일자에 네 번에 나누어 연재됨), 「여인들의 사랑(女タチノ愛情)」(『新京日日新聞』 1937년 9월 9일~9월 15일자에 여섯 번에 나누어 연재됨) 등 단편소설들과 「좌화산일랑에게(佐和山一郎卜)」(『新京日日新聞』 1936년 4월 2일), 「금년부터는(今年カラハ)」(『新京日日新聞』1937년 1월 22일~23일 자에 연재됨), 「자신을 굳세게(拳堅我ガ身ヲ持スベシ)」(『新京日日新聞』1936년 4월 20일), 「이 계절과 나(コノ季節卜僕)」(『新京日日新聞』 1937년 5월 18일자), 「병상 잡기(病床雜記)」(『新京日日新聞』 1937년 11월 18일) 등 수필들을 창작 발표한다.

이어 그는 1938년에 단편소설 「동행자(同行者)」를 발표하면서부터 문학 창작 중기에 들어선다. 단편소설 「동행자(同行者)」는 처음 『좁은 거리(隘衢)』(1938년 초)에 발표되었다가 『만주행정(滿洲行政)』(1938년 6월)에 다시 발표되며 몇 달 후에는 『만주낭만(滿洲浪漫)』(1938년 10월)에 수록된다. 그 이듬해에는 『만주문예년감(滿洲文藝年鑒)』(제3집, 1939년 11월 10일 만주문화회 편)에 수록된다. 이렇게 이 소설이 네 차례에 걸쳐 네 가지 간행물에 발표되는 가운데서 이마무라 에이지는 일본인 문단의 주목을 받게 되며 「동행자」는 그의 대표작, 출세작으로 된다. 이 소설을 계기로 그는 일본인 문인들로부터 만주 문학장의 반도인(조선인) 대표문인으로 인정받으면서 점차 각종 사회, 문학 활동에 참석하게 된다. 이런 사회, 문학 활동 속에서 그는 점차 식민 문학─일본인 문학과의 협력을 보여주는 작품들을 창작 발표하기 시작한다. 그는 이 시기에 비교적 왕성한 창작력으로 「신태(新胎)」(『만주행정』 5권 6

기~6권 1기 즉 1938년 12월~1939년 1월), 「고아(孤兒)」(『新天地』 1939년 4월호, 5월호, 7월호에 연재됨), 「출세(出世)」(『宣撫月報』 4권 11기, 1939년 12월) 등 단편소설들과 「비바람이 지나간 후(風雨ノアト)」(『宣撫月報』 4권 4기, 1939년 4월), 「동옥(凍屋)」(발표시간 미상) 등 희곡작품들을 창작 발표한다. 이런 작품들은 예술적으로 그의 문학재능을 보여주고 있지만 그 내용과 주제 및 장르 면에서 식민문학과의 협력을 비교적 뚜렷하게 보여주고 있다. 또한 이런 작품들은 그의 제반 문학작품 가운데서(지금까지 발굴된 작품가운데서) 제일 큰 비중을 차지하고 있다.

이렇게 조선인 문인 대표로 떠오르며 왕성한 창작활동을 보여주던 이마무라 에이지는 1940년대 초에 들어서면서 문득 필을 꺾은 듯 문학작품의 발표가 뜸해진다. 지금까지 발굴된 작품을 볼 때 그는 1940년부터 만주가 멸망될 때까지 겨우 「안개비(霧雨)」(『山南海北話滿洲』 만주문화회, 1940년 6월), 「영흥촌의 조선농민들(榮興村ノ鮮農タチ)」(『藝文』, 2권 6기 1943년 6월), 「현지지도자(現地指導者)」(『續現地隨』 만주신문사, 1943년 8월 30일) 등 몇 편의 수필을 창작 발표한데 그친다.

그의 집요했던 문학지망과 왕성했던 창작력 그리고 당시 그의 신분과 사회, 문학 활동들을 감안해 볼 때 1940년대 초반은 자연히 이마무라 에이지의 문학창작 왕성기로 되어야 한다. 구경 그 어떤 원인으로 인하여 이마무라 에이지가 왕성기에 문득 문학 창작활동을 멈추다시피 하였는지는 자료의 부족으로 지금까지 딱히 알 수 없다. 여하튼 이 시기는 분명히 이마무라 에이지의 문학 창작후기라고 볼 수 있다. 이 시기에 발표된 작품은 위에서 밝히다시피 수필 몇 편 밖에 안 되며 그 수필 또한 작가의 문학적 재능을 의심할 정도로 예술성을 운운할 여지가 없다고 하겠지만 그 작품들은 주제와 내용상에서 식민문학과의 협력을 보다 뚜렷하게 보여주고 있다.

3. 이마무라 에이지의 작품세계

이마무라 에이지의 문학작품은 초기, 중기, 후기로 나누어 볼 수 있다. 그는 문학 창작초기에 주로 청춘 남녀들의 사랑을 제재로 한 소설들을 창작 발표하였다.

단편소설 「악몽(惡夢)」은 이마무라 에이지의 처녀작으로 추정되는 작품이다. 소설의 주인공 고미(五味)는 친구 스끼야마(彬山)을 통해 아께미(朱美)라는 여인을 알게 된다. 주미는 원래 고향에서 어느 은행 과장과 2개월 정도 동거하다가 불만족스러워 홀로 만주에 와서 빈산이라는 청년을 만나 사귀게 된 것이다. 빈산은 주미를 만난 것이 처음에는 유쾌하게 느껴졌으나 점차 감각이 없어졌다. 오미가 감기에 걸리자 빈산은 주미더러 오미를 돌보게 한다. 주미는 처음에는 마음에 내켜하지 않았으나 날이 감에 따라 오미와 친근해진다. 오미에게 있어서 주미는 연상 여인이고 친구의 여인이나 다름없었다. 그는 주미의 아름다움과 부드러움에 반할 뿐만 아니라 관능적인 자극을 받는다. 그는 이상이고 도덕이고 모든 것을 물리치고 그녀에게 동정(童貞)을 바치며 빈산을 찾아가서 주미와 결혼하겠다고 고백한다. 그러나 그는 빈산의 조소를 당할 뿐만 아니라 몇 달 후에는 주미에게 버림을 당하게 된다. 그녀는 처음에는 오미가 너무니 순수하고 신량하기에 마음이 흔들렸으나 얼마 후에 그만 실증이 나 떠나가 버린 것이다. 사랑에 좌절당한 오미는 자신이 무얼 했는지도 모르게 1년이라는 시간을 허송한다. 어느 날 그는 문득 주미한테서 자기를 찾아온다는 편지를 받게 된다. 그는 대뜸 흥분되어 '방안을 청소한다, 음식을 준비한다' 하며 분주히 돈다. 그러다가 홀연 빈산이 칼을 들고 달려오는 환각이 떠오른다. 그는 "아편 꽃이다. 뿌리를 끊어버려야 한다. 열매가 맺기 전에 뽑아 버려야 한다."고 생각되어 주미를 피해 집을 떠난다. 주미와 빈산이 오미의 집에 찾아오니 문에 오미가 현재 여행 중이라는 쪽지가 붙어 있다.

소설의 주인공 오미는 나름대로 순수한 사랑을 추구해왔지만 그가 사랑한 여인 주미는 그와 반대로 사랑을 일종 유희처럼 여기고 있었다. 할진대 오미가 이런 여인을 사랑했다는 것은 일장 악몽이 아닐 수 없었다. 이 작품은 인간의 순수한 사랑이 당시 사회에서 우롱당하고 있음을 보여주고 있다.

「악몽」을 이어 단편소설 「애증기(愛憎記)」가 발표되었는데 이 소설은 겐산(健三)이라는 한 청년의 사랑 경력을 쓰고 있다. 건삼은 폐병에 걸린 형의 일손을 돕기 위해 신경에 온다. 형은 폐병이 처자에게 전염될까봐 병원에 입원한 후 시종 처자를 만나지 않고 2년간 고독과 병에 시달리다가 죽는다. 형과 반대로 형수는 병에 걸린 남편을 냉대하면서 병원에 거의 가지 않다시피 한 무정한 여인이었다. 그런데 건삼은 이런 형수, 나이가 자기보다 한 살 더 많은 형수한테 무서운 육욕을 느끼면서 사랑하게 된다. 그는 그녀가 때로는 형수로, 때로는 여인으로 느껴지면서 두 사람 사이는 단순한 남녀 사이라고 생각하기도 한다. 형의 장례식을 치는 후 그는 형수에 대한 불타는 육욕을 더욱 억제할 수 없게 된다. 그는 윤리도덕과 욕정의 모순 속에서 부대끼다가 마침내 어느 날 술을 마시고 형수에게 자신의 속생각을 터놓는다. 뜻밖에 형수도 벌써 그에게 호감을 갖고 있었음을 알게 된다.

25살까지 숫총각으로 지내오다가 처음으로 한 여인한테 육욕과 사랑을 느끼는 건삼, 그것도 최저의 윤리도덕마저 없는 무정한 여인이자 형수인 사랑하지 말아야 할 여인을 첫사랑처럼 사랑하는 건삼은 무서운 애증의 갈등을 느끼게 된다. 건삼의 순수한 사랑은 자칫하면 비도덕적인 것으로 되어 버림받지 않을 수 없게 된다. 나중에 건삼은 자책을 느끼고 새롭게 출발할 것을 다진다. 이 소설 역시 인간의 순수한 사랑이 당시 현실생활 속에서 비도덕적으로 흔들리고 있음을 보여주고 있다.

단편소설 「정사(情死)한 여인」은 주인공이 상기한 두 소설의 주인공이 모두 총각인 것과는 달리 예쁘고 교양 있는 여인으로 되어 있다. 그녀는 순수하고 신성한 사랑을 추구하였지만 몇 차례의 사랑 체험과 곡절을 통해 이 세상의 남자는 선교사든 정치가든 막론하고 모두 동물적인 남자에 지나지 않으며 현실적 사랑은 일종 교역에 지나지 않는다고 느끼게 된다. 하여 그녀는 한밤중에 공원에 와서 스스로 생을 포기하려 한다. 그녀가 인생의 전부처럼 생각한 인간의 순수한 사랑이 현실 생활에서 이미 완전히 유린당하여 인생에 미련을 갖지 못하였기 때문이다. 불행 중 다행으로 그녀는 생사고민 끝에 험악한 과거를 잊어버리고 내일을 생각하며 살아야 한다는 이치를 깨닫고 공원을 떠나 다시 현실생활 속으로 되돌아온다.

이렇게 소설은 순수한 사랑과 어지러운 현실에 오염된 세속적인 사랑 사이의 갈등을 보여주고 있다.

이 밖에 단편소설 「여인들의 사랑」에서는 미찌오(道雄)이라는 한 남자와 세쯔에(節江), 나나꼬(奈奈子), 신꼬(信子) 등 세 여인 사이의 비윤리적인 사랑 관계에 대한 묘사를 통해 돈과 미모만 탐내면서 윤리적으로 타락한 여인들의 방탕한 사랑을 묘사, 폭로하고 있다. 여기서는 인간의 순결한 사랑은 전혀 찾아볼 수 없다.

보다시피 이마무라 에이지의 초기 소설들은 모두 일맥상통하게 사랑제재를 다루고 있을 뿐만 아니라 그 주제 또한 대체로 인간의 순수한 사랑과 사회 현실속의 불순하고 비윤리적인 사랑 간의 모순 충돌이다. 주인공들은 순수한 사랑을 잃은 실패자가 아니면 불순한 사랑에 빠진 타락자이다. 이런 소설들은 당시 사회현실 생활 속에서 인간의 순수한 사랑이 비윤리적으로 타락되어 가고 있음을 보여주고 있으며 이에 대한 작자의 비평적 태도도 엿보여주고 있다.

반면 이 시기 이마무라 에이지의 소설들은 당시 조선민족의 현실 생존 상황이나 사회 주요 모순은 반영하지 못하고 있다. 다시 말하면 이 시기 소설들은 주로 작가가 민족 신분 의식으로 아니라 한 청년 문학도의 신분과 애정관으로 창작된 일반 애정소설이라고 볼 수 있다.

이런 애정소설 창작은 1938년에 와서 새로운 전환을 하여 민족성이나 사회성을 띤 심각한 사회제재들을 다루기 시작한다. 이는 작가가 바야흐로 성숙기 즉 창작 중기에 들어서고 있음을 의미한다.

단편소설 「동행자」가 그 대표작으로 된다. 소설의 주인공 신중흠(申重欽)은 만주사변 직전에 장춘 시내의 어느 한 여관에서 초조한 마음으로 편벽한 시골을 찾아갈 준비를 한다. 그는 원래 고향을 등지고 만주 대련에 온 후 의식적으로 10년간이나 조선말을 하지 않아 여러 모로 일본인 못지않게 되어 스스로 일본 사람이 다 되었다고 여기고 있었다. 그는 조선의 풍속습관이 분명히 싫어졌고 조선인들의 가난한 생활에 견디어 낼 자신이 없었다. 그러나 만주사변 직전에 정신적으로나 경제적으로 막다른 고비에 이르자 활로를 찾기 위해 ××현의 한 후미진 곳에 이주해 사는 맏형한테로 가기로 결심한다. 이는 그가 15년 만에 처음으로 맏형한테 갈 생각과 결심을 한 것이다. 그는 여관 주인한테 동행자를 찾아달라고 부탁한다. 마침 그가 가려는 곳에 있는 일본인 농장으로 돌아가는 일본인 한 사람이 조선인을 동행자로 찾고 있다고 여관 주인이 알려 준다. 이튿날 이른 아침 신중흠은 중국인 옷차림을 하고 길에 나서고 일본인은 생각밖에 조선인 옷차림을 하고 나선다. 그 일본인은 도중에 불령선인(不逞鮮人)들한테 당할 것 같아 조선인으로 위장하고 또 조선인을 동행자로 찾았던 것이다. 과연 도중의 어느 산길에서 조선인 청년 8명이 나타나 길을 막아 나선다. 신중흠은 일반 강도로 생각하고 호주머니의 돈을 계산하며 침착하게 앉아 있는데 일본인 동행자는 신중흠이 불령선인들과 짜고 든 수작이라고 하면서 권총을 뽑아 신중흠을 겨냥한다. 이에 신중흠은 자신이 아무리 일본인으로 되려고 애써도, 스스로 일본인으로 다 되었다고 생각하여도 일본인들은 이를 전혀 승인해주지 않을 뿐만 아니라 불량한 조선인으로까지 여긴다는 것을 가슴 섬뜩하게 느낀다. 까닭 모를 분노를 느낀 그는 자신의 입장을 분명히 해 보려고 일본인의 권총을 빼앗아 든다. 그는 필사적으로 저항하는 일본인을 억누르고 "가만히 있어. 그렇지 않으면 너부터!" 하고 소리치면서 손등으로 눈물을 훔치고 눈앞에 다가오는 조선인 청년들을 노려본다. 소설은 여기서 그만 끝나면서 그 후 일에 대해서는 그 어떤 교대나 암시도 하지 않고 있다. 식민 민족으로서의 일본인, 피식민 민족으로서의 조선인, 이 '고귀한' 민족 신분과 '비천한' 민족 신분 사이에서 신중흠은 여전에는 자신의 비천한 민족 신분을 거리낌 없이 집어 던지고 고귀한 민족 신분으로 탈바꿈하려 애썼다. 다시 말하면 그는 주동적으로 일본인으로 동화되려 하였다. 하지만 불행하게도 이는 그의 일방적인 소원에 지나지 않았다. 일본인은 그 동화를 불신임하였을 뿐만 아니라 나아가 그 동화를 용납하지도 않고 있었다. 한 것은 일제가 강요한 동화는 본질적으로 고귀한 민족 신분으로의 동화가 아니라 비천한 식민 노예로의 전락이었기 때문이다. 할진대 신중흠의 눈앞에는 노예적인 동화이냐 아니면 민족적인 저항이냐 하는 두 가지 준엄한 선택이 가로 놓여 있었다고 하겠다. 대체 어느 쪽을 선택할 것인가? 소설은 교묘하게 이 민감한 답안을 보여주지 않고 있다. 하여 당시 일부 일본인 문인들도 이 작품을 문제작으로 보았다.

여하튼 소설은 당시 민족 신분의 불명으로 조선인과 일본인 사이에서 그 어느 쪽에도 속하지 못하고 좌충우돌하는 신중흠이라는 주인공의 딩혹감과 비애의 심리상태를 생동하게 보여주고 있다.

신중흠의 형상 속에서 이 시기 이마무라 에이지가 어느 정도 민족 신분을 의식하고 그 의식의 곤혹에 빠져 고민하고 있는 모순 심리상태에 처해 있음을 엿볼 수 있다. 그는 문학가의 꿈을 갖고 일본인 못지않게 일본어로 문학 창작활동을 진행하여 일본인 문단에서 어느 정도 인정해주는 작가로 성장하였지만 현실적으로 조선인 작가라는 민족 신분으로 인한 곤혹을 느끼게 되었다. 이 점은 그의 수필 「금년부터는」(『신경일일신문』, 1937년 1월 22일, 23일자)에서 잘 보여주고 있었다. 이 수필의 주인공 '나'는 갖은 고난을 다 겪어가면서 문학의 성공을 추구하나 사회는 '나'에게 그 능력을 발휘할 수 있는 기회나 시간을 조금이라도 주지 않으며 이로 하여 '나'는 부득불 저능아가 되어야 하였다. 수필은 나중에 이 불운의 주요원인은 '나'가 상층인도 중층인도 아닌 최하층 인간이었기 때문이라는 것을 암시하고 있다. 당시 만주는 5족협화를 선양하고 일제는 내선일체를 고취하였지만 현실적으로 조선인은 의연히 피식민 민족으로 최하층 인간이나 다름 없었다. 이마무라 에이지는 문학적으로 일본인 문단에 데뷔하였지만 사회적으로 주류계층에 데뷔할 수 없었다. 그는 문학적인 성공이 커갈 수록 조선인이라는 민족 신분을 불가피적으로 보다 심각하게 의식하게 되었고 이로 하여 심리적 고민과 방황을 하게 되었다.

위에서 언급하다시피 「동행자(同行者)」는 선후로 네 가지 간행물에 등재되면서 일본인 문단의 주목을 받게 되었다. 그 원인은 일본인 문인들이 대체로 주인공 신중흠의 동화(同化)자세와 심리활동에 관심을 갖고 있었기 때문이라고 볼 수 있다. 소설은 비록 그 결말이 애매모호하기는 하지만 주인공의 민족동화 심리활동은 비교적 생동하게 묘사되어 있다. 하여 일본인 문단은 이마무라 에이지가 당시에 그 어떤 상황에서 창작하였든 상관 없이 이 소설을 민족동화 내지 협화를 제재로 식민문학과의 협력을 보여준 작품이라고 높이 인정하면서 작가를 만주 문학장에서의 반도인(半島人) 문인의 대표자로 인정해주면서 각종 문학 활동에 초청하였다. 이런 문학 활동에 빈번하게 참석함에 따라 그는 고민과 방황에서 해탈되기라도 한 듯 현세에 부응하는 자세로 식민문학—일본인 문학과의 협력을 보여주는 작품들을 창작 발표하기 시작하였다.

단편소설 「신태(新胎)」는 바로 그 협력의 시작을 잘 보여주는 작품이라고 할 수 있다. 소설은 1938년 12월 『만주행정』(제5권 12호)에 전편(前篇)이 발표되고 1939년 1월 『만주행정』(제6권 1호)에 후편이 발표되었다. 이 소설은 만주의 어느 한 농촌에서 현세와는 아무 모순 없이, 어느 정도 현세의 제도에 만족하며 살고 있는 조선인 이주민의 한 생활상을 보여주고 있다. 소설의 주인공 김상복(金相福)은 나이 50이 되었지만 아들을 낳기 위해 둘째 첩을 맞아들인다. 그런데 둘째 첩마저 딸을 낳게 된다. 그는 본댁이 낳은 딸 일곱에 첫째 첩이 낳은 딸 셋에 딸이 도합 열 한 명이나 된다. 그는 둘째 첩이 딸을 낳았다고 해산한 날부터 조밥을 먹일 뿐만 아니라 벼 가을하러 나가라 호령한다. 지어 그는 10정보나 되는 논을 갖고 있는 지주이지만 늙은 모친에게 이밥대신 조밥을 주면서 괄시한다. 그리고 동생 상준(相俊)한테 자기 집 농사일을 혼자 떠맡기고 머슴처럼 부려먹는다. 하여 동생은 인색하고 몰인정한 형의 집에서 나와 집을 따로 잡고 결혼한 후 어머니를 모시고 살려는 것이 소원으로 되었다. 상준이는 이웃 논밭에서 일하는 허씨네 딸 영화(英花)에게 사랑을 고백한다. 이를 알게 된 김상복은 대뜸 대노하며 허씨 댁을 호출한다. 동생이 영화한테 장가드는 것은 원래 그가 응낙한 일었지만 막상 동생이 결혼하게 되면 허씨네에게 내준 빚 200원을 받을 수 없게 될 뿐만 아니라 동생이 세간나면 집일을 볼 사람이 없어지게 될 것을 생각하니 부아가 났기 때문이다. 그는 허씨 댁에게 금년 농사 수확을 몽땅 빚으로 갚아야 할 뿐만 아니라 내년부터는 소작지를 다른 사람에게 넘겨주고 다른 곳으로 이주해야 한다고 호통 친다. 상준이는 논 10정보나 가지고 있는 사람이 빚 200원을 받기 위해 허씨 일가 나섯 식구의 목숨이나 다름없는 소작지를 거두어 들이냐고 격분하여 형과 싸운다. 상준이는 그 길로 영화네 집에 가서 벼농사를 거두어들이게 하고 거기서 밤잠을 잔다. 이에 김상복은 상소한다, 관리를 부른다 하며 야단친다. 어느덧 겨울이 되어 상준이는 소원대로 영화와 결혼한 후 어머니를 모시고 따로 살게 되고 김상복은 임신한 아내가 태양이 떠오르는 태몽을 꾸게 되자 아들을 낳을 것이라고 기뻐한다. 임신한 영화도 이와 같은 꿈을 꾸었노라고 한다. 상준이는 새해 6월이 되면 형수도 아들을 낳을 것이고 아내도 아들을 낳을 것이라고 생각한다. 즉 누구나 할 것 없이 소원대로 앞날이 잘 풀려나가고 행복하게 살 것이라고 믿는다.

소설은 인색하고 인성 없는 봉건지주 김상복의 형상과 부지런하고 인정 있는 젊은 세대 상준의 형상을 보여준 동시에 그들이 살고 있는 주변 사회 환경을 아주 평화롭게 보여주고 있다. 즉 당시 만주사회의 주요모순은 거의 보이지 않고 다만 어느 한 농촌 조선인 이주민 부락의 지주와 소작농간의 경제적 모순 내지 봉건지주 가정의 생활사와 모순만을 보여주고 있으며 이런 모순들은 또한 나중에 소원대로 해결되어 가고 있음을 보여주고 있다. 특히 부지런하고 인정 있고 대가 바른 젊은 세대로 묘사된 상준이는 만주의 관리들은 옛날 관리와는 달리 백성들의 상소를 잘 받아줄 뿐만 아니라 상소를 공평하게 잘 해결해준다고 하면서 만주정부에 감사해하며 만주에서의 생활을 만족스럽게 생각하고 있다. 「신태」라는 소설제목 자체가 바로 만주에서는 백성들도 소원했던 새 생활을 누릴 수 있다는 의미를 암시하고 있다고 하겠다. 이는 당시에 만주가 선양하고 주장한 국책문학의 한 특징을 연상시킨다. 다시 말하면 이 소설은 국책문학과의 협력을 보여주는 작품이라고 할 수 있다. 따라서 이 소설에서는 작가의 민족신분의식에 대한 곤혹이나 방황 같은 것은 찾아 볼 수 없고 현세에 순응해 가려는 새로운 자세를 보아 낼 수 있다. 이런 순응자세는 이후의 작품들에서 보다 선명하게 나타난다.

작가는 소설 「신태」를 뒤이어 단편소설 「고아(孤兒)」(『新天地』 1939년 4월호, 5월호, 7월호에 연재됨)를 발표한다. 이 소설은 제목이 제시하다시피 한 고아의 이야기를 쓰고 있다. 소설의 주인공 박영식(朴英植)은 열세 살 나는 고아이다. 그가 고아로 된 원인은 두 가지이다. 한 가지 원인은 그가 다섯 살 때 아버지가 조선××군 혹은 사회××군에 나간 후 전혀 돌아오지 않기 때문이고 다른 한 가지 원인은 그가 일곱 살 때 어머니가 가난에 못 이겨 아들 영식이를 큰아버지 벌되는 먼 친척에게 맡기고 유(劉) 촌장 집 머슴한테 재가하였기 때문이다. 사실 영식이는 고아 아닌 고아였다. 친척집에서도 괄시를 받게 된 어린 영식이는 어머니가 너무 그리워 친척 몰래 어머니와 함께 살던 옛 집으로 찾아온다. 그러나 그를 맞이하는 것은 텅 빈 집과 가엾은 고양이뿐이다. 게다가 어느 날 중국인 아이가 그를 꼬리빵즈(高麗棒子)라고 골리며 때릴 뿐만 아니라 영식이가 친구로 여기고 있는 고양이를 도둑고양이라고 하면서 잔인하게 죽인다. 영식이는 고아 된 슬픔과 불행을 처참히 느끼며 어머니가 돌아오기를 두 손 모아 빈다.

이 소설에서 주목되는 한 부분은 영식의 아버지가 가입한 군은 동포들에게 해를 끼치는 불령선인이라고 해석하고 있는 부분이다.

> 한 것은 그들은 조선××군 혹은 사회××군이라는 명의로 선농(鮮農)들의 1년 농사수확의 절반을 군자금(軍資金)이라 하여 징수하였기 때문이다. 그리고 그들은 좋은 옷 맛좋은 음식뿐만 아니라 동포부녀들을 범하고 동포 남자들의 생명을 벌레처럼 가볍게 취급하였다.[11]

영식의 아버지는 과연 이런 불령선인이었기에 아들 영식이가 그처럼 아버지를 그리워하고 남들한테 모욕당해도 나타나지 않는 것인가? 그가 참으로 아들의 생사마저 관계치 않는 불량한 인간인가? 불령선인은 참으로 제 자식도 모르는 최저의 인성도 없는 인간인가? 소설은 이런 여러 가지 의문들을 던져주면서 불량선인의 형상을 비적처럼 추하게 그리고 있다.

소설은 만약 영식의 아버지가 이렇게 불령선인으로 인정되는 군에 가입하지 않았다면 영식이는 결코 불쌍한 고아로 되지 않았을 것이라는 의미를 비교적 선명하게 보여주고 있다. 자연히 이 소설에서 보여준 불령선인 형상은 현세순응 내지 식민문학과의 협력을 선명하게 보여주는 모티브라고 할 수 있겠다.

이런 식민문학과의 협력을 보다 선명하게 보여준 작품은 1939년 12월

---

11) 今村榮治, 「孤兒」, 『新天地』, 1939년 4월호, 92면에서 인용.

에 발표한 단편소설 「출세」(『宣撫月報』 제4권 11호)이다. 소설은 '나'라는 주인공이 만주 군대에 가입하여 군관이 되어 출세했다는 이야기를 쓰고 있다. 어느 날 만주 병사들이 '나'의 옷가게에 쳐들어와 비적을 잡는다면서 다짜고짜 '나'를 잡아가려 한다. 다행히 그 병사들 가운데 원래 '나'의 집 하인으로 있었던 노류(老劉)라는 병사가 '나'를 알아보고 비적이 아니라는 보증을 서주어 '나'는 잡혀가지 않는다. '나'는 노류에게 감사의 인사를 하러 노류를 찾아간다. 거기서 '나'는 만주 병사들은 모두 위대하고 훌륭하며 국민 한사람이라도 군대에 가입하면 그만큼 만주가 강해진다는 것을 알게 된다. 하여 '나'는 만주 군에 가입하겠다는 결심을 내린다. 아버지는 집일을 근심하지 말고 훌륭한 병사가 되라고 하며 지지하나 어머니는 눈물을 흘리며 반대한다. '나'는 만주를 강하게 하고 왕도낙토를 실현하기 위해 유쾌하게 만주군에 가입할 뿐만 아니라 후에는 병사 20명을 거느리는 상관(上官)으로 승진한다. 사람들은 '나'가 출세했다고 부러워해 마지않을 뿐만 아니라 '나'도 이렇게 출세한 것을 자랑스럽게 생각하고 있다.

이처럼 소설은 주인공 '나'의 출세 이야기를 통해 만주 청년들이 군대에 가입하면 출세할 수 있다는 국책을 선양하고 있다. 사실 만주 군대에 가입한다는 것은 일제의 식민침략전쟁의 도구와 총알받이로 된다는 것을 의미한다. 이 소설은 일제의 기만적인 징병국책을 선양한 작품이 아닐 수 없다. 이마무라 에이지가 식민문학과의 협력을 보여준 대표적인 작품의 하나라고 할 수 있다.

이마무라 에이지는 1939년 4월에 희곡 「비바람이 지나간 후」(1막, 『宣撫月報』 제4권 4호)를 발표하였는데 이 작품은 소설 「출세」와 못지않게 식민문학과의 협력을 뚜렷하게 보여주고 있다.

우선 이 작품은 이마무라 에이지의 여느 작품과는 달리 그 장르가 희곡으로 되어 있다는 것이 주목된다. 당시 일본인 문화단체와 식민문화 통치기구에서는 문인들에게 희곡작품을 많이 창작할 것을 강요하였다. 그것은

당시 국책문학에 있어서 희곡이 메가폰 식으로 제일 선동적인 장르였기 때문이다. 희곡「비바람이 지나간 후」가 장르상에서 이미 국책문학과 협력한 것이 아닌가 생각된다. 다음 이 작품이 발표될 때『선무월보』의「반공선전각본집(反共宣傳脚本集)」이라는 특집에 발표되었다는데 더욱 주목된다. 이 특집은 이마무라 에이지의「비바람이 지나간 후(風雨ノアト)」, 고우시마(公島德衛)의 희곡「흑룡의 북(黑龍ノ北)」(1막 3장), 오까다 가즈유끼(岡田壽之)의「구사일생(起死回生)」(1막) 등 3편의 희곡으로 이루어졌는데 모두 반공 선전 텍스트로 발표되었다. 여기서 언급된 공산당은 당시의 소련 공산당과 중국 동북의 공산당이다. 주지하다시피 당시에 소련은 일제가 제일 큰 위협을 느낀 적대국이었고 중국 동북의 공산당은 만주 땅에서 항일의 주역으로 맹활약하고 있어 일제가 제일 두려워 한 항일투사들이었다. 할진대 여기서 일제가 말한 반공(反共)은 바로 반항일(反抗日)이었고 반공 선전 작품들은 바로 반일을 매도하는 국책문학작품이었다고 하겠다.

이마무라 에이지의 희곡『비바람이 지나간 후』에 등장하는 인물들로는 이태준(李太濬)이라는 조선인, 고진원(高振元)이라는 중국인, 순옥(順玉)이라는 조선인 처녀(고진원의 약혼녀), 벙어리 여인(이태준의 아내), 고진원의 모친 등으로 모두 특수한 관계로 얽혀진 인물들이다. 작품배경 또한 러시아 국경과 가까이 하고 만주의 어느 한 농촌으로 독특한 환경이다. 작품의 이야기는 더욱 특징적이다. 이태준과 고진원은 밭에서 함께 담배 피우며 이야기를 주고받는다. 이태준은 만약 고진원이 밭을 논으로 풀게 빌려주면 가을에 3분의 1의 소작을 주겠다고 한다. 그러자 고진원은 당신의 부친이 벼농사를 지으면 정부에서 몽땅 거두어 가기에 벼농사를 짓지 않겠다고 결심하지 않았느냐고 반문한다. 이태준은 그건 오래 전의 일이고 지금은 만주 세월이기에 벼농사를 하여 이밥을 먹을 수 있을 뿐만 아니라 나머지 쌀은 팔아 땅도 살 수 있게 되었다고 대답한다. 고진원은 그러면 나도 벼농사를 하겠다고 나선다. 이때 순옥이가 고진원을 찾아와 고진원네 집에 있는 괴물 같은 여인을 내쫓지 않으면 고진원과 결혼하지 않겠다고 한다. 그 괴물은 러시아에서 도망쳐온 국적이 불명한 벙어리 여인인데 촌장이 그 여인을 불쌍히 여겨 고진원네 집에 잠시 맡겨두고 있었던 것이다. 이태준은 벙어리 여인이라는 말에 놀라며 그 여인의 나이가 얼마쯤 되느냐 귀 끝이 떨어지지 않았느냐 급급히 묻는다. 그는 그 여인이 당장 해산할 것이라는 말에 더욱 놀란다. 그는 고진원의 집으로 가보자고 나선다. 집에 돌아온 고진원은 뜻밖에 순옥이와 결혼하지 않고 그 벙어리 여인과 결혼하겠다고 나선다. 왜냐하면 벙어리 여인이 너무 불쌍하기 때문이란다. 집 밖에서 이 말을 엿들은 순옥이는 눈물을 흘린다. 이때 이태준이 찾아와 벙어리 여인이 가능하게 자기의 아내일 것이라 하면서 지난 이야기를 터놓는다. 이태준은 원래 세상물정은 아무 것도 모르고 일만 할 줄밖에 모르는 불령선인이었고 그의 아내는 그때 17세밖에 안 되었는데 일하지 않는 남자와는 결혼하지 않겠다며 귀 끝을 잘라버리고 부지런한 이태준한테 시집왔다. 그 후 일본 군대 때문에 불령선인이었던 그들은 러시아로 피해 가게 되었다. 그들은 러시아에 가기 전에는 러시아는 공산주의 사회로서 가난한 사람들이 함께 잘 산다는 걸로 알고 있었는데 정작 가보니 일만 하고 배불리 먹을 수 없었으며 재산도 갖지 못하였기에 사실 만주만 못하다는 것을 알게 되었다. 하여 고진원의 아내는 고향에 돌아가겠다는 말만 하다가 그만 벙어리로 되어버리고 이태준은 기회를 타서 만주로 도망오게 되었다는 것이다. 이태준은 만주에 와서 백성들은 일 한 만큼 가질 수 있다는 것을 알게 되고 이는 바로 만주 왕도(王道)의 덕분이라는 것을 체험하게 된다. 이태원의 이 이야기가 거의 끝날 무렵에 고진원의 집안에서 갓난아기의 울음소리가 들려온다. 이태원은 집안에 들어가 그 여인이 자기 아내인 것을 확인하고 죄책감을 느낀다. 그는 갓난아기에게서 공산주의 악마의 피가 흐른다고 하면서 아기를 악마의 아기라고 저주한다. 그러자 고진원은 아기한테는 죄가 없다고 타이르고 또 순옥이는 고진원과 결혼할 것을 약속한다.

보다시피 이 작품에서는 만주 왕도의 덕분으로 조선인과 중국인이 서로 통혼하기까지 하면서 한 마을에서 화목하게 살고 있을 뿐만 아니라 일한 만큼 가질 수 있는 착취가 없는 살기 좋은 만주의 한 농촌생활을 극적으로 보여주고 있다. 반면에 공산주의 사회 러시아는 배불리 먹지도 못하면서 일만 하여야 하는 암담한 사회였기에 이태준의 아내는 벙어리가 되고 괴물로까지 몰리게 되었다고 쓰고 있다. 참으로 이 작품은 당시 국책문학에 적극 협력한 메가폰 작품으로 되기에 손색이 없다. 작가의 협력문학의 대표작이라고 할 수 있다.

이마무라 에이지는 이와 같이 협력적인 작품들을 연이어 창작 발표하면서 왕성한 창작 기력과 문학재능을 보여주어 1940년대 초에 일본인 문인들로부터 만주의 장혁주라고 평가 받는다. 하지만 이런 절찬 속에서 그는 문득 문학 창작활동을 멈추기라도 한 듯 1940년대 초부터 1945년 8월까지 몇 년 사이에 겨우 몇 편의 수필 따위를 발표하는 정도에 머물렀다. 지금까지 발굴된 자료에 의하면 「영흥촌의 조선농민들(榮興村ノ鮮農タチ)」(『藝文』 2권 6호 1943년 6월 1일), 수필 「현지지도자(現地指導者)」(『續現地隨筆』, 滿洲新聞社, 1943년 8월 30일) 등 몇 편의 수필에 지나지 않는 것으로 추정된다.

이런 수필들은 대체로 일본인 간부의 지도하에 만주의 농촌 특히 조선인 이주민들의 농촌부락이 개척되고 발전되어 조선인 이주민들의 개척이주생활이 여러 모로 안정되고 발전해가고 있다는 이야기들을 쓰고 있다. 이런 수필들은 작가의 문학재능을 의심할 정도로 예술성이 결핍하지만 주제는 의연히 국책문학과의 협력을 보다 선명하게 보여주고 있다.

이처럼 작품주제의 지속적인 일관성을 보여주면서도 작품 창작활동을 문득 단절되다시피 한 원인에 대해서는 현재 자료발굴의 부진으로 신빙성 있는 원인은 알 바 없지만 창작을 멈추다시피 한 것만은 사실임에 틀림없다고 할 수 있다. 이는 당시 활약했던 일본인 문인 야마모도 겐다로우(山本謙太郎)의 문장을 통해 실증해 볼 수 있다.

　　국어문학(일본어로 쓴 문학－필자 주)은 이미 몇 년 전부터 발표되기 시
작하였다. 아마 조선에서보다 앞선 것이 아닌가 싶다. 금촌영치는 그 점에
서 많은 공적을 남겼다고 할 수 있다. 제씨는 현재 거의 창작의 붓을 들지
않고 있지만 몇 년 전에 발표한 「동행자」는 상당한 문제작으로서 평판도
좋았다. 삼사십 매 분량의 단편이지만 꽤 깊은 시사를 가진 작품이었다고
생각된다.[12]

　　금촌영치는 신경일일신문의 단편모집을 통해 등단한 뒤 신경문예집단의
동인으로 활약하기도 하였다. 지금도 건재하고 있으며 조선문인보국회에
는 만주를 대표하여 고정(古丁, 당시 만주에서 이름난 중국인 작가－필자
주)과 함께 다녀온바 있다. 그는 만주의 장혁주라고 할 만한 존재지만 웬
일인지 요사이에는 통 작품을 쓰지 않고 있다.[13]

　　1940년대 초에 만주의 장혁주라고 평가 받기까지 한 이마무라 에이지가 그
것도 뛰어난 문학재능을 과시하고 있던 창작 왕성기라고 할 수 있는 시기에,
더욱이 당시 일제가 제반적으로 대동아성전문학을 열광적으로 선양하고 있은
상황에서 문득 창작활동을 멈추다시피 한다는 것은 결코 예상사가 아니라고
하겠다. 이는 이 시기에 그의 문학 창작생애에서의 한 전환을 보여준다고 하
겠고 또한 이 시기를 그의 만주 제반 문학 창작생애에서의 후기에 속한다고
볼 수 있다.

　　하다면 이마무라 에이지가 창작 왕성기에 갑자기 창작 후기로 접어든
주요 원인은 무엇일까? 그의 작품연보를 보면 1938~1939년 사이에 많은
작품을 창작 발표하였다. 이 시기는 바로 일제의 대륙침략이 극도로 팽창
되고 있던 시기이며 만주에 대한 식민통치가 제일 강화되어 있던 시기이
다. 1941년 예문지도요강의 발표, 태평양전쟁의 발발 등 정세의 급속한

---

12) 山本謙太郞, 「만주에 있어서의 반도인예문(半島人藝文)의 동향」(『國民文學』, 1944년 6월,
　　金烈圭 외 지음, 『대륙문학 다시 읽는다』, 대륙문학연구소 출판부, 1992년 8월, 304면에
　　서 재인용.
13) 山本謙太郞, 「在滿鮮系藝文界의 昨今」(『國民文學』, 1945년 2월) ― 金烈圭외 지음, 『대륙문
　　학 다시 읽는다』, 대륙문학연구소 출판부, 1992년 8월, 304면에서 재인용.

변화는 제반 만주문단으로 하여금 전시체제에 들어가게 하였고 대동아성 전문학으로 동원되게 하였다. 하지만 1943년부터 정세가 기울어지기 시작하였고 특히 1944년 7월 미군 B-29 폭격기가 선후로 세 차례나 안산(鞍山) 제철공장을 폭격하면서부터 일제의 패색이 드러났다. 이런 정세는 만주 집권자들뿐만 아니라 국책문학에 협력해온 문인들에게도 큰 충격을 주었다. 정세변화에 민감한 일부 문인들은 만주의 멸망을 예견하고 협력의 필을 멈추고 정세변화에 둔감하거나 국책에 아주 중독된 일부 문인들은 여전히 대동아성전문학에 동원된 작품들을 창작 발표하였다. 이마무라 에이지의 경우, 그는 비록 자기민족 언어로 문학 창작활동을 하지 못하고 일본어 작품으로 일본인 문단에 등단하였지만 그 대부분 작품들은 조선인들을 주인공으로 하고 있으며 그의 대표작으로 되고 있는 소설 「동행자」에서는 분명히 민족 신분의식의 곤혹을 보여주고 있다는 뚜렷한 사실을 감안할 때 그가 일제의 패색 속에서 다년 간 마음 속 깊이 억눌렸던 민족 신분의식이 새삼스럽게 느끼고 그 발현으로 국책문학과의 협력을 우회적으로 회피 내지 거부하여 필을 멈추지 않았을까 추정해 본다. 여하튼 만주 후기에 이마무라 에이지는 기왕의 협력문학 작품 창작활동을 거의 멈추다시피 하였다고 할 수 있다.

4. 이마무라 에이지의 위상

　이마무라 에이지는 만주 자기민족어를 잃어버리고 일본어로 일본인 문단에 데뷔한 조선인 작가이다. 주지하다시피 일본인 문단은 식민문학으로 제반 만주 문학장을 지배하고 좌우지 하였다. 이마무라 에이지는 문학창작 초기에는 열혈 문학도로 단순히 당시 청년들의 사랑과 애정관을 제재로 한 작품들을 창작 발표하였지만 창작중기에 들어서면서 일본인 문단에 보다 깊이 섭렵하여 국책선양에 순응하는 작품들을 창작하고 식민문학과의 협력을 보여주었다. 그는 협력 초기에 비록 소설 「동행자」의 주인공 신중흠처럼 민족 신분의식으로 고민하고 방황하기도 하였으나 나중에는 협력을 선택하고 반공(반항일)문학 작품까지 창작하게 된다. 그의 문학작품은 초기작품을 제외하고 중기와 후기의 작품 대부분이 식민문학과의 협력을 보여준 작품으로 되었다. 그 가운데서 단편소설 「출세」와 희곡 「비바람이 지나간 후」가 식민문학과의 협력을 제일 뚜렷하게 보여주고 있다. 따라서 이마무라 에이지는 일본인 문단으로부터 만주 문학장의 장혁주로, 이른바 반도인예문인(半島人藝文人)의 대표로 인정받고 당시의 각종 사회 문화 활동에 참여하게 되었다.

하지만 1940년대 초에 들어와서 이마무라 에이지는 새로운 전환이라도 한 듯 작품 창작활동을 거의 멈추다시피 한다. 일제의 패색을 보아내고 다년 간 마음 속 깊이 억눌렸던 민족 신분의식이 새삼스럽게 느끼면서 그 발현으로 국책문학과의 협력을 우회적으로 회피 내지 거부하여 필을 멈추지 않았을까 추정해 본다.

이마무라 에이지의 대부분 문학작품은 그 주제가 대체로 식민문학과의 협력을 보여주고 있음에도 불구하고 제재는 시종 조선인 생활과 연관되어 있으며 그 자신 또한 일본인 문인들로부터 만주 조선인 문인 대표자로 인정받았다. 이와 같이 이마무라 에이지의 민족 신분의식의 여하를 불문하고 그의 작품과 사회 활동은 의식적이든 무의식적이든 그의 민족 신분과 연관되어 있었고 아울러 그의 문학양상은 만주 조선인 문인의 한 독특한 양상으로 되었다.

현재 자료발굴의 부진으로 하여 이 독특한 양상에 대한 보다 입체적인 연구는 향후 작업으로 남기기로 한다.

—2004년 12월

만주 후기 문학장과 「북향보」

1. 논쟁의 「북향보」

주지하다시피 작가 안수길은 재만 조선인의 개척사와 정착사에 주안점을 두고 이를 형상화하면서 만주 조선인 문학의 기본 흐름을 보여준 작가로, 재만 조선인 문학의 대표적 작가로 그 문학사적 위치를 차지하고 있다.

하지만 작가 안수길, 나아가 만주 조선인 문학의 대표적 작품의 하나로 인정되고 있는 장편소설 「북향보」는 민족의 자강이상(自强理想)을 구현한 민족주의적 농민소설로, 또는 만주란 허상아래 북향정신과 그 실체를 구현시키려 하여 현실에 대한 깊은 통찰력과 역사에 대한 거시적인 안목이 없는 문제작으로 평가되기도 하며 지어는 국책문학의 변종 내지 친일작품으로 평가되면서 지금까지 적지 않은 논의를 불러일으키고 있다.

장편소설 「북향보」가 이와 같이 서로 상반되는 논의 대상으로 평가되면서 그 논의 초점을 맞추지 못하고 있는 것은 무엇보다도 이 작품이 창작, 발표된 시기, 즉 만주 후기 제반 문학장의 역사적 진실성과 그 복잡성에 대한 전면적인 조명이 올바로 이루어지지 못한 데 있다고 하겠다.

본고에서는 주로 만주 후기 제반 문학장의 실상에 대한 조명과 이 시기의 안수길에 대한 재조명을 통해 장편소설 「북향보」에 보다 가까이 접근해 보고자 한다.

2. 만주 후기 문학장

만주 문학장은 일본인 문학, 중국인 문학, 조선인 문학, 러시아인 문학 등으로 구성되었지만 일제가 정치, 경제, 군사 등 각 방면에서 식민통치 지위를 차지한 만큼 일본인 문학이 제반 문학장의 담론권(話語權)을 지배하는 중심문학—식민문학으로 되었고 피식민 민족문학인 조선인 문학과 중국인 문학은 담론권이 지배당하는 변두리문학—피식민문학으로 되었다.

만주 문학장은 만주의 역사적 흐름에 따라 부동한 양상을 보여주고 있는데 그 제반 역사적 흐름을 대체로 초기(1931년 9·18사변부터 1937년 7·7사변이 발발하기까지), 중기(1937년 7·7사변부터 1941년 3월 예문지도요강(藝文指導要綱)이 반포되기까지), 후기(1941년 3월 예문지도요강의 반포부터 '8·15'광복까지) 등 세 단계로 나누어 볼 수 있다. 본고에서는 논의 초점에 맞춰 주로 그 후기의 실상만을 살펴보기로 한다.

만주 후기에 일제는 태평양전쟁을 전후하여 문화체제를 전시체제로 만들고 문학이 저들의 침략전쟁과 식민통치를 위해 복무하는 도구로 되게 시도하였다. 1941년 3월 홍보처(弘報處)는 "획기적인 문화지도 요강"이라고 하는 예문지도요강을 반포하여 제반 문학이 "일본문예를 중심으로", "동아 신질서를 건설하는 데 이바지해야 한다."[1]고 하면서 제반 문학장에 전면적인 파시즘 문학을 강요하였다. 이 요강을 철저히 실행하기 위하여 이해 7월에는 만주예문가협회를 설립하여 문인들의 제반 문학 활동을 통제

---

1) 吉林編寫組 譯, 「滿洲國史」(分論) 上, 東北淪陷14年史, 1990년 12월, 110면 참조.

하였다. 1942년 12월에는 홍보 신체제, 즉 "건국정신을 진흥시키고 결전의식을 고양하며 시국을 철저히 인식시키는" 것을 이 시기 문예의 세 가지 방침으로 정하였고 1943년 8월에는 만주예문연맹(滿洲藝文聯盟)을 건립하여 대동아문학 즉 결전문예를 고취하였다. 따라서 만주의 문인과 문학단체는 모두 전시총동원체제에 들어가야 하였다. 1943년 12월에는 결전예문인대회(決戰藝文人大會)를, 1944년 1월에는 예문인회의를 소집하여 근로보국(勤勞報國), 동아명랑(東亞明朗), 반미배영(反美排英), 성전필승(聖戰必勝) 등을 기조로 사상결전으로 나아가는 결전문학(決戰文學)을 전면적으로 강요하였다. 1944년 12월에는 결전예문지도요강을 반포하여 필승의 신념으로 붓을 검과 총으로 삼아 대동아성전에 참전할 것을 강요, 강행하였다.

따라서 결전문학 — 대동아성전문학이 만주 후기 문학장의 담론공간을 절대적으로 지배하게 되었다. 일본인 문학은 지배문학으로 철저한 대동아성전문학이었음은 더 운운할 것 없고 피지배문학의 지위에 처한 중국인 문학, 조선인 문학, 러시아인 문학 등도 대동아성전문학의 지배 내지 영향을 면치 못하게 되었다. 이 시기의 조선인 문학의 실상은 이미 많이 밝혀져 있고 러시아인 문학의 경우는 특수한 상황이기에 본고에서는 주로 중국인 문학의 실상을 살펴보면서 이 시기 피지배문학의 주요 특징을 밝혀보기로 한다.

중국인 문학은 대체로 만주 초기에는 일제 식민주의와의 정면적인 비협력 저항이 주류를 이루었고 만주 중기에는 우회적 비협력 저항이 주류를 이루었다. 하지만 만주 후기에 이르러서는 우회적 비협력마저 압제, 탄압된 반면에 식민문학과의 협력을 보여준, 대동아성전에 동원된 문학이 출현되었다.

만주 후기에 대부분의 애국적이며 진보적인 중국인 문인들은 위만(僞滿) 경찰들에게 감시, 추적당하거나 체포, 살해되었다. 1942년 6월, 만주 수도 경찰청에서는 전문적으로 문예 분야의 "관제대상에 대해 측면으로 감시하는” 문예 정찰부(文藝偵察部)를 설립하였다. 1941년 11월에 작성 보고된 「수도경찰청 비밀문서 제3650호」에는 산정(山丁), 석군(石軍), 오영(吳瑛), 단제(但娣) 등 중국인 문인들이 감시대상으로 되었고 그들이 우회적인 창작방법으로 문학작품에 저항의식을 내포시키고 있기에 보다 엄격한 감시가 필요하다는, 구체적인 작품 내용분석까지 진행된 감시 내용들이 적혀 있었다. 일제 괴뢰정권은 1941년 12월 태평양전쟁이 폭발하여 며칠 안 지나 하얼빈좌익문학사건(哈爾濱左翼文學事件)을, 1942년 초에는 제2차 하얼빈좌익문학사건(哈爾濱左翼文學事件)을 조작하여 관말남(關末南), 진제(陳隄), 이계풍(李季風) 등 중국인 진보적 문인들을 체포, 감금하였다. 그 중 이계풍은 두 차례나 체포되었고 관말남은 광복될 때까지 옥살이를 하였다. 1944년 4월 애국 작가 전분(田賁)은 봉천(奉天)에서 일제 경찰에게 체포, 감금되어 광복되어서야 출옥할 수 있었다.

이런 파시즘문화 전제 통치하에 더는 저항문학활동을 할 수 없게 되자 적지 않은 진보적인 중국인 문인들은 문학 창작활동을 멈추거나 아예 만주에서 탈출하였다.

작가 산정은 만주 초기부터 줄곧 향토문학을 창도하고 실천하면서 향토문학 유파의 대표적 작가로 되었다. 그의 장편소설 『녹색산골(綠色的谷)』(1942년 『대동보·석간』에 연재됨)은 식민주의세력이 동북에 침입한 후 사회 각 모순이 격화되어 가고 있음을 암시한 한편 농민무장투쟁에 참가한 인물형상을 부각하면서 농민들의 각성과 저항의식을 암시하였다. 1943년 9월, 이 소설은 단행본이 출판될 무렵에 반만(反滿) 항일 정서를 반영한 내용이 있다는 이유로 차압되었다가 후에 삭감 처분으로 책자의 일부 페이지들을 찢어 낸 다음에야 겨우 발행할 수 있게 되었다. 산정은 이미 1941년부터 경찰의 감시대상으로 되어 왔고 이때에는 경찰의 중점추적 대상으로 되어 두 차례나 집을 수색 당하게 되자 1943년 9월 만주에서 탈출하였다.

향토문학유파의 또 다른 대표적 작가 왕추형(王秋螢)은 선후로 소설집 『거고집(去故集)』(1940년 문총간행회 출판)과 『소공차(小工車)』(1941)를 출판하였는데 이 소설집에 실린 소설들은 대부분이 사회 최하층 사람들의 비참한 생활상을 묘사하고 있다. 이 역시 우회적이기는 하지만 반일 저항의식이 체현되어 일본헌병들의 검거를 당하게 되었다. 1944년에 왕추형은 일본헌병들을 피해 만주에서 탈출하게 되었다.

이런 비협력문학의 대표적 작가들의 탈출로 하여 이 시기 중국인 문학의 일제 식민주의와의 비협력 저항 맥락은 거의 끊어지다시피 되었다.

한편 이 시기에 이르러 식민주의와의 협력을 보여준 문인들이 적지 않게 나타났다. 예문지파의 고정(古丁), 작청(爵青), 의지(疑遲), 소송(小松), 외문(外文) 그리고 문선 문총파의 김음(金音), 오랑, 석군 등 당시 중국인 문단에서 비교적 유명했던 문인들은 애초에는 일관적으로 사실주의 혹은 문학의 독립성을 주장, 실천해 왔지만 태평양전쟁이 폭발된 후에는 마치 전향이라도 한 듯 문학이 현세 정치에 부응하여야 한다는 논리에 맞춰가면서 논리적으로만 아니라 실제적으로 적지 않은 결전문학작품들을 창작 발표하였다. 이런 결전문학작품들은 일제의 대동아성전에 동조함으로써 일제 식민주의와의 협력문학을 산생시켰다.

고정은 「침잠과 태동(沉潛和胎動)」(『大同報·文學』, 1942년 1월 14일자)이라는 논평에서 "「예문지도요강」의 반포는 만주문학의 제일 큰 대사이며"이는 "정치와 예술을 연관시켜 자연발생적인 예술 활동이 규범화 되게 하고" "민간의 예문은 정부의 적극적인 뜻을 표현하여야 만이 그 방향이 올바르게 전달될 수 있다."고 하면서 문학이 정치에 부응해야 한다는 논리를 발표한다.

작청은 「건국정신으로부터 출발하여」라는 문장에서 만주문학의 핵심은 "동양이 갖고 있는 독립성과 비판성, 그리고 한 방면으로 일본을 맹주로 하여 단결된 동양 민족이 서구의 역사를 수정 개혁하고 다른 한 방면으로 물질주의문명을 배제하는 데 있다."고 하면서 "만주 국민 내지 동양 민족의 일원이라는 입장에서 만주문학을 전망할 때 우리들은 반드시 '동양적인' 역사의식과 운명의식을 갖고 있어야 한다."2)는 논리를 펴냈다. 작청은 또 「문학가의 초진(文學家的初陳)」이라는 글에서 "우리 문예가들은 비록 동아해방의 제일선에 나선 투사가 되지는 못하지만 모름지기 후방에서 문장으로 나라를 지켜야 한다."3)고 주장하였다.

이외 오랑의 「새 태평양 역사의 창조(新太平洋歷史的創造)」, 소송의 「예문가와 애국(藝文家與愛國)」, 외문의 「대동아예문의 건설(建設大東亞藝文)」 등 문장들에서도 모두 문학은 영미 서구 식민주의를 전승하고 새로운 동아공영권을 건설하는 데 이바지해야 한다고 하면서 대동아성전에 동원된 문학주장을 펴내고 있다.

이런 주장과 논리에 따른 문학작품들도 적지 않게 출현되었다. 김음의 「특공대찬가(特攻隊贊歌)」, 소송의 「추석(秋夕)」, 의지의 「적개심 품은 동심(敵愾童心)」, 야려(也麗)의 「부자간(父與子)」, 석군의 「혼혈아(混血兒)」 등은 모두 그 대표적인 작품들이라고 할 수 있다. 그 중에서도 가장 대표적인 작품은 고정의 장편소설 「신생」과 의지의 장편소설 「개선가(凱歌)」라고 할 수 있다.

일본인 문화인의 후원으로 '방향 없는 방향'의 문학주장을 펴나가면서 문학 활동을 활발히 해온 고정은 그의 작품들이 일본어로 번역 발표되면서 일본인들에게 중국인 문학의 제1인자로 주목받아 각종 사회, 문학 활동에 참가하게 된다. 그는 만주문화회 사무국장, 문예가협회 검열 제2부(중국어부) 검열위원 및 대동아 연락부 부장 등 직무를 맡고 여러 가지 문예 간담회에 참석하여 현세부응의 소감들을 발표하며 만주 대표로 제1차, 2차, 3차 대동아문학자대회에 참석하여 만주의 건국정신과 대동아성전에

---

2) 爵靑, 「建國精神그リ出發セヨ」, 『藝文』, 1942년 3월호, 77면에서 인용.
3) 爵靑, 「文藝家的初陳」, 『大同報』, 1942년 1월 22일자에서 인용.

동조하는 대표 발언들을 하게 된다. 대동아문학자대회는 국제적인 대동아 성전 동원 대회이라고 할 수 있다. 이런 주제 선명한 국제대회에 세 차례나 빠짐없이 참석한다는 것, 더욱이 일제의 패색이 확연히 짙어가던 때 즉 1944년 11월에 열린 제3차 대회에까지 참석한다는 것은 결코 우연한 일이 아니라는 것을 알 수 있다.

고정의 장편실화소설 「신생」은 1944년 2월 『예문지(藝文志)』(제1권 제4호)에 발표되고 같은 해 12월 단행본으로 출판(新京藝文書房 출판)되었으며 제2회 대동아문학상(大東亞文學賞) 은상을 수상하였다.

「신생」은 1940년 가을 신경(지금의 장춘)에 페스트가 유행될 때 고정 일가가 교외에 있는 전염병 병원에 십여 일간 격리되었던 경력을 소재로 창작한 장편실화소설이라고 한다. 소설은 대체로 전염병 병원에 격리된 중국인과 일본인들의 격리생활을 주선으로 만주정부가 페스트 전염병을 거의 완벽하게 퇴치하는 이야기를 쓰고 있는데 제반 소설에 일본인과 중국인이 일심협력하여 동주공제(同舟共濟), 동생공사(同生共死)하는 운명공동의식을 보여주고 있다. 대동아성전 동원 선양이 가장 창궐했던 시기인 1944년에 이런 장편소설이 창작 발표되었다는 것은 이 소설을 대동아성전에 동원된 문학으로 연결해 보지 않을 수 없게 한다.

이 시기 고정은 소설뿐만 아니라 보도문학 작품들에서노 농아공영권 논리를 보여주고 있다. 기행문 「하향(下鄕)」에서는 시공서(市公署), 협화회 수도 본부, 흥농합작사(興農合作社), 교화단체 등으로 조직된 일행이 시 교외의 작은 읍에 하향 가서 성전을 위해 출하(出荷)에 협력할 것을 선전하는 이야기를 쓰고 있다. '나'는 농민들한테 "일본이 흥하는 것이 곧 만주가 흥하는 것"이라고 하면서 나중에 이렇게 쓰고 있다. "한 알 한 알의 쌀들은 모두 영미를 격멸하는 탄알로 되어 우리 대동아의 최후 승리를 쟁취해 올 것이다."4)

고정은 대동아성전에 동원된 작품을 우연하게 쓴 것이 아니라 일정한 지속성을 보여주었다고 하겠다.

문지파의 다른 한 대표작가 의지도 이 시기에 와서 역시 고정과 같은 경향을 보여주고 있다. 의지는 태평양전쟁의 발발직전만 해도 소설 「고향의 복수(鄕仇)」, 「초원행(塞上行)」, 「설령의 제(雪嶺之祭)」 등 복수제재를 다룬 소설들을 창작 발표하였지만 태평양전쟁 발발 후에는 전혀 다른 모습으로 변하여 대동아성전에 동원된 작품들을 창작 발표하였다.

의지의 단편소설 「적개심과 동심」은 대동아성전에 동원된 대표적 작품이라고 할 수 있다. 소설의 주인공은 하빈(夏斌)이라는 국민고급(國民优級)학교 우등생인데 학교에서 대동아성전을 지원하는 금속헌납(金屬獻納) 운동을 전개하자 고민에 빠진다. 집이 너무 가난하여 헌납할 금속이 없기 때문이다. 고민하던 끝에 그는 갑자기 작은 동생과 누이동생이 애지중지 아끼는 완구, 즉 빈 깡통뚜껑, 병마개, 녹 쓴 주머니칼 등이 생각나자 동생들을 설득하여 그 완구들을 학교에 바치러 간다.[5]

의지는 단편소설 「적개심과 동심」에 이어 장편소설 「개선가(凱歌)」를 창작 발표하여 보다 철저하게 대동아성전에 동원된다. 이 소설은 「서광(曙)」, 「희망(望)」, 「광명(明)」 등 3부로 이루어졌는데 대동아성전의 승리를 위해 근로 증산에 총동원된 사령촌(沙嶺村) 사람들의 이야기를 쓰고 있다.

소설의 주인공 오해정(吳海亭)은 "증산에 노력하는 것 역시 우리가 영, 미와 직접 싸우는 것과 같다."[6]고 하면서 양식을 증산하기 위해 일본인 야모리(谷森)의 지도하에 마을 사람들을 동원하여 가을이 끝나기 바쁘게 밭을 논으로 만드는 공사를 벌인다. 그의 둘째 동생 오해산은 금방 복원하여 고향에 돌아왔을 때는 3년간의 군복무를 그리워하면서 "동아 10억 민족을 해방하기 위한 대동아전쟁이 결전의 단계에 들어선 이때 총을 놓고

---

4) 古丁, 「下鄕」, 『藝文志』 第1卷 第11期(1944년 9월), 61면에서 인용.
5) 의지, 「敵愾與童心」, 『藝文志』 제1권 9호(1944년 7월), 90~105면 참조 인용.
6) 의지, 「曙」, 『藝文志』 第1卷 第7號, 103면에서 인용.

고향에 돌아온 것을 부끄럽게 생각"[7]하다가 나중에 증산 역시 전쟁을 지원하는 것이라 느끼고 형을 도와 논을 만드는 일에 나선다. 그들은 이듬해 초여름 푸르싱싱하게 자란 벼를 바라보면서 증산을 기약하는 희망과 기쁨에 넘친다.

이 소설은 1944년 8월 17일에 제1부가 창작되고 11월 4일에 전부가 창작되었다. 1944년 7월 29일부터 미군 B-29 폭격기가 선후로 3차례나 안산(鞍山)제철공장을 폭격하였는데 이는 대동아성전의 패색을 보여주는 계기로 되어 당시 만주 정세에 커다란 충격을 주었고 만주 통치자들은 패망을 피부로 느끼게 되었다. 바로 이런 정세 속에서 근로봉사의 국책과 대동아성전에 적극 호응한 장편소설 「개선가」가 연재로 발표된 것이다.

이렇듯 태평양전쟁이 발발하기 전까지만 해도 문학의 독립성을 주장하고 문학의 민족성을 지키기 위해 일본어로 창작하는 것을 거부하기까지 한 고정, 향토문학의 첫 작품으로 되는 소설 「산정화」를 비롯하여 우회적인 저항 색채를 보여주는 작품들을 창작해 오던 의지 등 진보적 경향을 보여주던 일부 작가들은 태평양전쟁이 폭발된 후 전향적으로 대동아성전에 동원된 협력문학작품들을 창작 발표하였다.

하다면 이들이 대동아성전문학에 동조하게 된 주요 원인은 무엇이었는가?

1939년 말 일제는 중국의 항일세력과 상대적인 대치상태에 들어가게 되자 "제국은 동아의 영원한 평화를 확보하는 신질서를 건설하는 것을 금번 전쟁의 최후 목적으로" 한다는 평화 우호적인 동아 신질서론(新秩序論)을[8] 고취함과 더불어 왕도주의(王道主義)를 지도이념으로 하는 동아연맹협회(東亞聯盟協會)를 조직하고 동아 연맹론을 중국에 파급시켰다.

---

7) 의지, 「明」, 『藝文志』 第1卷第9號, 93면에서 인용.
8) 復旦大學 歷史系 編, 「日本帝國主義對外侵略史料選編」(1931~1945), 上海人民出版社, 1976年 版, 278~279면에서 인용.

태평양전쟁이 폭발된 후 매국역적 왕정위(汪精圍)는 대동아전쟁은 곧 동아 각 민족의 공존공영을 위한 해방전쟁이며 이 전쟁에서 이겨야 동아를 구할 수 있고 따라서 중국도 구할 수 있다고 하면서 신국민(新國民)운동을 전개하였다. 그는 1943년 1월 영, 미 등 나라와 선전(宣戰)을 포고하며 이 해 10월 『중일동맹조약』을 맺고 11월에는 『대동아공동선언』에 서명하였다. 아울러 통치구의 정치, 경제, 군사, 문화, 교육 등 제반 사회가 전시체제(戰時體制)에 들어가게 하였다. 1943년 6월 남경국민정부는 『전시문화선전정책기본요강』을 제정 반포하여 문화가 직접 대동아전쟁의 선전도구로 되게 한다. 남경국민정부는 "대동아전쟁은 무력전(武力戰)일 뿐만 아니라 동시에 심력전(心力戰)"이라고 인정하면서 "중국과 우방 일본은 동생공사(同生共死)하기에 사상투쟁과 문화 건설상에서 최대한으로 노력하여 대동아전쟁의 승리를 위해 공헌하여야 한다."9)고 선양하였다.

만주정부 역시 이에 동조하여 1942년 12월 "일, 만 공동방위의 본의에 따라 국방국가체제를 건립하고 국력을 집중하여 대동아전쟁을 완성하며 나아가 대동아공영권을 건립을 위해 공헌해야 한다."는 기본방침과 전시체제의 경제요강, 정치요강 등으로 구성된 『만주기본국책요강(滿洲國基本國策大綱)』을 반포한다. 홍보처는 만주의 각 문예단체들의 일체 문예활동이 대동아전쟁을 위한 전시체제로 전향하도록 획책, 통제하고 만주문예가협회는 솔선하여 문예가애국대회를 열고 "대동아전쟁을 지지하며 일본과 생사를 같이 할 것"을 선언한다. 1942년에 각 문예협회에서는 만주 건국 10주년 경축 활동에 적극 참가하여 장편소설, 단편소설, 시가, 극본 등 각종 장르의 경축 작품을 창작 발표하는데 이 작품들은 모두 만주의 위대한 업적과 대동아전쟁의 혁혁한 승리 성과를 찬송하면서 대동아전쟁에 동원되었다. 같은 해에 홍보처는 제1회 일만보도연습(日滿報道演習) 팀을 조직하여

---

9) 「戰時文化宣傳政策基本綱要」, 『王精衛漢奸政權的興亡』, 復旦大學出版社, 1987年7月, 288면에서 재인용.

보도활동을 진행하고 1943년에는 전시체제하의 문예활동의 역할을 더욱 중요시하여 각종 보도대(報道隊)를 조직하여 대폭적으로 성전완수(聖戰完遂)를 성원하였다. 1943년 12월 홍보처는 각종 문예단체 회원들이 참석한 전국문예가회의를 열고 작가들에게 대동아전쟁을 위해 창작할 것을 요구하며 1944년 12월에는 결전예문대회를 소집하여 결전문예지도요강을 반포한다. 하여 결전문예시기에 중국인 작가들의 작품들은 대동아전쟁을 위한 작품이라야 발표될 수 있었고 진보적인 작품은 발표하기 극히 어렵게 되었다.

사실 남경국민정부가 성립되기 전까지만 해도 만주에 거주한 중국인 문인들은 시종 만주의 독립을 승인하지 않았을 뿐만 아니라 지어 부정하고 저항하기까지 하였다. 그러면서 당시 현실적 상황에서 적지 않은 문인들은 국권의 회복을 장개석 정권에 기대해 보기도 하였다. 공산당은 비록 제일 먼저, 그리고 제일 단호하게 항일을 주장하고 무장투쟁까지 진행하였지만 당시 현실적으로 아직 그 세력이 크지 못하였기에 장개석 정권에 대한 기대가 보다 큰 것 같다. 그러다가 장개석 정권이 중경으로 철퇴하게 되자 그 기대감이 크게 무너지게 되면서 일부 문인들은 남경국민정부의 왜곡된 대아세아주의를 반신반의로 받아들이기 시작한 것 같다.

주지하다시피 중국 민중들은 수십 년간 서구열강의 침략으로 하여 갖은 수난을 겪게 되었고 이로 하여 서구열강들을 중국 땅에서 몰아낼 날이 있기를 학수고대하였다. 만주 정권은 이런 기대시야를 이용하여 신문, 잡지, 저서 그리고 각종 선전 소책자들을 통해 영, 미 등 서구열강들의 아세아에서의 침략행위를 규탄하였다. 물론 그 목적은 태평양전쟁을 성전으로 기만, 분식하여 만주 민중들을 대동아성전으로 내몰려는 데 있었다.

이와 동시에 영, 미와 선전포고를 한 일제는 태평양전쟁 초기, 중기에 필리핀, 싱가포르 등 동아세아에 있는 미국, 영국의 식민지들을 점령한다. 반일 정권과 친일 정권의 혼전으로 흐려진 전국의 정치국세, 서구열강의 역사적·야만적 침략에 대한 증오심과 그 식민통치에서 해탈하려는 역사적 민족적 해방 심리 및 만주정권과 일제의 정치기만책, 게다가 태평양전쟁 초기 일제의 상대적 전쟁 우세 등 종합적 원인으로 하여 적지 않은 중국인 문인들은 대동아성전논리를 현실적으로 서서히 받아들이게 된 것 같다. 이런 논리의 수리는 일부 진보적 문인들이 대동아성전문학으로 전향하게 된 주요원인의 하나로 되게 하였다고 하겠다.

여하튼 만주 후기에 적지 않은 진보적이고 중견적인 중국인 문인들마저 대동아성전 문학에 동조하면서 식민문학과의 협력을 보여주었고 만주 후기 제반 문학장은 대동아성전 문학장으로 되다시피 하였다.

3. 만주 후기의 안수길

만주 후기 안수길의 문학 활동 궤적은 비교적 잘 밝혀져 있는 셈이다. 1939년(?) 그해 겨울 아내가 가사 때문에 고향에 나가게 되자 안수길은 신경 "역전의 한 여관에서 하숙을 하다가 다음해 이른 봄에 간장염을 앓아 사경에 이르러 만철(滿鐵)병원(지금의 장춘 철도병원, 필자 주)에 입원"하여 "2개월 만에 퇴원해 또 병으로 인한 요양 생활을" 하게 된다. 그는 여름 몇 달 동안의 전지 요양을 끝내고 가을바람(1940년 추석)과 함께 원기를 회복하고 용정 집을 거쳐 다시 신경으로 돌아와 조일통(朝日通, 지금의 장춘 상해로, 필자 주)의 여관에 하숙을 정하였고 "의욕이 백배되어 신영감과 고재기 씨와 함께 망명 문단 형식에 대해 정열을 다시 불러일으켰다.", "작품집을 기어이 낸다는 최초의 집념을 신영철 씨와 더불어 굽히지 않고 열심히 추진하다가 1941년 봄에 신경을 떠나 용정으로 온다.[10]

---

10) 안수길, 「용정·신경시대」, 『중국조선민족문학대계(10) 소설집(안수길)』, 연변대학 조선언어문학연구소 편, 흑룡강조선민족출판사, 2001년 11월, 549~551면 참조.

1941년 봄이면 일제의 예문지도요강이 반포된 때(3월)이다. 이때『만선일보』의 편집국장은 일본인으로 되었고 정경면과 사회면의 기사는 물론이고 학예 방면과 특히 시 같은 것은 꼭 일본어로 번역해 바쳐야 했다. 이 번역 일이 안수길한테 맡겨지자 그는 단연 거부해버렸다. 학예면을 일본어로 번역하는 일은 일본인 편집국장이 "학예면에 숱해 실리고 있는 시나 작품은 어떤 내용인지 모르기 때문에 취한 조처"였다. 자연히 이 일을 맡는다는 것은 학예면, 나아가 조선인 문학에 대한 일제의 식민전제통치를 묵인하는 것과 마찬가지라고 할 수 있다. 이런 번역 일을 거부하였다는 것은 안수길이 당시 현세와의 부응을 거부한 것이라고 보아도 과언이 아닐 것이다.

안수길은 이 번역 일을 거부한 한편 또 신문사 용정 특파원이 될 것을 자원 신청한다. 그는 특파원이 될 때의 일을 이렇게 회억하고 있다.

"특파원에게는 본봉 외에 수당이 있고 신문을 배급하고 광고도 모집해 일정한 할당이 생기기도 한다. 집에 간판을 걸어 놓았으니 사무실 비용도 절약이 되어 수입이 퍽 좋았다. 업무 사원도 한 사람 채용했으므로 본사에서 아니꼬운 꼴을 보느니보다 얼마나 편하고 좋은가?"11)

보다시피 안수길은 일본인 편집국장과의 협력은 거부하였지만 신문사와의 철저한 이탈은 하지 못하였다.

용정에 돌아온 안수길은 의연히 문학 창작활동을 멈추지 않았다. 1943년에 「원각촌」을 발표하여 "큰물에 큰고기가 산다."는 격찬을 받게 되며 이어 작품집『북원』(1943년 4월)을 출간하게 된다.『만선일보』의 학예란에서는『북원』을 이렇게 소개하고 있다. "……대부분의 작품들은 만주에 있어서의 조선인의 생활을 그린 것인데, 다종다양한 조선인 생활의 시대적 변천과 역사적 사명 등을 남김없이 취재한 것이다. 창작집으로서의 가치

---

11) 안수길, 위의 책, 551면에서 인용.

도 가치려니와 재만 조선인 개척의 문헌적 가치로도 적지 않은 바 있다. 그리고 만주 선계(鮮系)문단에서 개인 창작집으로는 이것이 역시 효시다."12) 조선인 문단의 원로 염상섭은 『북원』서문에서 "今後 滿洲에서 우리의 손으로 開拓民文學乃至는 農民文學이 生成한다면 그것은 「北原」에서 起點을 求하여야할것이 아닌가함이요 그 先導로서의重任을 이著者에게 맡겨야 할 것이다."고13) 쓰면서 이 작품집과 작가를 높이 평가하였다.

『북원』의 출판은 당시 조선인 문단의 한 이정비로 되었을 뿐만 아니라 작가 안수길로 하여금 재만 조선인 문단을 선도하는 대표적 작가로 떠오르게 하였다.

사실 안수길은 이미 1941년 11월 『신만주(新滿洲)』(제3권 제11호)에 단편소설 「부억녀」가 중국어로 번역 발표될 때부터 조선인 문단의 대표적 작가로 주목되었다고 하겠다.

> 한번은 신경의 고 재기씨로부터 오랑씨가 주간인 중국어 잡지 『신천지(新天地)』에서 재만 각계 민족의 작품 특집을 하게 됐는데 조선인 작가로 나더러 작품 한 편 출품해 달라는 부탁을 받았다고 편지가 왔다.
>
> 그래서 『북원』 수록작 중에서 『부억녀(富億女)』를 내놓기로 했다. 마침 신경에 갈 일이 있어 그 작품 가지고 갔는데 고씨가 오랑(吳郎)씨를 만나는 것이 좋겠다고 해서 그의 편집실에 고씨 인도로 찾아갔다.
>
> 오랑씨는 시인이고 그의 부인 오영(吳瑛)이 소설가였다. 오랑을 만난 자리에서 나는 『당신네나 우리나 다 같은 처지니 협조해서 문학활동을 하자』고 말했더니 『시시(是是)』 하고 대뜸 호응해 주었다. 오영을 못 만난 것이 유감이었다.14)

이는 안수길이 단편소설 「부억녀」가 중국어로 번역 발표되던 때의 일을

---

12) 안수길, 앞의 책, 559면에서 재인용.
13) 안수길, 앞의 책, 534면에서 인용.
14) 안수길, 앞의 책, 560면에서 인용.

잊지 못하고 회고하여 쓴 글이다. 우선 안수길의 이 회고록에 큰 오기(誤記)가 있다는 것을 밝혀야 하겠다. 「부억녀」가 중국어로 번역 발표된 잡지는 『신천지』(일본어 잡지임)가 아니라 『신만주』이며 발표 시간은 『북원』이 출간된 1944년이 아니라 1941년 11월이다.[15] 하지만 '재만일만선아 각계 작가전 특집(在滿日滿鮮俄各系作家展特輯)', 즉 중국인, 일본인, 조선인, 러시아인 등 만주 문학장의 각계 작가들의 작품을 싣는 특집에 안수길이 당시 조선인 문인들의 대표적 작가로 지목되고 이에 응하여 그가 「부억녀」를 내놓았다는 것은 충분히 알 수 있다. 「부억녀」의 문학적 가치가 어떻든 이 작품의 번역 발표는 당시 중국인 문단에 조선인 문학의 존재를 확인시켰고 안수길로 하여금 자신이 재만 조선인 문단의 대표적 작가로 지목되고 있음을 실감하게 하였다. 이런 실감은 그가 남달리 집요한 추구로 당시 조선인 문단의 유일한 개인 작품집 『북원』을 출간할 수 있게 한 에너지의 하나로 되었다고 볼 수 있다.

안수길은 『북원』 후기에서 이렇게 쓰고 있다.

> 이集中 主要한 大部分의作品은 在滿朝鮮人의生活을 建國以前에 遡及하여서부터 起하여 오늘에 이르기까지 斷片的으로 發掘記錄한 것으로 그것은 한篇한篇이 그대로 獨立한存在이기는 하지만 順序를 쪼처읽을때 거기에自然히 時代的連結두 지어질수있는 것이다.[16]

안수길의 말과 같이 이 작품집에는 대체로 민족의 개척사와 정착사에 대한 체현이 하나로 관통되어 있다. 작가 또한 이 점에 대해 크게 자부하고 있었다.

1944년 여름, 안수길은 만선일보사에서 지방 특파원을 철수하자 본사

---

15) 졸고, 「안수길의 소설 '부억녀'의 한어역문 연구」(『문학과예술』, 2002년 제5기)를 참조하기 바람.
16) 안수길, 앞의 책, 537면에서 인용.

에 소환되었다가 자유 계약인 지사장이 되어 용정으로 돌아오며 이 해 12월 1일부터 『만선일보』에 장편소설 「북향보」를 연재하기 시작한다. 『만선일보』에 장편소설 「북향보」를 연재하게 된 것은 대체로 만선일보사 "사내의 문우들이", "일인(日人) 국장을", "잘 구슬러 쓰도록 한" 것이다. 물론 안수길도 "원하든 일이라 1회에 10매씩 되는 원고를 충실히 써서 열차편으로 기사 원고와 함께 열심히 보내"게 되었다.[17] 그러다가 몇 달 후, 이 작품이 끝날 무렵에 몸에 이상이 생겨 1945년 6월 중순에 용정의 집을 처리하고 고향으로 앓는 몸을 가족들에게 부축을 받으면서 돌아간다. 따라서 장편소설 「북향보」는 만주 후기 조선인 문학의 대표적 작가로 지목된 안수길의 문학 창작 총결산으로 되었다.

4. 「북향보」의 다층구조

장편소설 「북향보」는 1944년 12월 1일부터 1945년 7월 4일까지 139회에 나누어 『만선일보』에 연재 발표되었다고 한다.[18]

상기한 바와 같이 「북향보」가 창작 발표되던 이 시기는 대동아성전문학이 제반 문학장을 독점한, 불안하고 살벌한 시기였다. 안수길 또한 만선일보사 지사장이라는 신분으로 현지 기사 원고들을 써서 『만선일보』에 투고하는 한편 재만 조선인 문단의 대표적 작가로 재만 조선인들의 정착사를 다룬 장편소설 「북향보」를 창작하여 몇 달이란 긴 시간을 거쳐 역시 『만선일보』에 연재하였다. 『만선일보』는 이 소설의 연재를 앞두고 이런 사고(社告)를 게재하였다고 한다.

17) 안수길, 앞의 책, 562~564면 참조.
18) 오양호 저, 『한국문학과 간도』, 문예출판사, 1995년 7월, 114면 참조.

　　…… 이제야 바야흐로 만주 조선 문단 유일한 보배인 안수길 씨의 '북
　향보'를 실리게 되었습니다. 작자와 작품에 대하야는 긴 설멸을 피하거니
　와 작자는 만주 선계 문학인으로서 불우한 환경, 어려운 처지에서 단 한
　사람 외로히 꾸준히 또 진실히 문학을 해오는 만큼 이 작품에는 역시 진실
　을 탐색하고 진실을 파악하려는 열의와 노력이 잇어 반드시 독자의 가슴
　을 감격케 하고 심금을 울리게 하는바가 잇을 것을 확신합니다.[19]

　「북향보」가 복잡하고 어려운 문학 창작 환경에서 창작 발표되었음을 무
난히 이해할 수 있으며 작자의 고민과 심혈이 깃든 범상치 않은 작품임을
알 수 있다.

　주지하다시피 소설 「북향보」는 정학도와 그의 제자 오찬구 등이 북향정
신으로 와우산 기슭에 이상적인 농촌—북향목장을 건설하는 이야기로
'북향목장의 건립—실패—실패 극복—목장 재건'이라는 기본구조를 보
여주고 있다. 소설의 한 주인공 정학도는 선주민의 형상으로 자신의 북향
정신에 따라 목장을 세우고 거기에 농민 교육을 위한 농민 도장을 설치하
려 하나 경영 부진 등으로 하여 실패하게 되며 그 자신마저 이 이상을 제
자 오찬구에게 기탁하고 세상 뜬다. 오찬구는 스승의 뜻을 이어받아 목장
재건을 나선다. 하지만 이기주의자 박병익의 작간으로 목장이 팔리게 되
는 위기에 직면하게 되고 오찬구 등의 힘으로는 이 위기를 극복하기 어렵
게 된다. 이때 생각 밖에 '조선의 종달새' 정애라의 도움으로 위기를 극복
하고 목장을 재건할 수 있게 된다. 이는 소설의 기본구조이자 표면구조로
되며 북향정신, 즉 "만주에 아름다운 고향을 건설하는 정신"이[20] 곧 기본
주제로 된다.

　이와 더불어 소설은 또한 심층적인 주제와 구조를 보여주고 있다. 소설

---

19) 『중국조선민족문학대계(10) 소설집(안수길)』, 연변대학 조선언어문학연구소 편, 흑룡강조
　　선민족출판사, 2001년 11월, 25면에서 재인용.
20) 안수길, 위의 책, 298면 참조.

에서 여러 주인공들이 정학도로부터 오찬구로 대를 이어 가며 목장을 세우기에 전력한 근본 원인은 북향정신에 입각한 농민도(農民道)였음을 제시해주며21) 이 농민도는 곧 도혼(稻魂), 말하자면 "벼를, 모포기를 자식가치 생각하는 마음"이라고 쓰고 있다.22) 그러면서 그 진정한 의미를 모내기에 대한 이야기를 통해 제시해주고 있다. 소설에는 모내기에 대한 이야기가 여러 회로 나뉘어 아주 생동하고 명랑하게 묘사되어 있다.

> 속시원하게 개인 하늘, 하로밤 사이에 녹엽이 의젓해진 방천의 버들, 배미와 배미사이에 담겨, 거품이 출렁출렁 흡족한 논물, 농민들의 마음은 몸과 함께 일찍부터 뛰엿다.
> 뛰는 마음으로 농민들은 이논배미에 나란히 줄을 지어 노래를 부르면서 모를 꽂앗다.
> ……
> 곡챈 논의 쌀일랑은 우리 부모 공양하고
> 어어허야 더덩지로다.
>
> 넙다란 논의 쌀이랑은
> 어린 처자 먹여살려
> 어어허야 더덩지로다.
> ……
> 먹이는 소리는 구성지지만 듣는소리마조 흥겨워 이러케 주고밧고 하는 사이에 논배미 한줄두줄 파랗게 모로 메워져 나갓다.23)
> ……
> 모두가 태양 밑에 한 마음 한 뜻이엿다. 애들도, 큰 사람도, 선생도, 생도도, 부인도, 늙은이도 모두가 한뜻한마음이엿다. 벼를 사랑하는 마음 그것이엿다.
> "한 포기라도 실수 업시 가꾸자." 그런 마음이엇다. "한 알이라도 더 거

---

21) 안수길, 앞의 책, 298~299면 참조.
22) 안수길, 앞의 책, 477면 참조.
23) 안수길, 앞의 책, 470~472면에서 인용.

두자."

　그런 마음이엇다. 이마음은 어른도 아니요, 의리도 아니요, 칭찬을 받자는 외면치레는 물론 더구나 아니엇다. 그것은 신앙이요 그들의 육체도 생리요 호흡이엇다.

이렇듯 모내기는 남녀노소 모두가 한 마음으로 뭉치게 하고 삶의 기쁨과 희망을 주는 조선인의 근본적인 대사였다. 하여 소설의 한 주인공인 한명식은 "짐승 기르는데도 취미를 붙이는 것 같습니다만 송충이는 역시 솔잎을 먹어야 제맛이입지요."라고 감탄한다. 목장건설도 중요하기는 하겠지만 조선인으로서는 그래도 벼농사가 제일 실속 있게 중요한 일이라는 뜻이다. 제반 소설에서 보기 드물게 생동한 리얼리즘적인 묘사이다. 소설은 이어 재만 조선인들에게 있어서 벼농사가 중요할 수밖에 없는 원인을 정학도와 오찬구의 대화에서 밝히고 있다.

　　"일망무제한 들판에 꼬―량과 뽀―미밭이 지루하도록 차창에서 내다보이다가도 멀리 논이 눈에 띄고 들판에누런 벼들이 물결치는 것이 보일때 자네 마음은 어떻던가."
　　"대단히 반갑습니다."
　　"반갑겟지, 왜 반가울까."
　　"논이 잇구 벼가 잇으면 그근방에는 반드시 소선사람이 보이구 조선집이 보이는 까닭인줄압니다."
　　"그럼, 조선사람이 잇은곳에는 산간벽지는 물론 하고, 벼가 잇고 벼가 잇은 곳에는 어듸를 물론 하구 조선 사람이 잇다는 말도 되겟구면."
　　……
　　"……그러므로 나는 평소에 조선사람의 만주 개척에 대한 정신적지주(支柱)를 도혼, 벼의혼이라 생각하네."

벼농사는 조선인들이 만주 땅을 개척한 제일 근본적인 자본이었음을 제시해주는 묘사이다. 사실 조선인은 바로 이 근본적인 자본이 있었기에 험난한 만주 땅에 삶의 터를 닦을 수 있었다.

그리고 만주 땅에 삶의 터를 닦은 원인은 가장 원초적이고 단순한 삶의 기본욕구에서 출발한 것이었다.

> ……조선 농민의 이주사를 줄잡아 70년이라고 한다면 70년전이나 오늘이나 농민이 이곳에 이주한 까닭은 한결가치 여기와서 처자 권속을 거느리고 먹고 살자는것박게 업섯네. 그살자는것도 고스란히 누워서 이곳에 마련되어잇은 것을 냠냠 집어먹자는 비루한 생각이 아니엇섯네.그들은 볍씨와 호미를 가지고 왔네. 넓고 거칠어 쓸모업는 땅에 옥답을 만들고 거기에 볍씨를 심어 요즈음말로 하면 농지 조선농산물증산에 땀을 흘린 값으로 이곳에서 먹고 살자는것이엿네. 얼마나 깨뜻한 생각이요, 의젓한 행동인가. 하늘을 우러러 부끄러울것이 업고 땅을 내려보아도 역시 부끄러울데 업는 바일세……24)

조선인들은 "고스란히 누워서 이곳에 마련되어잇은 것을 냠냠 집어먹자"고 만주에 온 것이 아니라 "거칠어 쓸모업는 땅에"라도 농사 지어 처자 권속들이 먹고 살 수 있게 하기 위하여 만주에 왔다. 이는 양복선인(洋服鮮人)들과 전혀 다른 것이다. 양복선인들은 "경의선 함경선 직통열차를 타고" 만주에 온 돈벌이꾼들로서 "한다는 노릇이 몰의리요, 거짓말이요, 사기횡령이요, 부정업"이었다. 이런 양복선인들과 만주의 주인으로 자처한 일본인들의 식민약탈적인 개척사, 정착사에 비해 조선인들의 개척사와 정착사는 얼마나 깨끗하고 의젓한가. 소설은 조선인들의 개척사와 정착사는 "하늘을 우러러 부끄러울 것이 업고 땅을 내려보아도 역시 부끄러울 데 업는 바" 없다고 쓰고 있다.

조선인들은 이런 부끄러움 없는 개척사와 정착사를 가지고 있었기에 작자는 "우리 부조들이 피와 땀으로 이룩한 이 고장을 그 자손이 천대만대

---

24) 안수길, 앞의 책, 475~477면에서 인용.

진실로 새로운 고향으로 생각하고 이곳에 백년대계를 꾸며야 할 것이라”
고 하면서 소설 「북향보」에서 “이 고장에 아름다운 고향을 만들지 안해서
는 안 된다는 것을 기초삼아 이야기를 전개시켜 보려” 하였다.25)

참으로 농민도는 조선인들이 자신의 신근한 노력으로 만주 땅을 개척하
면서 떳떳한 자세로 만주에 삶의 터전을 마련할 수 있는 근본이었다고 할
수 있겠고 이와 같은 농민도에 의한 조선인들의 깨끗하고 떳떳한 개척사
와 정착사를 보여주려는 것이 바로 이 소설의 심층적 주제의식과 구조였
다고 하겠다.

물론 『북향보』도 일부 현세부응적인 내용과 의식을 보여주고 있음은 사
실이다. 찬구의 일본인 친구 사도미는 만주의 유축농업(有畜農業)을 위해 찬
구와 손잡자고 하면서 찬구에게 관청관리 자리를 주려하며 조선인농민들
의 목축업을 도와 나서는 만주의 참된 관원으로 묘사되어 있다. 경찰서
서원도 박병익의 부정행위를 열심히 조사, 처분하는 충직한 경찰로 묘사
되어 있다.

그리고 소설은 대체로 목장 건설을 둘러싸고 벌어지는 이야기를 쓰고
있는데 사실 당시 목축업을 발전시키는 것은 정부의 시책의 하나였기에
사도미 같은 일본인 관원들마저 주동적으로 조선인들에게 “목축의 사상을
함양시키”려 하였다.

이런 현세부응색채는 무엇보다 먼저 당시 피식민 민족문학으로서는 피
면키 어려웠던 한 특징이 아니었던가 싶다.

문학장에서 중심문학에 의뢰하지 않으면 그 생존공간을 잃게 되는 것이
곧 변두리문학의 주요특징의 하나이다. 만주 문학장에서 변두리문학으로
존재해야 했던 중국인 문학이나 조선인 문학은 모두 피식민 민족문학으로
서 일제 식민문학, 즉 대동아성전문학의 지배를 회피할 수 없는 상황이었

---

25) 안수길, 앞의 책, 26면 참조.

다. 상기하다시피 식민주의와의 협력을 거부하였던 중국인 문인들은 생존 공간을 잃게 되어 만주에서 탈주해야 하였고 원래 식민주의와의 협력을 거부하던 일부 진보적 문인들도 만주 후기에 와서는 대동아성전에 동조하여 식민주의와의 협력을 보여주었다. 조선인 문학은 중국인 문학 보다 그 생존공간이 더 험악하였다고 하겠다. 한 것은 문학의 기본 생존공간으로 되는 문학 발표지가 유일하게 『만선일보』 학예란뿐이었을 뿐만 아니라 『만선일보』 또한 국책선양을 취지로 한 일제 식민문화 통치기구의 한 장치였기 때문이다. 현세에 부응하는 것은 이 시기 조선인 문학의 생존의 필수 조건의 하나로 되었다고 보아도 무리하지 않을 것이다. 소설 「북향보」에서 보여주고 있는 현세부응색채는 바로 이런 생존상황의 진실한 반영이라고 하겠다.

소설 「북향보」가 이런 현세부응색채를 띠고 있기는 하지만 당시 몇 달에 걸쳐 『만선일보』에 연재로 발표되는 상황에서도 대체로 대동아성전에 관한 이야기를 회피하고 있다는 점이 너무나 특징적으로 주목된다. 제반 문학장이 대동아성전문학에 휩싸여 있던 만주 후기 문학장에서 그 주류담론이 변두리 되거나 또는 회피된 소설이 창작 발표된다는 그 자체가 중심문학, 즉 국책문학과의 이탈을 보여준다고 하겠다. 다시 말하면 이는 식민주의와의 비협력 거부의 반영이라고 하겠다. 「북향보」는 그 제반에서 이런 거부색채를 부응색채보다 훨씬 강하게 보여주고 있다는 것이 또 하나의 특징으로 된다.

현세에 대한 부응과 거부, 그리고 그 상호 교착은 소설 「북향보」의 다층적 주제와 구조를 초래하게 되었다.

5.「북향보」의 자리매김

만주 후기 안수길은 조선인 문학의 대표적 작가로, "불우한 환경, 어려운 처지에서"도 조선인들의 "만주정착문제에 유의"하여 "진실을 탐색하고 진실을 파악하려는 열의와 노력"으로 장편소설「북향보」를 창작, 발표하였다.

「북향보」는 만주에서의 조선인들의 농민도에 의한 떳떳한 개척사와 부조들이 피와 땀으로 이룩한 땅을 아름다운 새 고향으로 건설하려는 정착사를 생동하게 보여주고 있다. 이런 민족 개척사와 정착사에 대한 묘사는 원래 진보적이던 피식민 민족작가들도 전향적으로 대동아성전에 동조하여 제반 문학장이 대동아성전문학으로 숨 막히던 만주 후기 문학장에서 주류담론—대동아성전을 거의 회피하다시피 하고 있다. 이 회피는 대동아성전문학과의 동조를 우회적으로 거부한 것으로 볼 수 있다. 따라서 소설「북향보」는 만주 후기 대동아성전문학과의 협력을 회피 내지 거부한 민족적 작품이라고 하겠다.

그럼에도 불구하고 소설「북향보」가 일부 현세부응색채를 띠고 있을 지적하지 않을 수 없다. 이런 현세부응색채는 대체로 당시 특정된 문학장에서 피식민 민족문학으로서는 회피히기 어려웠던 역사적 한계의 반영이라고 할 수 있다. 이 문제점에서 안수길의 작가적 자세를 간과할 수 없다. 안수길은「북향보」를 창작 발표할 때『만선일보』의 자유 계약인 지사장으로,「북향보」연재 원고와 함께『만선일보』에 기사 원고를 써 보내면서『만선일보』와 일정한 사무관계를 갖고 있었다. 이런 사무관계가 최소한 경제관계로 이어진다고 볼 때 어쩌면『만선일보』와 생계문제가 맞물려 있는 잔혹한 현실이「북향보」가 현세부응색채를 띠지 않을 없게 된 원인의 하나로 되지 않았나 싶다.

이외 안수길은 문학창작에서 북향정신을 주장하였지만 현실생활에서는 고향에 의뢰하였다는 점도 자못 중요하다고 본다. 그는 몸에 이상이 생길 때면 고향에 돌아가 치료하곤 하였는데 「북향보」의 창작 발표가 끝날 무렵에도 몸에 이상이 생기자 1945년 6월 중순에 고향으로 돌아간다. 작가의 고향에 대한 의뢰성은 북향정신의 문학적 체현에 일정한 문제점을 내포하게 한다. 소설 「북향보」에서 체현된 북향정신에는 북향에 배수진을 친 철저한 현장감이 적은, 어느 정도 유토피아적인 색채가 보이고 있다. 암울한 현실과 일정한 거리감이 있는 목장건설, 목장건설의 위기를 맨 나중에 벗어날 수 있도록 관건적인 도와준 사람이 '조선의 종달새' 애라였다는 소설의 결말 등이 이 점을 잘 보여준다고 하겠다.

이런 문제점에 대한 논의는 본고의 이후 작업으로 남긴다.

—2005년 4월

「부억녀」의 중국어 번역문 소고

1. 안수길의 「부억녀」

주지하다시피 안수길은 만주의 조선인 문학을 선도해 나가면서 이 시기 문학의 기본 흐름을 보여준 대표적 작가이다. 1944년 4월, 그의 첫 창작집 『북원』(간도 예문당)이 간행되었는데 이는 만주 시기 유일하게 단행본으로 간행된 개인 창작집으로 된다. 안수길의 단편소설 「부억녀」는 『북원』에 수록된 12편 가운데의 한 편이다. 소설 「부억녀」는 1차로 『만선일보』(1940년 2월 13일~15일 학예란에 연재)에 발표된 작품으로, 짧은 편폭에 평범한 생활사를 보여주고 있는데 지금까지 빌굴된 사료에 의하면 만주에서 유일하게 중국어로 번역, 발표된 재만 조선인 작가의 소설이라고 할 수 있다. 하여 「부억녀」 중국어 역문은 일찍부터 일부 학자들의 관심을 자아냈고 그 연구 성과들도 속출하게 되었다. 하지만 이런 연구는 「부억녀」 중국어 역문 원문을 찾아보지 못한 상태에서 이루어졌다. 필자는 만주 문학 자료를 발굴, 연구하는 과정에 소설 「부억녀」의 중국어 역문을 발굴하게 되었는데 이 자료를 통해 그 동안 학계에서 많이 인용되어 오던 일부 사실이 와전되었음을 알게 되었다. 본고는 바로 이 점을 밝혀 와전된 사실을 바로잡고자 한다.

2. 와전된 사실

작가 안수길은 소설 「부엌녀」가 중국어로 번역된 과정을 이렇게 회고하고 있다.

> 그런데 한번은 신경의 고 재기씨로부터 오랑씨가 주간인 중국어 잡지 『신천지(新天地)』에서 재만 각계 민족의 작품 특집을 하게 됐는데 조선인 작가로 나더러 작품 한 편 출품해 달라는 부탁을 받았다고 편지가 왔다.
>
> 그래서 『북원』수록작 중에서 『부억녀(富億女)』를 내놓기로 했다. 마침 신경에 갈 일이 있어 그 작품 가지고 갔는데 고씨가 오랑씨를 만나는 것이 좋겠다고 해서 그의 편집실에 고씨 인도로 찾아갔다.
>
> 오랑씨는 시인이고 그의 부인 오영(吳瑛)이 소설가였다. 오랑을 만난 자리에서 나는 『당신네나 우리나 다 같은 처지니 협조해서 문학활동을 하자』고 말했더니 『시시(是是)』 하고 대뜸 호응해 주었다. 오영을 못 만난 것이 유감이었다.
>
> 중어(中語)로 번역된 『부억녀』는 일·노(백계)·만계(滿系)의 작품 한 편씩과 함께 활자화하여 나왔다. 그런데 『부억녀』의 여주인공은 우리나라 농촌의 처녀인데 게재된 여인의 삽화가 우리나라 처녀라기 보다 중국 처녀처럼 그려져 있는 것이 웃음을 자아냈다. 중국인 화가가 그린 탓이리라.
>
> 오랑씨와는 그 후 문통(文通)도 있었으나 일인 작가와 노인 작가는 만난 일이 없었다.[1]

안수길의 이 회고록에 의거해 김윤식 교수는 『안수길 연구』에서 이렇게 쓰고 있다.

> 「부엌녀」란 무엇인가. 앞에서도 이미 지적한 바와 같이, 이 작품은 만주계 쪽에서 처음으로 그리고 유일하게 조선계 작품을 요구한 것에 제공된

---

1) 안수길, 「용정·신경시대」— 중국조선민족문학대계 (10), 『소설집(안수길)』, 연변대학 조선언어문학연구소 편, 흑룡강조선민족출판사, 2001년 11월, 560면 재인용.

작품이다. 안수길이 고재기의 소개로, 만주어(중국어)계 순문학지 『신천지
(新天地)』의 주간 오랑(吳郞)을 찾아간 것은 『북원』을 낸 1943년 이후이다.
시인 오랑과 부인이며 작가인 오영(吳瑛)은 만주계 문인의 대표적 존재이
자 <만주문예가협회> 회원으로, 특출한 존재였다. 『신천지』에 재만 각계
민족문학 특집호를 내고자 했을 때 안수길이 지목되었고 중국어로 번역된
「부억녀」가 일본계, 백계 러시아계, 만주계 등과 나란히 실렸다. 안수길은
훗날 「부억녀」의 주인공이 한국 농촌처녀인데, 『신천지』에 게재된 삽화가
중국처녀로 그려져 있어 우스웠다고 적고 있다.[2]

위에서 보다시피 작가 안수길은 소설 「부억녀」가 잡지 『신천지(新天地)』
에 번역 발표된 것으로, 『신천지』를 중국어 잡지로 기억하고 있으며 또 「부
억녀」를 『북원』에 수록된 작품들 가운데서 선정한 것으로 기억하고 있다.
김윤식교수는 안수길의 이 회고록에 따라 그 발표 시간을 1943년 이후로
보고 있다. 학계에서도 이를 따르고 있다. 작가의 회고록이라 신빙성 있기
때문이다. 그러나 필자는 중국어 역문의 발굴을 통하여 작가 안수길이 「부
억녀」 중국어 역문과 관련된 사실을 잘못 기억하였고 김윤식 교수는 이
잘못된 회고록을 인용하였기에 그 연구에 일부 차질이 생기게 되었다는
것을 확인하게 되었다.

사실 『신천지』는 당시 대련에 있은 신천지사(新天地社)에서 1925년부터
1945년까시 간행한 일본어 월간지였고 소설 「부억녀」의 역문은 신경(지금
의 장춘)의 중국어문 월간지 『신만주(新滿洲)』이며 그 발표 시간은 1941년
11월이었다.

---

2) 김윤식, 『안수길 연구』, 정음사, 1986년, 104면 재인용.

3. 『신만주』와 오랑 부부

　잡지 『신만주』는 1939년 1월 1일 만주도서주식회사가 신경에서 창간한 중국어 잡지이다. 이사장 고마고에 고신(駒越五貞)이 주필 겸 발행인으로, 이사 왕광렬(王光烈)과 계수인(季守仁)이 편집으로 있었다. 1945년 4월까지 제7권 제4기가 간행된 후 폐간되었다. 이 잡지는 "충애효의협화(忠愛孝義協和)를 종지"로 하였지만 지역특색이 선명한 문학작품을 적지 않게 발표하였고 1940년대 만주의 권위적인 간행물로 되었다.

　이런 종합지에서 "재만 조선계 작가의 대표적인 존재가 안수길임을 확인"하고 그의 작품을 번역, 발표하였다. 당시 편집은 바로 오랑(吳郎), 오영(吳瑛) 부부였다. 이 "안수길을 포용한 오랑·오영 부부는 누구인가."[3]

　오랑의 원명은 계수인이다. 그는 1930년대 말부터 40년대 중반에 이르는 사이에 만주에서 활약한 시인인데 「철창」, 「5월의 밭갈이」, 「도살장에서」 등을 발표하였다. 당시 오랑은 시인으로 아니라 『신만주』의 주요 편집으로 이름났다. 「만주문단의 결산과 전망」, 「1940년 전 만주문단을 돌이켜 본다」 등 평론을 발표하기도 하면서 권위적인 간행물의 주요편집답게 만주문단을 주름 잡고 있었다. 그는 『신만주』의 주필이 일본인이었기에 일본인과의 거래도 빈번하였고 1943년 8월에는 만주 대표의 일원으로 동경에서 열린 제2차 대동아작가대회에 참석하기까지 하였다. 또한 일부 현세에 부응하는 글을 발표하기도 하였다. 현재 중국의 만주 문학 연구에서 오랑에 대한 연구가 거의 공백이나 다름없고 오랑에 대한 자료도 아주 적다. 이는 오랑이 일본인과 많이 거래하고 현세에 부응하는 글들을 발표하였다는데서 비롯된 것이 아닌가 싶다.

　여하튼 오랑은 문학발표지가 아주 적었던 당시 만주문단 상황에서 권위

---

3) 김윤식, 앞의 책, 56면 참조.

적인 간행물의 주요 편집으로 활약하면서 문단에서 일정한 영향력을 과시하고 있었다.

오랑의 부인 오영(吳瑛)은 필명이 영자(漢子)이다. 1936년에 『봉황』 월간에 단편소설 「밤중의 변동」을 발표하면서부터 문단의 주목을 끌었고 소홍(蕭紅)의 뒤를 이어 만주에 나타난 재능이 뛰어난 여성 작가로 평가 받았다. 오영은 24세에 단편소설집 『양극(兩極)』(1939)을 출판하였고 뒤이어 「황폐한 원림」, 「말라버린 꽃」 등 중, 단편소설들을 발표하여 만주문단의 다산작가로, 영향력이 있는 여류작가로, "창작정력이 유일하게 왕성한 작가"로 불리었다. 오영의 대부분 작품은 여성을 주인공으로 하고 있으며 여성의 시각으로 여성의 영혼을 탐색하면서 여성의 사회적 문제들을 많이 폭로하였다. 오영은 작품에서 주로 여성들의 성격 및 생명에 관한 문화의 내재적 원인을 해부, 분석하여 강렬한 창작의식과 뚜렷한 창작지향을 보여주었다.

오영은 또한 작가이자 편집인이었다. 반월간 『사민(斯民)』의 편집으로 있었고 『만주문예』의 주필이기도 하였으며 『세계명소설선』을 편찬하기도 하였다. 뿐만 아니라 「만주 여성문학의 작가와 작품」, 「만주 여성문학을 논함」 등 평론들을 발표하여 만주 영성작가와 작품에 대해 총화, 평가하면서 만주여성문단을 전면적으로 파악하고 있었디.

오영 역시 일부 현세부응의 글들을 썼었고 1942년 11월에 만주의 대표로 동경에 가서 제1차 대동아작가대회에 참석하였다.

요컨대 오랑, 오영 부부는 당시 만주문단에서 인기가 있은 문인들이었고 만주문단을 전면적으로 파악한, 일정한 영향력과 실권을 가진 편집이었다.

4. 「부억녀」와 '재만일만선아(在滿日滿鮮俄) 각계 작가전특집'

　　어째서 안수길은 만주문학의 조선계 작품으로 「원각촌」라든가 「벼」, 「새벽」 등을 내세우지 않고, 만주와는 아무 관련 없는 「부억녀」를 제출한 것일까.[4]

　　이 의문을 풀자면 우선 『신만주』에 발표된 "재만일만선아 각계 작가전특집(在滿日滿鮮俄各系作家展特輯)"을 분석하여야 한다.

　　『신만주』는 1941년 11월호에 "재만일만선아 각계 작가전특집"이라는 특집란을 설정하여 러시아인 작가 아르메니・네스미로브(阿而魔尼・聶斯米羅夫)의 소설 「빨간 머리 련꼬(紅頭髮的蓮克)」, 조선인 작가 안수길의 소설 「부억녀(富億女)」, 중국인 작가 전랑(田瑯)의 소설 「비바람속의 성새(風雨下的堡壘)」, 일본인 작가 삽민표길(澁民飄吉)의 소설 「태평가의 저택(泰平街的邸宅)」(상) 등 4편의 소설을 함께 게재하였다. 발표순은 「빨간 머리 련꼬」, 「부억녀」, 「태평가의 저택」, 「비바람속의 성새」로 되었다. 그 중 「태평가의 저택」이 중편소설로 편폭의 제한을 받아서인지 전반부만 발표되었다.

　　소설 「빨간 머리 련꼬」는 이런 이야기를 쓰고 있다. 소련 홍군이 해삼위에 진입한 후 유흥업소를 봉폐하고 창녀들을 해방시킨다. 어느 부자 집 하녀였던 빨간 머리 련꼬는 남달리 예쁜지라 홍군 간부의 귀부인으로 될 수 있었으나 송(宋)씨라는 중국인이 눈독을 들여 그녀가 홍군들과 접촉하기 전에 청혼하면서 함께 하얼빈에 가서 장사를 하자고 꼬드긴다. 레와또브라는 사나이가 하얼빈으로 가려고 중국 소련 변경지대의 삼림 속에서 헤매다가 한 오두막에서 웬 여인을 발견하게 된다. 그녀는 조선인 옷을 입고 머리에 러시아 수건을 두르고 있었다. 그녀가 바로 련꼬였다. 중국인

─────────

4) 김윤식, 앞의 책, 106면.

송씨가 그녀를 다른 중국인에게 팔아버리고 그녀를 산 중국인이 또 말 한 필과 아편 반 근(250g)에 그녀를 한 조선인에게 팔아버렸는데 그 조선인이 그녀를 데리고 훈춘으로 가는 도중에 그녀를 버리고 도망갔다. 하여 그녀는 지금 러시아로 되돌아가는 길이다. 레와또브의 설득으로 련꼬는 러시아에 가지 않고 수분하로 가겠다고 한다. 그들은 열나흘을 걸어 수분하의 한 작은 마을에 찾아든다. 거기서 아편 밀매를 하는 한 러시아인을 만난다. 그 사람은 중국 관헌을 속이기 위해 소매점을 꾸리고 있었다. 소매점에서 이틀 휴식하고 떠나려고 할 때 련꼬는 울면서 소매점의 하녀로 남겠다고 한다. 련꼬는 자신이 레와또브와 결혼할 자격이 없는 비천한 인간이기 때문이라고 말한다. 하여 레와또브가 홀로 하얼빈으로 간다.

주지하다시피 소설 「부억녀」의 이야기는 아주 짧다. 천한 집에서 천하게 자란 부억녀라는 추녀가 시집가서 학대받으며 살다가 그만 아이를 잃고 시집에서 쫓겨나 친정집에 돌아온다. 얼마 후 그녀는 동네 머슴의 유혹을 받는데 그만 집사람들의 구박을 받다가 병들어 죽는다.

소설 「태평가의 저택」(상)은 이런 이야기를 쓰고 있다. 파리 풍격이 짙은, 온통 눈으로 쌓여 있는 한 북방도시의 어느 토요일 저녁 히비노(日比野)씨가 번화한 거리를 방황하며 행복을 누리는 길가의 민가들을 부럽게 바라보면서 자책감에 빠진다. 오래전부터 가정을 배빈하고 다른 여인늘과 살던 그로서는 집에 갈 용기가 없기 때문이다. 하여 그는 세 번째 여인의 집으로 가려고 발길을 옮긴다. 도중에 문득 어구(魚具)상점을 발견하고 어구를 좋아하는 아들을 위해 낚시를 산다. 이에 용기를 얻고 태평가에 있는 저택으로 향한다. 이 저택은 그의 원집인데 아내가 지금 아들, 딸들을 데리고 살고 있다. 염치를 불문하고 집에 들어서니 아내가 출장 가는 시동생을 역까지 바래주러 가고 집에 없었다. 둘째 아들이 그를 "사장님 오셨나요." 하며 어색하게 맞이한다. 아들은 어머니가 너무 가련하다고 하면서 아버지더러 집에 돌아오라고 한다. 그러면서 아들은 어른들의 세계를 염오한다고 한다. 나중에 그는 지난밤에 시동생을 바래주러 역에 간 아내가 이튿날 아침에야 집에 돌아온 것을 알게 된다.

소설 「비바람속의 성새」는 위의 소설들과는 전혀 다른 이야기를 쓰고 있다. 소설은 서두에 "이는 오래전의 옛이야기다."라고 밝히고 이야기가 시작된다. 밤중에 지주 당평무의 성새에 가죽트렁크 여덟 개를 실은 마차 한 대가 들이닥치더니 조폭하게 생긴 한 사나이가 마차에서 내리자마자 빈방을 내놓으라고 호통 친다. 주인 당평무가 시가지의 사람들이 모두 이 성새에 피난 왔기에 빈방이 없다고 하지만 그 사나이는 다짜고짜 자기가 데리고 온 병사들을 시켜 방 하나를 독점한다. 하여 원래 있던 피난민들은 밖에 쫓겨난다. 이 사나이가 바로 현(縣)정부 재정국 국장 겸 경찰국 국장인 조씨이다. 이때 현장 풍씨가 조씨의 맞은 편 방을 차지하고 한창 아편을 피우며 앞날을 걱정하고 있다. 한 것은 그들은 지금 토비들에게 반달너머 포위되어 있었기 때문이다. 한편 경찰국장의 부하가 주방장더러 닭을 잡아 국장 부인께 올리라고 야단친다. 주방장이 그러면 내일 마실 물이 없게 된다고 사정하나 막무가내였다. 새날이 밝을 무렵 토비들이 진공해 온다. 그런데 성새에는 물이 없어 난리가 난다. 한 병사가 물을 길으러 보루밖에 나가다가 총에 맞아 죽는다. 이윽고 현장과 관리들은 토비가 보내온 투항을 권하는 편지를 놓고 투항이냐 저항이냐를 논쟁한다. 성새의 주인은 저항하다가 성새가 포연탄우에 무너져 자기의 재산이 날려날 것 같아 속으로는 투항하기를 바란다. 현장은 성새를 지켜낼 것 같지 못해 속으로 투항하려 하면서도 투항한 후 토비들에게 피해를 입을까 무서워 감히 결단을 내리지 못한다. 경찰국장은 투항하면 자기가 갖고 온 여덟 개의 트렁크를 에누리 없이 빼앗길 것이나 저항하면 그래도 트렁크를 지켜낼 희망이 조금이라도 있다고 생각되어 투항을 반대한다. 토비들이 성새 밑까지 진공해오자 급해난 경찰국장은 자기가 갖고 온 트렁크를 하나 내놓는다. 그 속에는 수류탄이 가득했다. 사실 국장이 남모르게 군수품을 독점하고 자기 욕심을 채우려 하였던 것이다. 그들은 그 수류탄으로 토비들을 격퇴시킨다. 이튿날 새벽에 구원병이 나타난다. 그런데 구원병은 성새가 이미 함락된 줄로 여기고 성새에다 대포를 마구 쏜다. 하여 현장과 피난민들을 아우성치며 성새의 후문을 열고 줄행랑을 놓는다. 경찰국장이 갖고 있던 나머지 일곱 개 트렁크가 포격당하여 권총을 가득 넣은 트렁크며 여우가죽옷을 가득 넣은 트렁크며 금은덩어리와 돈을 가득 넣은 트렁크 등이 그대로 드러난다. 나중에 사람들은 성새의 한 땅굴에서 질식해 죽은 경찰국장을 발견한다.

위의 4편 소설을 간추려 보면 앞의 세 편은 모두 여인들의 비참한 운명을 그리고 있다. 이는 바로 오영의 문학적 지향과 맞아 떨어지는데 이를 우연한 일치라고만 볼 수 없을 것 같다. 안수길이 소설가 오영을 만나보지 못한 것을 유감이라고 밝히고 있듯이 당시 오영은 오랑 보다 더 널리 알려진 재능 있는 소설가였고 편집이었다. 비록 오랑이 안수길더러 작품 한 편 출품해달라고 부탁하였다고 하지만 부탁할 때 모르긴 해도 그 어떤 요구를 제기하였을 것이다. 이에 대해서는 편집후기에서 그 단서를 희미하게나마 찾아 볼 수 있다.

> 순문예에 '재만일만선아 각계 작가전특집'을 내놓았다. 설계초기에는 생각한 섯이 아주 원만한 것 같았으나 작가를 청하여 집필시킬 때에야 비로소 이 일이 쉽지 않은 일임을 알게 되었다. 원래 편폭이 적은데다가 민족구별이 있어 무엇보다 먼저 작가를 선택하는 문제가 편집자를 아주 난감하게 하였다. 그 후의 난제는 더욱 많았다. 하여 겨우 4 편을 내놓게 되었는데 결과 삽민표길씨의 <태평가의 저택>은 절반밖에 싣지 못하였다.[5]

여기서 적어도 안수길과 편폭의 제한성은 말해주었을 것이라고 추정해 볼 수 있지 않을까 한다. 또한 시인인 오랑이 소설가인 부인 오영과 그 어

---

5) 『신만주』 제3권 제11호, 140면.

떤 상론이 있었거나 오영의 그 어떤 영향을 받았을 것이라고 생각해 보는 것도 무리하지 않을 것이다. 서로 얼굴도 모르고 말도 안 통하는 세 민족 작가의 작품들 모두 약속이나 한 듯 서로 비슷한 주제를 다루었고 그 주제 또한 오영이 추구한 소설 주제와 너무나 비슷하기 때문이다.

소설 「비바람속의 성새」는 비록 서두에 오래전의 옛이야기라고 밝히고 있지만 사실 당시 만주의 중국인들 사이의 불화와 무능 그리고 부패를 폭로한 것이라고 보는 것이 옳은 이해라 생각된다. 오랑 중심의 중국인 편집들이 자기 민족의 현실상황을 잘 알고 있은 원인도 있겠지만 더욱이는 그들이 일제 식민통치하에 문학 활동을 하면서도 나름대로의 주체성이 없을 수 없었기 때문이다. 다른 민족들의 소설들은 그 주제가 비슷하지만 중국인의 소설만은 홀로 독특한 주제를 다루었다는 사실은 바로 이들의 주체성을 말해준다고 볼 수 있겠다.

5. 「부억녀」가 중국어로 번역된 원인은

만주의 권위적인 간행물 『신만주』에서 처음으로 내놓은 재만 각계 민족 작가전특집에 조선인 작가 대표로 안수길이 선정되고 소설 「부억녀」가 중국어로 번역, 발표되었다는 것은 재만 조선인 문학에서의 안수길의 작가적 위상을 보다 잘 실증해준다.

안수길의 대표작이라 할 수 없는 소설 「부억녀」가 어찌하여 『신만주』에 조선인 문학을 대표하여 중국어로 번역, 발표되었는가 하는 그 실지 원인은 자료부족으로 현재 확증하기 어렵지만 주로 아래와 같은 원인이 아닌가 추정해본다.

우선 편집 오랑이 어느 정도 주체성을 잃지 않은 친일도 저항도 아닌 중간노선으로 순문학적인 편집원칙을 세우고 부인 오영의 문학지향의 영향을 받아 특집의 주제를 여성문제로 정하지 않았을까 하는 것이다. 이 점은 특집의 작품들과 그 편집후기에서 어느 정도 입증할 수 있다. 따라서 안수길은 오랑으로부터 편폭과 주제의 제한성을 제시 받고 「부억녀」를 내놓았을 것이다. 필경 처음으로 재만 조선인 문학작품이 중국어로 번역, 발표되는 중요한 기회였고 또 안수길은 재만 조선인 문학의 존재를 중국인들에게 알리고자 하는 마음이 간절하였던 지라 자기의 대표작이 아니더라도 편집의 요구에 맞추어 「부억녀」를 선택했을 것이다.

다음 재만 조선인 문학을 대표하게 된 안수길로서는 당시 조선인 문학의 생존공간을 확보하기 위한 보호책으로 민족의 개척사나 정착사를 다룬 모가 난 목적문학을 회피하고 순문학적인 작품을 선택하지 않을까 추정하는 것이다. 「부억녀」의 중국어 역문이 발표되기 전인 1941년 3월에 일제가 「예문지도요강(藝文指導要綱)」을 반포하고 만주문학예술을 보다 가혹하게 통제하였기에 문학 생존공간이 그야말로 시시각각 위협당하고 있어 보호책을 쓰지 않을 수 없는 것이 당시 상황이었다. 안수길의 이런 보호의식이 오랑의 편집의도와 맞아 떨어진 것이 아닐까?

요컨대 안수길의 소설 「부억녀」의 중국어 번역문은 작가 안수길 연구 및 재만 조선인 문학 연구에서 소중한 자료로 된다고 하겠다.

—2002년 8월

『조선단편소설선』 소고

문학의 영향과 수용과정에 있어서 때로는 그 영향원(影響源)보다 수용자가 처한 환경 및 시대의 요구가 중요한 요소로 된다.

만주 중국인 문인들은 당시의 특수한 민족 사회 문화 심리에 의해 약소민족(弱小民族)문학에 대해 적극적인 수용 자세를 보여주었는데 그중 일제의 식민통치에서 같은 숙명을 겪고 있은 조선현대문학에 대한 수용을 자못 중요시하였다. 특히 작풍간행회(作風刊行會)에서 번역, 출판한 『조선단편소설선(朝鮮短篇小說選)』은 만주 중국인 문학에 적극적인 영향을 끼쳤다.

작풍간행회는 원래 대련에 있은 향도문예연구사(響濤文藝研究社)와 개척문예연구사(開拓文藝研究社)의 부분적 성원들이 1939년 가을 봉전(奉天)에서 조직한 문학단체인데 그 주요 성원들로는 이부(夷夫), 목풍(木風), 석군(石君), 전병(田兵), 야려(也麗), 양야(楊野), 안서(安犀), 미명(未名), 성현(成弦), 목지(牧之), 고신(古辛), 최속(崔束), 진무(陳蕪), 왕각(王覺) 왕도(王度) 등이었고 그중 일부 성원들은 일찍 좌익 문학활동에 참가하였다. 이 간행회는 3종의 간행물과 도서를 출판하려 계획하였다. 우선 대형계간 『작풍(作風)』으로 역문특집, 창작특집(소설), 산문특집, 시가특집 등을 간행하고 다음 소형간물 『작풍련집(作風聯輯)』으로 시가, 역문, 극작품 등 여러 책을 간행하며 그 다음 작풍문예총서로 작풍동인들의 단행본을 출판한다는 것이었다. 그러나 1941년

말 이부, 양야, 왕각이 선후로 僞滿 경찰들에게 체포되는 등 백색공포로 인하여 작풍간행회는 1941년 말에 해산되고 그 출판계획은 무산되다시피 하였다.

『조선단편소설선』은 바로 이 시기에 작품총서의 하나로 출판되었는데 이는 만주시기에 유일하게 단행본으로 번역 출판된 약소민족소설집으로 추정된다.

『조선단편소설선』은 1941년 7월 20일 신경신시대사(新京新時代社)에 의해 출판되었는데 왕혁(王赫)이 편집을 맡고 왕각(王覺)이 발행인(發行人)으로 되었다. 이 소설선은 출판될 때는 사고가 발생되지 않았지만 몇 달 후인 1941년 말에 왕각이 이 책을 출판한 죄와 기타 죄로 하여 위만경찰들에게 체포되어 투옥되고 감옥에서 혹형에 시달리다가 불행히 옥사하였다.[1]

이 소설선의 출판경과에 대하여 자료의 부족으로 상세하게 알 수 없지만 이 소설선의 내용과 이에 대한 당시의 여러 평론문장들을 통해 간접적이기는 하지만 역자와 편집 그리고 발행인 및 당시 독자들의 수용 자세를 엿볼 수 있을 뿐만 아니라 조선어 원문을 통해 그 내용을 보다 전면적으로 파악할 수 있다.

『조선단편소설선』에는 김동인의 「붉은 산(赭色的山)」(古辛 譯), 장혁주의 「이치삼(李致三)」(遲夫 譯)과 「늑대(山狗)」(夷夫 譯), 이효석의 「돈(猪)」(古辛 譯), 이태준의 「까마귀(烏鴉)」(羅懋 譯), 김사량의 「월녀(月女)」(鄒毅 譯), 유진오의 「복남이(福男伊)」(羊朔 譯), 이광수의 「가실(嘉實)」(王覺 譯) 등 8편이 수록되었는데 그 중 「붉은 산(赭色的山)」(古辛 譯), 「돈(猪)」(古辛 譯), 「가실(嘉實)」(王覺 譯)은 작풍간행회에서 1940년 11월에 간행한 『역문특집(譯文特輯)』에 1차로 번역 발표되었다가 다시 이 소설선에 수록된 것이다.

이 소설들의 번역 테스트는 모두 일본어였다. 즉 일본어에서 다시 중국

---

1) 田兵, 「重新認識淪陷時期的文學」, 『東北文學研究史料』 第3輯, 181면 참조.

어로 중역된 셈이다. 「가실」은 1940년 4월 10일 모던일본사(ヒタソ日本社)의 출판으로 된 『이광수단편집 가실(李光洙短篇集 嘉實)』에 번역, 수록되었는데 왕각이 이 소설집에서 선정하여 번역한 것으로 추정된다. 「돈」은 『문예통신(文藝通信)』 1936년 8월호에 일본어로 발표되었다가 1940년 2월 15일 교재사(教材社)의 출판으로 된 『조선소설대표작집(朝鮮小說代表作集)』(申建 譯編)에 수록되었는데 고신이 이 소설집에서 선정하여 번역한 것으로 추정된다. 「붉은 산」도 『조선소설대표작집』에 일본어로 번역, 발표되었는데 고신이 역시 이 소설집에서 선정하여 번역한 것으로 추정된다. 「이치삼」은 1938년 2월 『제국대학신문(帝國大學新聞)』에 번역되었다가 1939년 2월 장혁주의 소설집 『길(路地)』에 다시 수록되었고 「늑대」는 1934년 5월 『문예수도(文藝首都)』에, 「까마귀」는 1939년 11월 『모던일본』의 조선특집호에 먼저 번역되었다가 1940년 3월 10일 장혁주 편, 적총서방(赤塚書房) 출판으로 된 『조선문학선집(朝鮮文學選集)』(第1卷)에 다시 수록되었으며, 「월녀」와 「복남이」는 1941년 5월 18일 『주간조일』에 『반도작가신인집(半島作家新人集)』으로 번역, 발표되었다. 중국어 역자들은 당시 일본어 문단에 이름난 조선작가 장혁주와 이광수의 작품과 『조선소설대표작집』, 『조선문학선집』, 『반도작가신인집』 등 당시 조선 문학을 대표한다고 인정된 소설집들에서 작품들을 선정하여 번역하였다고 추정된다.

물론 역자들이 언어의 제한으로 원문 아닌 일본어로 작가작품을 선정하였기에 일정한 편차가 생기고 또 일본어 역자들의 문학 가치판단의 영향도 어느 정도 면하지 못한 점도 있다고 하겠다. 하지만 『조선단편소설선』은 중국인 문인들의 공동한 운명을 겪고 있는 약소민족문학에 대한 특별한 기대시야에서 번역, 출판되어 비교적 큰 반향을 불러일으켰다. 당시 신경의 유일한 중국어 신문인 『대동보(大同報)』에 두 번에 나누어 발표된 극명(克名)이라고 서명한 「『조선단편소설』 독후감」을 통해 이를 고증해볼 수 있다.

… 이왕 우리는 조선의 문화세계에 대해 깜깜부지였다. 그 민족가운데
는 시인이나 작가가 한사람도 나타날 수 없는 것으로 생각하였다. 마치 러
시아문학의 위대한 빛을 발견하기 전에 사람들이 러시아에 그처럼 찬란한
문화가 있는 것을 생각지 못한 것과 같다. 조선, 더욱이는 조선의 문화는
사람들에게 홀시 되어 있은 지 오래였다.

…

현재 조선단편소설선이 출판되었다. 이는 하나의 위대하고 결심이 있는
사업이라고 말하지 않을 수 없다. 『선(選)』이라고 하지만 내가 보건대 결코
『선』이 아니라 많은 조선단편소설가운데서 임의로 뽑아 출판한 것에 지나
지 않는다. 조선의 창작은 근본적으로 많은 열과 힘을 갖고 있다고 하겠다.
열과 힘이 없으면 그들은 근본적으로 쓸 필요가 없다. 조선의 문인들은 만
주문인과 같은 한가함이 없기에 구호를 부르지 않는다. 그러나 그들의 작
품은 대중을 떠난 것이 하나도 없다. 마치 작가들이 영혼이 하나뿐이고 이
영혼 하나가 대중을 영원히 파악하고 있는 것 같다. 동시에 그들에게는 또
하나의 공동점이 있는데 그것은 곧 누구나 할 것 없이 작품을 수식하지 않
고 솔직하게 써내려 가는 것이다. 작품들은 참으로 솔직하고 순진하다.
　여기에는 영미인(英國美國人)들이 생각지 못하는 제재가 있고 백종인(白
種人) 보다 숭고한 정신이 있다.… 백의의 사람들, 그들의 영혼, 그들의 피
는 그 어느 것도 백색인들보다 못한 것이 없다.… 어느 한 방면에서 우리
는 하나의 공통한 운명이 있다고 생각된다. 고민으로 죽도록 억눌려 사는
운명이다.…2)

이 글은 어느 정도 "이 책의 가치를 너무 높이 평가"하고 있는 감을 느
끼게 하지만 작자의 적극적인 수용 자세와 이 소설선의 영향을 잘 보아
낼 수 있다.

당시 이름난 평론가 진인(陳因)도 『성경시보(盛京時報)』에 세 번에 나뉘어
「조선문학약평(朝鮮文學略評)」이라는 논평을 발표하였다.

---

2) 克名, 「朝鮮短篇小說」(上, 下), 『大東報』, 1941年 8月 5日, 8日, 참조.

의사를 제일 잘 표현하는 도구는 문학이라 할 수 있다. 두 개 민족의 상호 교류도 문학의 소개와 이해를 요청한다. 조선은 비록 우리와 거리가 가깝지만 문학상에서는 전혀 교류가 없었다고 할 수 있다. 우리는 일본문학지어 북구문학을 알고 있지만 조선문학에 대해서는 망연하다.

조선에 결코 문학이 없는 것이 아니다. 또한 그들의 문학이 국제 수준이 전혀 없어서가 아니다. …

조선문학의 지표는 이 역본에만 근거하여도 그 수준이 절대 낮지 않다고 판정할 수 있다.[3]

이어 진인은 냉철한 안목으로 매 작품의 내용과 예술특징에 대해 하나하나 상세히 평하였다.

「이치삼」은 "아주 농후한 희극미가 풍기는데", "희극의 배경에는 음산하고 비참한 색채가 있다."고 하고 「늑대」는 한 물간 사랑이야기를 쓰고 있는데 이는 작가의 세계관이 협소함을 보여준다고 하면서 이 소설은 "내가 보건대 아주 오래 전에 쓴 작품인 것 같다."고 한다. 사실 이 판단은 너무나 정확하였다.

「붉은 산」은 "민족정서가 아주 짙고", "이야기 구성이 비교적 완벽하다."고 하고 「돈」은 조선농촌의 농민형상이 너무 단순하게 그려졌는데 그 제일 주요한 원인은 작자의 세계관이 협소한 데 있다고 한다.

「까마귀」는 "한 편의 비범한 작품이다. 작자는 전인들이 들어가지 못한 계곡에 들어가 사람들이 전혀 잡지 못한 귀중한 짐승을 잡았다. 첫 시행을 하였다. 다시 말하면 아주 음산한 감을 느끼게 되는데 이런 기질은 앨른 포(艾倫坡)의 작품에서 볼 수 있다."라고 평하였으며 「월녀」는 "아주 평범한 이야기를 쓰고 있는데" 이는 "핵심을 멀리 떠난 중용적인 작품이다."고 하면서 암흑면을 쓰지 않았나 하고 심사하는 당국의 심사 때문에 중용을 선택하는 중국인 문단의 중용파(中庸派)를 생각하게 한다고 평하였다.

---

3) 陳因, 「朝鮮文學畧評－朝鮮短篇小說選－」, 『盛京時報』, 康德8年(1941年) 10月 1日자.

그리고 「복남이」는 "일종의 위대한 인성"을 "아주 원만하게 이야기한" 성공적인 작품이라고 하면서 또 "문학이 국경이 없는 것은 인성이 서로 통하여 거리가 없기 때문이"라고 평한다.

진인은 특히 「가실」에 대해서는 아주 의미 깊게 평하였다.

> 한 병졸의 이야기를 쓰고 있다. … 만약 가실의 성격만 표현하였다면 가작이라 할 수 없다. 소설은 고대전쟁을 기재할 때 몇 곳은 아주 잘 썼다.… 자연히 이런 전쟁에 대해 백성은 무엇 때문에 꼭 싸워야 하는가를 모른다. 다만 두 나라의 국왕과 장군들이 싸우려고 하면 각자의 나라 백성들이 서로 교전하는데 선전(宣戰)의 이유는 당연히 서로 상대방이 전쟁을 일으켰기 때문이며 자기는 정당한 방어라는 것이다. … 여기서 싸우고 있는 두 나라의 백성들은 오히려 선악(好惡)상에서 공통한 인간성을 갖고 있다. 할진대 언젠가는 전쟁을 결속 지을 것이다.[4]

저명한 학자 전종서(錢鍾書)는 외래문화가 흔히 번역과정에 미묘한 변화가 생기는 현상에 대해 이렇게 이야기하였다.

> 한 나라의 문자와 다른 한 나라의 문자 사이에는 필연적으로 거리가 있게 된다. 역자의 이해와 기질이 원 작품의 내용 형식과 거리가 없을 수 없을 뿐만 아니라 역자의 체험과 그 자신의 표현능력 사이에도 흔히 거리가 있게 된다. … 때문에 역문은 언제나 원 모양이 변하는 곳이 있게 된다. 작품의 의의 혹은 구미가 어긋나게 되거나 혹은 원문과 부합되지 않게 된다.[5]

독자가 백 명이면 햄리트 역시 백 명이라는 말이 있는 것처럼 문학작품이 한 문화 환경으로부터 다른 한 문화 환경으로 옮겨질 때 그 작품에서

---

4) 陳因, 『朝鮮文學略評－朝鮮短篇小說選－』, 『盛京時報』, 1941年 10月 22日자에서 재인용, 이 문장은 10월 1일, 10월 8일, 10월 22일 세 번에 나누어 발표됨.
5) 王克非 편저, 『飜譯文化史論』, 上海外語教育出版社, 1997年 10月, 6면 참조.

일부 새로운 의의가 생성된다. 따라서 작품의 의의는 부동한 환경, 부동한 시대의 부동한 독자들에 의해 부동하게 해석된다고 하겠다.

위에서 언급하다시피 소설 「가실」, 「돈」, 「붉은 산」 등 3편은 먼저 『역문특집』에 수록되었다가 다시 『조선단편소설선』에 수록된 작품들인데 제반 작품들 가운데서 중점작품으로 되어 있다.

「가실」은 1923년 2월 12일부터 23일까지 『동아일보』에 연재된 소설인데 『삼국사기』에 있는 소재를 인용하여 쓴 역사소설이다. 조동일 교수는 『한국문학통사』에서 이 소설은 이광수가 민족허무주의의 지론을 펴서 심한 규탄을 받을 때 쓴 것인데 "사랑을 위해 고난의 길을 자청한 가실"한테서 "희생정신의 가치를 느끼도록 하자는 데 창작 의도가 있다 하겠는데", "궁지에 몰린 자기 자신도 민족을 사랑하다가 희생을 겪는다고 변명하는 뜻을 은근히 보태 작품의 진실성을 더욱 약화시켰다."라고 평하였다.6)

하지만 소설 「가실」은 조선어에서 일본어로, 일본어에서 다시 중국어로 번역되는 과정에 이광수가 그 어떤 목적으로 창작하였든 중국인 역자에 의해 텍스트 의의가 새로워지게 되었다. 『조선단편소설선』에 실린 「가실」은 주인공 가실이의 사랑에 대한 충성심을 보여주는 한편 20세에 징병되어 30세에야 고향에 돌아왔을 뿐만 아니라 또 전쟁에시 아들들을 나 잃고 어린 딸을 데리고 사는 신라의 늙은이, 역시 전쟁에서 아들을 잃고 어린 딸 하나를 데리고 사는 고구려의 늙은 부부, 무엇 때문에 싸워야 하는지도 모르는 장기간 지속되는 전쟁에서 비참하게 죽어가는 병사들 등 여러 인물과 이야기들이 주선으로 그려지고 있다고 하겠다. 이 번역 작품의 기저에는 반전(反戰) 정서가 뚜렷하게 보인다.

이효석의 「돈」은 식이라는 농촌청년이 암퇘지를 길러 종돈(種豚)과 교배

---

6) 조동일, 『한국문학통사』(5), 지식산업사, 1994년 1월, 103면 참조.

시켜 가지고 오면서 분이라는 여자와 함께 잘 살아 볼 꿈을 꾸며 철길을 건너다가 저도 모르게 돼지가 기차에 깔려 죽자 그만 땅에 쓰러지는 이야기를 쓰고 있다. 이 소설의 역문은 농민들의 그 어떤 희망의 파멸을 보여주는, 생략과 암시가 섞인 소설로 읽혀지고 있다고 하겠다.

김동인의 「붉은 산」은 원래 『삼천리』 1932년 4월호에 발표되었는데 이 소설에 대해 조동일은 이렇게 평하였다.

> … 환경에 굴복하지 않으려는 반격에 심각한 의미를 부여했다. 만주에 이주한 동포들이 그곳 지주에게 수탈되고 피살되기조차 하자, 별명이 삵이라고 하는 불량배가 복수를 맡아 나섰다. 삵이 상해를 입고 죽어가면서 애국가가 듣고 싶다고 한 것으로 민족의식의 각성을 촉구하려 했다. …「붉은 산」에서의 애국은 김동인의 작품에서 가까스로 찾을 수 있는 긍정적 가치의 희귀한 예이다.[7]

일본인으로 동화되어야 하는 상황에서 작품의 주인공이 고향의 붉은 산을 그리워하고 주위의 사람들이 애국가를 부르는 감명 깊은 결말은 만주 조선인들의 짙은 민족정서를 보여준다.

사실 만주 중국인들도 일제의 식민통치 하 피식민 민족(被殖民民族)으로 망국의 비애를 절감하였을 뿐만 아니라 식민 민족으로의 강제동화의 위기에 직면하였었다. 이런 불운에서 벗어나려면 모름지기 대중들의 민족의식과 저항의식을 계몽시켜야 하였다. 이런 계몽작업은 진보적인 중국인 문인들의 사명이기도 하였다. 따라서 만주 중국인 문학도 민족계몽을 위한 진보적인 민족문학이 박절히 요청되었다. 김동인의 「붉은 산」은 바로 이런 기대시야에 알맞은 타산지석(他山之石)이 아닐 수 없었다.

요컨대 이런 소설들은 자연발생적인 번역 이입이 아니라 당시 만주 중국인들의 현실에 요청되어 의도적으로 선택되고 역자의 문화여과를 거친

---

7) 조동일, 앞의 책, 111면 참조.

적극적인 번역 이입이었다고 볼 수 있다. 일제의 식민 문화 전제 통치 하에서 만주 중국인 문학은 직접적으로 민족의식과 저항의식을 보여줄 수 없었고 중국인 독자들의 기대시야에 알맞은 진보적인 작품들이 쉽사리 발표될 수 없었다. 만주 중국인 문인들은 우회적인 표현방법을 이용하는 한편 그 기대시야에 알맞은 외래문학작품들을 번역 이입하여 그 심미치환을 시도한 동시에 이를 보기로 자기민족문학을 발전시키려 하였다. 『조선단편소설선』은 바로 이런 수용 자세에 따라 번역 이입된 외래문학 작품집으로 만주 중국인 문단과 독자들에게 적극적인 영향을 끼치게 되었다.

『조선단편소설선』은 만주 중국인 문인들로 하여금 공동한 운명을 겪고 있는 한민족의 정감세계, 민족의식, 문학지향을 알게 하였고 또 이런 수용을 통해 일제의 식민통치 하에 생긴 자신들의 정감을 간접적으로 토로하게 하였다고 할 수 있다. 또한 만주 중국인 문인의 민족의식과 문학지향을 완곡하게 보여주었다고 하겠다. 이로 하여 『조선단편소설선』은 20세기 전반기 중국의 한국문학 번역 이입에서 빛나는 한 페이지를 차지하고 있다.

―2003년 10월

고재기의 「재만조선인 문학」에 대하여

주지하다시피 만주 조선인 문학 연구는 국내외 학자들의 다년간의 고심한 노력으로 적지 않은 성과들을 이룩하였지만 당시의 문학 사료들이 많이 산실되어 있어 그 연구가 아직도 부진상태에 있다고 할 수 있다. 따라서 그 문학사료 발굴 작업은 자못 긴요한 과제로 나서고 있으며 발굴된 사료들은 모두 중요한 가치를 갖게 된다.

우리가 지금 보게 되는 고재기(高在驥)의 「재만 조선인 문학(在滿鮮系文學)」이 바로 그러하다. 이 문장은 만주 조선인 문학 평론계에서 활약한 『만선일보』 편집기자 고재기가 당시 중국어 잡지 『신만주(新滿洲)』(康德 9年 제4권 제6호 즉 1942년 6월호)에 당시 만주 조선인 문학 상황을 체계적으로 개괄 소개한 평론으로 자못 중요한 문헌적 사료라고 할 수 있다.

이 문장을 게재한 『신만주』는 1939년 1월에 만주도서주식회사가 창간한(1945년 4월에 종간) 중국어 종합잡지였는데 주필 겸 발행인은 이 주식회사의 이사장 고마고에 고신(駒越五貞)이 맡고 편집은 왕광렬(王光烈)과 계수인(季守仁)이 맡았다. 『신만주』는 1940년대에 만주에서 간행된 중국어 간행물 가운데서 권위적인 간행물의 하나로 영향력이 여간 크지 않았다.

이런 잡지에 고재기의 「재만조선인 문학」이 발표된 것은 결코 우연히 아니었다. 이에 앞서 1941년 11월에 당시 재만 조선인 문학의 대표적 작품으로 안수길의 단편소설 「부엌녀(富億女)」가 이 잡지에 중국어로 번역 발표되었다. 이에 대해 안수길은 후일 이렇게 쓰고 있다.

> 그런데 한번은 신경의 고 재기로부터 오랑씨가 주간인 중국어 잡지『신천지(新天地)』에서 재만 각계 민족의 작품 특집을 하게 됐는데, 조선인 작가로 나더러 작품 한 편 출품해 달라는 부탁을 받았다고 편지가 왔다.
>
> 그래서『북원』수록작 중에서「부엌녀」를 내놓기로 했다. 마침 신경에 갈 일이 있어 그 작품을 가지고 갔는데, 고씨가 오랑씨를 만나는 것이 좋겠다고 해서 그의 편집실에 고씨 인도로 찾아갔다.
>
> 오랑씨는 시인이고 그의 부인 오영(吳瑛)이 소설가였다. 오랑을 만난 자리에서 나는 "당신네나 우리나 다 같은 처지니 협조해서 문학 활동을 하자"고 했더니 "시시(是是)"하고 대뜸 호응해 주었다. 오영을 못 만난 것이 유감이었다.
>
> ……
>
> 오랑씨는 그 후 문통(文通)도 있었으나 일인 작가와 노인 작가는 만난 일이 없었다.[1]

여기서 안수길이 말한 잡지『신만주』(사실『신천지(新天地)』는 당시 일본어 잡지였고 안수길은『신만주』를『신천지』로 오기하였음)의 편집자 오랑(吳郎, 원명 계수인)은 1930년대 말부터 1940년대 중반에 이르기까지 만주 중국인 문단에서 시인으로 활약하였을 뿐만 아니라『신만주』의 주요편집으로 이름났다. 그는 「만주문단의 결산과 전망」, 「1940년의 만주문단을 돌이켜 본다」 등 평론을 발표하기도 하면서 만주문단의 흐름을 파악 평가하는 실력과 영향력을 보여주었다. 그는 중국인 문단뿐만 아니라 제반 만주문단의 흐름도 파악하고 그 교류를 추진하기 위해 '재만 일만선아 각계 작가전특집(在滿日滿鮮俄各系作家展特輯)'을 편집하여『신만주』(1941년 11월호)에 발표하였다.『신

----

1) 안수길, 「용정·신경시대」,『중국조선민족문학대계(10) 소설집－안수길』, 연변대학 조선언어문학연구소 편, 흑룡강조선민족출판사, 2001년 11월, 560면에서 재인용.

만주』는 이 특집을 펴내면서 편집후기에서 이렇게 밝히고 있다.

> 순문예란에 "재만 일만선아 각계 작가전특집"을 실었는데 이 특집을 설
> 계할 당초에는 생각이 아주 원만하다고 느꼈지만 진작 사람들을 청하여
> 집필시킬 때에야 결코 쉬운 일을 아님을 알게 되었다. 원래 편폭이 적은데
> 다가 민족간의 구별이 있어 우선 사람을 선택하는데서 편집들이 애로를
> 느끼기 시작하여 그 후에는 곤난이 연달아 나타났다. …… 하지만 우리는
> 제2회를 펴내기 위해 계속 노력할 것이다.[2]

이는 이 특집이 단순히 편집자의 우연한 생각으로 편집된 것이 아니라
넓은 시야와 깊은 생각으로 신중하게 기획한 것임을 보여 준다. 편집자는
제반 만주문단의 구성을 이루고 있는 각 민족문학을 편견 없이 다루기에
무척 애를 쓰면서 단 한 번으로 끝나는 것이 아니라 제2회를 펴내겠다고
밝히고 있다.

상기한 안수길의 「용정·신경시대」에서 밝혀지다시피 이 특집의 책임
편집은 바로 오랑이었다. 오랑은 안수길이 "당신네나 우리나 다 같은 처
지니 협조해서 문학 활동을 하자"고 이야기하자 "시시"하고 대뜸 호응해
주었다고 하며 그 후 안수길과 문통도 있었다고 한다. 오랑이 당시 각 민
족문학 간의 교류에 남다른 관심을 가졌음을 알 수 있다. 오랑은 이런 관
심을 실제로 편집실천에 옮겨 상기한 특집을 구상하고『만선일보』편집
고재기에게 재만 조선인 문학의 대표적 작가의 작품을 추천해줄 것을 청
탁하였으며 이에 따라 고재기가 안수길을 그 대표로 찍고 안수길은 단편
소설 「부엌녀」를 그 대표작으로 내놓게 된 것이다. 「부엌녀」는 당시 중국
인 문단에 처음으로 조선인 문단의 수준을 보여준 번역 작품이라고 추정
되고 있다.

고재기가 어떤 사람이었기에 오랑이 위와 같은 청탁을 하게 되었을까?

---

2) 편집후기, 『新滿洲』, 1941년 11월호, 140면에서 인용.

고재기의 연보는 지금까지 잘 알려져 있지 않지만 그가 당시 『만선일보』의 문학편집으로 신경에서 꽤 활약하였음은 확실한 사실이다. 그는 "횡보, 여수를 비롯해서 몇 분의 간부가" 만선일보사를 떠난 후에 새로 『만선일보』에 들어왔고 재만 문인들뿐만 아니라 조선의 작가들한테서도 원고들이 기고되자 "즐거운 비명을 지를 지경"으로 흥분한 문학편집이었다. 오랑이 재만 조선인 문학의 대표적 작가의 작품을 추천할 것을 고재기에게 청탁한 사실과 고재기가 안수길더러 오랑과 만나게 한 사실 등을 미루어 보아 그는 중국인 문인들과 일정한 거래가 있었으며 적어도 오랑에게는 조선인 문단 상황을 잘 파악하고 있는 조선인 편집으로 알려졌다고 할 수 있다. 이 점은 『신만주』 편집이 고재기의 「재만조선인 문학」을 편집 발표하면서 필자(고재기)를 조선매일신문사 신경 특파원이자 재만 선계 평론가라고 활자로 밝히고 있다는 데서도 충분히 찾아보게 된다. 하여 당시 중국인 문단을 진맥하는 평론들을 써왔고 또 각 민족 문단과 그 교류에 남다른 관심을 보였던 오랑은 고재기를 당시 조선인 문단의 평론가로 인정하고 "다 같은 처지"에 있는 조선인 문학을 중국인 문단에 소개해줄 것을 고재기에 부탁하였다고 하겠다. 고재기 또한 안수길의 작품 추천 등을 통하여 오랑과 낯선 사이가 아니었기에 그 청탁의 뜻을 모를 수 있었고 또 중국인 문인들과의 교류를 바라왔던 만큼 그 청탁에 적극 응하였을 것이다.

고재기가 오랑의 청탁에 적극 응하여서이든 자신이 조선인 문학인이라는 사명감에 의하여서이든 「재만조선인 문학」은 당시 조선인 문단 상황을 초기 형성시기부터 시작하여 이 글을 쓰고 있던 시기까지를 체계적으로 개괄하여 잘 보여주고 있다. 이 글은 무엇보다도 조선인 문단의 발단으로 보고 있는 『북향』 창간사의 핵심부분을 그대로 인용하여 보여주고 있다는 데서 자못 중요한 가치를 갖고 있다.

　…우리들은 문학의 힘을 천하에 공포한다. 분투를 선언한다. 무력(武力)

보다 더 위대한 필을 쥐고 있는 사람들이여, 그대들의 가슴에 청신한 젖이 용솟을 것이고 …우리들은 황야에서 방황하며 문화의 젖을 먹지 못하는 백의대중들에게 절규한다. 어서 빨리 깨여나라, 어서 빨리 환상과 착각에서 깨여나라, 명랑한 기치아래 모여라. 방황과 주저(躊躇)속에서 빨리 각성하여 당당한 진영으로 향해 나아가자…3)

여기서 북향회는 문학을 통해 고난에서 허덕이는 광범한 백의대중을 문화적으로 시급히 계몽시키고 민족의식을 각성시켜 백의민족의 당당한 삶을 찾도록 계몽, 인도하기 위해 『북향』을 창간하였음을 알 수 있다. 조선인 문학은 바로 이와 같은 문학정신으로 형성되면서 그 발전을 기하였다고 하겠다. 이처럼 조선인 문학 형성을 해명하는 첫 열쇠로 되고 있는『북향』창간사는 지금까지 발굴된 사료 가운데서 고재기의 「재만조선인 문학」에서만 찾아볼 수 있는 상황이다. 비록『북향』창간사 전문이 아닌 일부분이기는 하지만 핵심부분이어서 대저 그 주제를 파악할 수 있다.

고재기의 「재만조선인 문학」은 상기한 문헌적 가치뿐만 아니라 우리가 아직 모르고 있는 적지 않은 문학정보들을 내포하고 있다. 이에 대해서는 독자들이 아래에 원문(번역문)을 통해 상세히 살펴보기 바란다.

—2002년 5월

---

3) 고재기 「在滿鮮系文學」, 『新滿洲』 1942년 6월호, 92~93면에서 인용.

부록 : 在滿鮮系文學
　　　　―고재기―

　　만주에 조선인 문학(在滿鮮系文學)이 존재하느냐 않느냐 하는 이 문제는 기타 각 민족들의 의문으로 되어 있을 것이다. 그 원인은 아마도 조선인 문학을 소개하는 사람이 없기 때문일 것이다.

　　옛날 고구려는 이 땅에 나라를 세웠으나 지금은 일부 예술문화의 흔적만이 남아 고고학자들의 발굴과 고증을 받고 있을 뿐이다.

　　지금으로부터 70년 전, 이곳에 이주한 우리 동포는 백오십만 명에 달하였다. 그들은 문화를 창조하는 것으로 생활을 누리면서 거기에 모든 힘을 다 쏟았다. 사실대로 말하면 우리의 조상(祖先)들은 음풍영월(吟諷詠月)에 문(文)을 숭상하고 무(武)를 경시한 종족이다. 신라문화나 이조(李朝)문화를 막론하고 모두 이런 성분을 갖고 있다. 조선 문화에 상당한 이해를 갖고 있는 독자에게 있어서 상술한 역사의 영향을 받았다면 간혹 아무런 주저도 없이 재만 조선인 문학의 존재를 이끌어 낼 것이다. 하지만 미안하게도 그것은 알맞지 않는다고 말해야겠다.

　　일본인(필자는 日系라 칭했음. 역자 주)들에게 소위 만주 문학이 있는 한 조선인 문학에 대해서도 약간의 서술을 할 수 있다고 본다.

　　만주의 지리, 정치 등 여러 특수성 속에서 나온 특수한 이념의 구체화를 전제로 한다면 간혹 아직 상당한 거리가 있겠지만 일본인의 만주 문학에 비하면 오히려 어느 정도 운운할 수 있다. 물론 조선인 문학은 일본인의 만주 문학 보다 시작이 비교적 늦기는 하였지만 장래가 있다. 조선인 문학의 전망에 대해 우리는 비관과 낙관을 초월하여 다만 요구에 따라 앞으로 나아갈 뿐이다. 이런 비논리적인 추리를 하게 되는 것은 하나의 유감이라고 할 수 있다.

본고에서 말하는 만주 조선인 문학은 만주에서 살고 있는 조선인 작가들이 조선어로 쓴 문학을 말한다. 이 밖의 것은 제외한다. 이 견해의 정확 여부에 대해서는 논의할 여지가 있기는 하지만 나는 만주 조선인 문학의 운명은 역시 재만 조선어의 운명이라고 생각한다. 모토(母土) 조선의 언어 문제를 추이해 볼 때 부득불 이를 생각하게 되기 때문이다. 이 나라(일제강점기 만주를 말함. 역자 주)의 언어문제는 만주문학의 개념에서 제일 중요한 한개 요소로 된다. 이 문제는 본고의 내용에 속하지 않기에 더 논술하지 않는다.

위에서 조선인들은 문화를 창조하는 것으로 생활을 누린다고 하였는데 아래에 이를 다시 상세히 중복하여 본다.

만주에 온 조선인들을 보면 초기에는 자유 이민들이었고 다음에는 정치 망명자들이었으며 그 다음에는 건국(일제강점기 만주의 건립을 말함. 역자 주) 후의 대량의 개척민들이다. 그들은 의식주를 해결하려고 눈코 뜰 새 없다나니 물론 예악을 즐길 여가가 없다. 조선의 신문학사는 이미 30여년이 되지만 이곳에서 유랑하고 있는 조선인들은 아직도 문화생활과 거리가 요원하다. 여기서 말하는 재만 조선인 문학은 6, 7년 전부터 비로소 섬차 싹트기 시작하였으며 그것도 만주에서 교육을 받은 조선인이 아니라 새로 만주에 온 일부 문학인들에 의해 싹트기 시작한 것이다. 최초에는 아주 부진상태였지만 최근 2, 3년에는 점차 조선인 문학의 당연함을 인식하게 되었고 대부분이 진지한 태도로 창작에 종사하고 있다.

강덕(康德 2年, 1935) 2년 10월에 간도에 거주한 일부 문학인들이 『북향』이라는 동인잡지를 출간했다. 이 잡지는 비록 불과 30페이지도 안 되는 작은 간행물이지만 문학기운(機運)의 성숙을 대표할 수 있다. 3호까지 출간된 후 끝맺게 되었다. 이 잡지의 기치와 일반 경향에 대해 무엇이라고 딱히 지적할 수는 없지만 재만 조선인의 그 대부분이 농민이었기에 농민문학의 색채가 있다고 할 수 있다. 이 잡지에 실린 천청송의 「농민문학의 전(農民文學以前)」과 노신의 「고향」 역문(안수길 역으로 됨. 역자 주)이 아주 사람들의 주의를 끌고 있다. 그러나 명확한 목표는 없었다. 일부 정열적인 문학인들의 문학에 대한 일종의 열렬한 동경이었고 또 한 면으로 인본주의에서 출발한 분개이기도 하였다. 그 창간사를 인용하면 다음과 같다.

> …우리들은 문학의 힘을 천하에 공포한다. 분투를 선언한다. 무력(武力)보다 더 위대한 필을 쥐고 있는 사람들이여, 그대들의 가슴에 청신한 젖이 용솟을 것이고 …우리들은 황야에서 방황하며 문화의 젖을 먹지 못하는 백의대중들에게 절규한다. 어서 빨리 깨여나라, 어서 빨리 환상과 착각에서 깨여나라, 명랑한 기치아래 모여라. 방황과 주저(躊躇)속에서 빨리 각성하여 당당한 진영으로 향해 나아가자…

이 잡지는 만주 조선인 문학에 있어서 하나의 온상(溫床)이었다. 당시 문학인들의 발표기관은 이 잡지 외에 『간도일보(間島日報)』와 『만선일보(滿鮮日報)』의 전신이었던 『만몽일보(滿蒙日報)』이었다. 후에 『북향』이 폐간되고 『간도일보』와 『만몽일보』가 합병되어 다만 『만선일보』와 『재만조선인통신(在滿鮮人通信)』(작년 5월에 폐간됨)이 자그마한 지면을 문학인들에게 제공해 주고 있을 뿐이다. 발표기관이 결핍한 것은 확실히 조선인 문학의 일대 장애로 되며 일대 고뇌로 된다. 사실대로 말하면 만주의 조선인 문학은 아직 요람기를 벗어나지 못하였다. 문단도 완전히 형성되지 못하였다. 최근 2, 3년의 창작을 보면 등장한 작가가 30명 정도이고 발표된 작품은 상당히 많다. 조선에 있는 작가 40명이 백 편의 작품밖에 없는 것과 비교해 볼 때 재만 조선인 문학활동은 스스로 위안할 수 있다. 여기서 말하는 작가는 일본인작가들처럼 매 사람마다 1년에 단편 하나 혹은 4, 5편밖에 발표하지 못하는 작가가 아니다.

동시에 조선 문단에서도 아주 이름 있는 지명인사들 예하면 박영로, 현경준, 김진수, 안수길 등은 모두 현역 중견작가들이라고 할 수 있다. 그들의 작품은 대부분이 만주에서 취재한 것이고 또 내용이 새로워 아주 호평받고 있다. 근래에 와서 작품 창작활동이 점차 감퇴되고 있으나 작품의 기교는 오히려 큰 진보를 보이고 있다. 작년에 비록 몇몇 신진작가들의 활동이 있기는 하였지만 작품의 수준은 종래의 수준에 머물러 있는 형편으로 대서특필할 것은 없다.

조선인작가들의 일반적인 경향은 '사실주의'라고 할 수 있는데 조선의 작가들과 보조를 같이 하고 있다. 명랑하고 건설적인 작품이 나타나지 못하는 것이 하나의 유감이라고 할 수 있다.

조선 문단의 기숙(耆宿)이며 그 공로를 중국의 노신과 비할 수 있는 염상섭 씨는 일찍 절필하고 작품을 쓰지 않고 있으며 과거의 중견작가였던 김영인(金永人) 씨도 날로 침묵을 지켜가고 있다. 비록 이 두 사람은 아직 건재하여 있지만.

그 다음 시단을 볼 때, 여수, 박팔양, 백석, 유치환, 김조규 등은 모두 시집을 펴낸 중견시인들이지만 현재 모두 거의 시를 쓰지 않다시피 하고 있다. 간도 도문의 동인지 <시현실(詩現實)>의 이수형 등이 초현실주의에 속하는 시들을 크게 발표히디가 인제는 기가 겨우 붙어 있는 상황이다.

만주에는 시를 쓰는 사람이 적지 않지만 시평은 아주 적다. 다만 일종의 원시적 열정이 흐르고 있을 뿐이다.

조선의 작가들 가운데서 만주를 제재로 창작한 주요작품들로는 이기영의 「대지의 아들」, 이태준의 「농군」, 윤백남의 「사변전후」 등이 있다. 이곳의 문학인들은 기타 각 나라의 문학인들과 마찬가지로 시세의 흐름 속에서 키가 없는 선(船)처럼 어디로 갈 바를 모르고 있다. 일부 신인들은 비록 열정은 있으나 문학수양이 결핍하여 만주의 현실에 대한 심사숙고가 더욱더 없다. 생활의 불온정성은 그들로 하여금 문학을 의심하게 하고 점차 생활에 파묻히게 하고 있다. 한 것은 지금 문학의 길에는 고난과 고통이 지난날 보다 훨씬 많기 때문이다.

지난번 홍보처(弘報處)에서 발표한 「예문지도요강(藝文指導要綱)」은 기타의 다른 민족작가들에게는 큰 방조가 되겠지만 조선인 작가들에게는 원고료(稿費)같은 것은 말할 것도 없고 유일한 발표기관인 『만선일보』마저 문예의 편폭을 재삼 줄인 상황이다.

만주에서 꽃 피고 열매 맺어 복합문화(複合文化)에 협력해야 할 조선인 문학이 금후 어떤 길로 나아가야 하는가 하는 것은 비록 문학인들 자신의 문제이기는 하지만 문화자체가 정치와의 관계가 물과 고기의 관계와 같기에 일체는 정치에 의존하는 수밖에 없다.

필자 : 조선매일신문사 신경 특파원 · 재만 선계 평론가

옮긴이 : 김장선

일제강점기 만주 중국인 문학 연구

중국에서의 만주 문학 연구 양상

1. 문제의 제기

20세기 후반기 중국의 문학연구는 대체로 시대의 사회, 정치 환경의 영향을 받으면서 굴곡적으로 발전하여왔다. 다시 말하면 부동한 시기의 부동한 사회, 정치 환경이 당시 문학연구에 직접적인 영향을 끼치고 그 연구를 제약하였다.

주지하다시피 중국에서는 1932년부터 1945년 8월 광복 전까지 동북이 일제에게 강점당하고 그 식민통치를 당하던 시기의 괴뢰정부를 위만주국(僞滿洲國)이라고 일컫는다. 현재 이 시기를 동북륜함시기(東北淪陷時期)라고 통칭한다. 아울러 이 시기에 생성했던 중국인 문학을 중국학계에서는 동북륜함시기문학(東北淪陷時期文學) 혹은 동북륜함구문학(東北淪陷區文學)이라고 한다. 어떤 경우에는 위만주국시기문학(僞滿洲國時期文學)이라고도 한다. 위만주국시기 즉 동북륜함시기는 일제통치하의 식민지라는 특수한 역사시기로 말미암아 그 사회, 정치 환경이 그 여느 지역이나 시기보다 복잡하고 민감하였다. 아울러 이 시기에 생성된 문학도 복잡성과 민감성을 띠지 않을 수 없게 되었다. 그 만큼 동북륜함시기문학 연구 또한 굴곡적인 궤적을 그어왔다. 본고에서는 위만주국시기문학 또는 동북륜함시기문학(동북륜함구문학이라고도 함)을 만주 문학이라고 칭한다.

현재까지 중국학계에서는 이 시기 문학의 정체성에 대한 총체적 평가가 초점이 맞춰지지 못하고 시종 간헐적으로 논의가 진행되어 왔고 반일 진보 성향이 비교적 뚜렷한 작가나 작품에 대한 연구는 대체로 활발하게 진행된 반면에 작가의 정치성향과 문학 활동 내지 작품주제가 애매모호하거나 친일경향이 보이는 작가 작품에 대한 연구는 거의 회피 혹은 외면되어 온 상황을 보여주고 있다. 여러 차례 진행된 논쟁의 초점은 주로 이 시기의 문학주류가 애국적이고 진보적인 것인가 아니면 매국적이고 분식적인 것인가 다시 말하면 성격상 저항문학이냐 한간문학(漢奸文學)[1]이냐 하는 것이었다. 이와 같은 논쟁은 근 반세기 동안 지속되어 왔지만 현재까지 설득력 있는 결론이 없어 향후 보다 신빙성 있고 객관적이며 고정한 판단을 기대하고 있다.

본고에서는 근 반세기 동안의 중국에서의 만주 문학에 대한 연구 양상을 중국 사회 정치 환경의 변화에 따라 크게 세 개 시기로 나누어 살펴봄과 아울러 그 문제점도 밝혀보고자 한다. 이는 향후 만주 조선인 문학[2]의 연구에도 일정한 참고가 될 것이다.

---

1) 한간문학이라는 것은 중국학계에서 대체로 일제 괴뢰통치자들이 직접 획책 조종한 어용문학과 민족절개를 상실하고 일제통치 및 괴뢰정권에 협력한 분식문학을 통칭하여 일컫는 개념인데 한국학계에서 흔히 쓰는 친일문학 내지 친일협력문학과 비슷한 개념이다.
2) 중국 조선족학계에서는 만주 조선인 문학 혹은 해방 전 조선족 이민문학이라고 하고 한국학계에서는 대체로 재만 조선인 문학이라고 한다.

2. 연구 양상의 세 단계

2.1. 해방직후부터 '문화대혁명' 시기까지의 연구 양상

중국은 해방직후부터 문화대혁명시기까지 전례 없는 정치운동이 거듭 발생됨으로 인하여 사회, 정치 환경은 시종 복잡하고 불안하였다. 중국의 사회, 정치, 문화 환경은 중국문학의 기본 발전 흐름을 좌우지할 정도로 영향을 주었고 따라서 그 문학 연구도 정치 문화 환경에 의해 좌우지 되었다고 할 수 있다. 즉 20세기 중국 문학 연구는 역사적 분위기나 특수한 정치 배경을 소홀히 여기고 순수문학의 각도에서 연구한다면 각종 문학현상을 합리적으로 연구 평가할 수 없다고 하겠다.

중국에서의 만주 문학 연구는 일찍 1946년 초부터 시작되었다. 1946년 1월에 『동북문학』(제1권 제2기)은 요원(姚遠)의 평론 「동북 14년간의 소설과 소설가(東北十四年來的小說與小說人)」, 냉가(冷歌)의 평론 「과거 14년간의 시단(過去十四年的詩壇)」, 위장명(韋長明)의 평론 「동북 산문 14년간의 수확(東北散文十四年的收穫)」, 도군(陶君)의 평론 「동북 동화 14년(東北童話十四年)」 등 평론을 발표하였고 맹어(孟語)의 평론 「윤함시기 동북의 희곡(淪陷期東北戲劇)」(제1기 제3권), 림리(林里)의 평론 「동북 여성문학 14년사(東北女性文學十四年史)」(제1기 제4권) 등 평론도 연이어 발표되어 사상 처음으로 동북륜함시기문학을 평가하였다.

이 평론들은 제목에서 볼 수 있다시피 만주 문학을 소설, 시가, 산문 희곡, 동화 여러 가지 장르로 나누어 그 기본 윤곽을 그리면서 대체로 그 문학성과를 긍정적으로 평가하고 있다. 이 평론을 쓴 작자들은 모두 자신이 만주에서 직접 겪은 체험에 근거하여 이 시기 "문학가들은 사상을 가지고 글을 쓰기에 비록 필의 움직임마저 감시당하는 험악한 환경에 처하여 있었지만 문학가의 사명을 실천에 옮겼다. 그들은 모든 기회를 이용하여 문학가의 본색을 발휘하였다. 그들은 신문, 간행물을 이용하여 동북 각지에서 각 계층 사람들에게 호소하였다.”3)고 쓰면서 “이 14년을 문예사의 한 단계로 볼 때 비록 시간은 길지 않지만 그 특이성으로 하여 중국근대문예사상에서 필연적으로 상당한 지위를 차지하게 될 것이다.”4)고 긍정적으로 높이 평가하였다.

하지만 1948년 문화보 사건(文化報事件)으로 동북륜함시기 대표적 작가이자 해방 후 공산당 고위간부였던 소군(蕭軍)이 비판당하고 또 이와 더불어 만주에서 활동했던 진보적 작가들도 이 사건과 연관되어 큰 곤욕을 치르게 되자 만주 문학에 대해 그 누구도 감히 언급하지 못하였다. 이어 1950년대의 ‘3반(三反)’, ‘5반(五反)’이라는 정치운동과 1960년대 중반부터 1970년대 중반까지의 10년간의 문화대혁명 시기에는 작가, 문인 그리고 학자들은 기본적인 인격마저 무시당하는 상황에 처해 있어 만주 문학은 운운할 엄두도 내지 못하였다.

이 시기 다시 말하면 해방직후부터 문화대혁명이 결속되기까지 근 30년간 만주 문학은 극좌 사상의 영향으로 하여 한간(漢奸) 문학이라는 누명까지 쓰게 되어 그 연구는 금지 지역으로 되었다.

2.2. 개혁개방시기의 연구 양상

1976년 가을, 문화대혁명이 결속되어 1970년대 말부터 점차 개혁개방시기에 들어서면서 중국의 사회, 정치 환경은 비로소 정상적인 궤도에 올라 날로 안정과 발전을 기하게 되었다. 따라서 제반 사회 각 분야는 종래의 규례를 대담히 타파하면서 새로운 발전을 도모하기 시작하였다. 근 30년

---

3) 姚遠, 「東北十四年來的小說f與小說人」, 『東北文學』 제1권 제2기, 1946年 1月, 一張毓茂 主編 『東北現代文學大系』 제1권(평론권), 沈陽出版社, 1996년 12월, 688면에서 재인용.
4) 冷歌 「過去十四年的詩壇」, 각주 1)과 같은 책, 579면에서 재인용.

간 금지구역으로 되었던 만주 문학 연구도 드디어 해금되기 시작하였다.

1979년 3월 동북현대문학연구회가 성립되고 1980년 3월 『동북현대문학사료(東北現代文學史料)』5)(제1집, 료녕성 사회과학원 문학연구소 편)라는 전문연구지(비공식 간행물)가 출범되면서 만주 문학은 동북현대문학의 한 부분으로 되어 그 연구가 다시 시작되었다. 『동북현대문학사료』(제1집)에 천리초(千里草)의 문장 「동북현대문학사에 대한 초보적인 조사보고(東北現代文學史初步調査綜述)」가 발표되었는데 이 글은 처음으로 9.18사변 후의 동북문예라는 명제로 만주 문학의 작가, 작품, 문학지, 문학유파 등에 대해 언급하였다. 이어 황현(黃玄)이 「동북륜함기문학개황(1)(東北淪陷期文學槪況一)」이라는 문장을 발표하면서부터 만주 문학이라는 명제로 연구되기 시작하였다. 황현(왕추형)은 이 문장에서 자신의 기억과 수집한 자료를 결합하여 많은 소중한 사료를 인용하면서 1932년부터 1938년 사이의 동북문학윤곽을 그려냈는데 "이 시기의 문학은 그 주류 혹은 총체적 방향을 볼 때 기본적으로 건강하고 혁명적 경향을 띠고 있었다."6)고 평가하였다. 그러면서 또 만주 문학이 해방 후 중국 문학 영역에서 하나의 공백으로 되고 있을 뿐만 아니라 살아 있는 작가들은 위만(僞滿)작가 혹은 한간문인이라는 누명을 쓰고 사회적으로 비하당하고 있음을 안타깝게 호소하였다.

그럼에도 불구하고 이 시기 연구자들은 주로 김김소(金劍嘯)를 비롯한 항일작가와 소홍, 소군을 비롯한 동북작가군(東北作家群)7)에 대한 연구만을 진

---

5) 『東北現代文學史料』는 료녕성 사회과학원 문학연구소와 흑룡강 사회과학원 문학연구소가 합작하여 윤번으로 편찬 간행하였는데 제9집(1984년 6월)까지 간행된 후 정간되고 이어 1984년 8월부터 『東北文學硏究叢刊』으로 간행되다가 1986년 9월 제3집부터 『東北文學硏究史料』로 개명하여 발간하였다. 이 간행물의 주요편집들이 주로 양산정(梁山丁)을 비롯한 만주 작가들이었기에 간행물의 내용들도 주로 만주문학 연구였다.

6) 黃玄, 「東北淪陷期文學(一)」, 『東北現代文學史料』(제4집), 黑龍江省社會科學文學院文學研究所, 1982년 3월, 제114면에서 인용.

7) 東北作家群은 1930년대 중, 후반에 동북에서 문학 활동을 하던 일부 진보적인 작가들이 만주에서 벗어나 관내(關內, 산해관 이내, 즉 중국 내지)로 들어가 항일제재를 다룬 문학작품들을 창작 발표하면서 자연발생적으로 형성된 하나의 문학유파이다.

행하고 만주에서 계속 문학 활동을 견지한 작가 작품에 대한 연구는 거의
외면하였다.

　1983년에 장육무(張毓茂)의 「현대문학연구에서의 공백을 메워야 한다—
륜함시기 동북문학을 실례로」라는 문장이 발표되면서부터 위와 같은 상황
이 조심스럽게 타개되기 시작하였다.

> 　륜함시기의 동북지구(즉 만주)문학은 목전 모든 현대문학연구 서적에서
> 전혀 언급되어 있지 않고 있으며 또 이 방면에 관한 연구논문을 공개 발표
> 한 사람도 아주 적어 현재까지 하나의 공백으로 되어있다. 이런 상황이 조
> 성된 원인은 여러 가지겠지만 주요하게는 좌경사조의 간섭과 파괴로 인한
> 것이라고 할 수 있다.
> 　……
> 　때문에 우리가 해야 할 일이 아주 많다.
> 　우선 극좌 사상의 착오의 고질 속에서 철저히 해방되어 륜함시기의 동
> 북문학을 다시 평가하여 역사의 진실한 모습을 밝혀야 한다. 장기간 좌경
> 착오사상의 간섭으로 하여 사람들에게 괴뢰통치시기에 발표한 작품은 일
> 률로 "일제강점기 만주 문학 혹은 한간문예로, 그 작가는 당연히 한간문인
> 또는 일제강점기 만주 작가라는 인상을 주게 되었다. 이는 극히 황당한 논
> 리이다. ……오직 좌경 착오를 철저히 시정하여만 사상을 철저히 해방할
> 수 있고 이 시기 문학을 깊이 있는 연구하여 새롭게 평가해야 한다.[8]

　이렇게 만주 문학 연구에서의 문제점과 그 연구의 중요성이 처음으로
중국 학계에 대담히 제기된 뒤 만주에서 활약했던 작가들이 이에 적극 호
응하여 회고문장과 분실되었던 작품과 자료들을 다시 정리 발표하기 시작
하였다. 또 이런 연구 자료에 의거하여 학자들의 사(史)적인 연구가 시작되
었다.

---

8) 張毓茂, 「要塡補現代文學硏究中的空白—以淪陷時期的東北文學爲例」, 『中國現代文學硏究』叢刊,
　　1983년 4호—『東北文學硏究叢刊』, 1985년 2호, 1~3면에서 재인용.

철봉의 「『동북현대문학사』의 저술에 대한 몇 가지 생각과 초보적 구상」
이라는 문장이 그 첫 시도로 된다.

> 『동북현대문학사』를 저술할 때 지켜야 할 원칙가운데서 제일 근본적인
> 것은 바로 역사의 실제로부터 출발하여 객관사실을 존중하고 문학사의 각
> 종 문학현상에 대하여 공정하고도 알맞은 평가를 내리는 것이다. 어떤 부
> 분을 너무 높이 평가하거나 너무 낮춰 평가해서는 안되며 더욱이는 회피
> 해서는 안 된다. 일체는 역사적 사실에서 출발하여 전면적으로 분석한 다
> 음 과학적인 결론을 내려야 한다. 예를 들면 일제 괴뢰정권시기 작가를 평
> 가할 때 현재 정책과 그들의 사회적 지위의 영향을 받지 말고 원래의 역사
> 시기에 놓고 고찰해야 하며 당시 그들의 창작경향, 예술성과, 문학영향 등
> 에 근거하여 그 시비공과를 판단하면서 역사적 실제로부터 출발하여 실사
> 구시로 결론을 내려야 한다.[9]

이 문장은 또 친일협력문학을 "전통적으로 '한간문학'이라고 불러왔는
데, '한간'이라는 말은 정치개념이기에 문학에 사용하는 것이 알맞지 않다
고 본다. 일제 괴뢰시기의 다량의 송가문학작품은 그 전부가 한간들이 창
작한 것이 아니기에 '분식문학'이라고 불러야 한다."[10]고 하면서 『동북현
대문학사』를 저술할 때 한간문학이라는 개념을 쓸 것이 아니라 분식문학
이라는 개념을 써야 한다고 주장하여 객관적 연구 시각을 제시하였다.

이때에 연구 사료를 정리한 문장들도 적지 않게 발표되었는데 그중 황
현(黃玄)의 「동북륜함시기 문학 개황(槪況)」(2)[11]이 제일 대표적이다. 이 문장
은 "문예계의 분화와 후기 문학단체의 조직 활동", "「예문지」파를 둘러싸
고 전개된 논쟁과 비평", "일제 괴뢰시기 말기 신문과 잡지의 문학 활동"
등 세 개 부분으로 나뉘어 다량의 문학 사료들을 실증으로 인용하여 이

---

9) 鐵峰, 「對編寫『東北現代文學史』的几点看法和初步設想」, 『東北現代文學史料』 第6輯, 黑龍江省社
　會科學院文學硏究所, 1983年 4月, 제4면에서 인용.
10) 鐵峰, 위의 책, 6면에서 인용.
11) 鐵峰, 위의 책, 123면에 실림.

시기 문학 사료의 집성이라고 해도 과언이 아닐 정도로『동북현대문학사』 편찬에 많은 사료들을 제공해주었다. 황현은 이 문장의 계속으로 1984년 6월에「동북륜함시기 문학 개황(槪況)」(3)[12]을 발표하였는데 역시 많은 문학 사료를 제공한 동시에 동북륜함시기의 작가와 작품들을 비교적 체계적으로 정리하여 연구자들의 시각을 보다 넓혀 주었다.

하지만 이 시기의 연구는 대체로 사료 정리 작업에 가깝고 본격적인 연구는 이루어지지 못하였다.

이 상황에 근거하여 흑룡강성 문학학회(黑龍江省文學學會)에서는 1985년 10월 15일부터 18일까지 하얼빈에서 동북륜함시기 문학연구회 예비회의(東北淪陷時期文學硏討會豫備會)를 개최하였다. 이 회의에는 양산정(梁山丁), 전병(田兵), 관말남(關沫南), 단제(但娣), 추형(秋螢), 이교(李喬) 등 동북륜함시기에 문학 창작활동을 하였던 원로작가들이 친히 참석하여 당시의 문학 창작활동과 사회상황을 사실적으로 소개함으로써 학자, 연구가들에게 소중한 사료들을 제공해주었다. 그들은 다년간 한간문인, 위만작가로 취급당한 억울함을 하소연하면서 이 시기 문학과 작가를 역사의 진실대로 공정하게 평가할 것을 호소하였다. 회의에 참석한 학자와 연구가들은 이 시기 문학의 복잡성과 특수성을 밝히면서 역사 유물주의 관점으로 연구 평가할 것을 주장하고 자료 발굴 정리 및 당사자들의 회고록 정리 작업을 강화하는 한편 당시 신문 잡지에 실린 작품들과 단행본들을 다시 출판하여 사회적으로 보급, 홍보할 것을 제창하였다. 이 회의는 비록 소규모의 예비회의 지만 극좌 사상의 속박에서 벗어나 실사구시로 만주 문학 유산을 하루 속히 발굴 연구하여 중국현대문학사의 공백을 메워야 한다는 긴박감과 사명감을 제시함으로써 많은 연구가들의 시선을 모으고 그 본격적인 연구를 추진하였다.

---

12)『東北現代文學史』, 編寫組,『東北現代文學史』, 沈陽出版社, 1989년 12월, 4~6면에서 인용.

이어 만주 문학 작품집과 연구논문집들이 연속 출판되기 시작하였다. 1986년 2월 양산정이 편집한『야밤의 반딧불(長夜螢火)』(동북륜함시기 작품선 — 여성작가 소설선집)이 춘풍문예출판사(春風文藝出版社)에 의해 출판된 뒤를 이어 양산정의 장편소설『녹색 계곡(綠色的谷)』(동북륜함시기 작품선 — 장편소설, 춘풍문예출판사, 1987년 5월), 주유량(周有良), 림홍(林紅), 안기(安崎)가 편집한『동북륜함시기 작품선(東北淪陷時期作品選)』(동북륜함시기 문학 연구회 회의자료, 하얼빈도서관, 1987년 4월), 양산정이 편집한『촉심집(燭心集)』(동북륜함시기 작품선 — 남성작가 소설선집, 춘풍문예출판사, 1989년 4월) 등 작품집들이 출판되었다. 이 작품집들은 이 시기 연구자들의 중요한 연구 텍스트로 되었다.

1988년에 '중국항일전쟁시기 륜함구문학 연구'라는 테마가 국가사회과학연구기금 프로젝트로 선정되어 국내 학계의 주목을 받게 됨에 따라 만주 문학 연구는 보다 활발하게 진행되기 시작하였다. 1990년을 전후하여『동북신문학논총(東北新文學論叢)』(張毓茂 저, 沈陽出版社, 1989년 3월),『동북현대문학사(東北現代文學史)』(동북현대문학사 집필소조 집필, 沈陽出版社, 1989년 12월),『동북륜함시기문학신론(東北淪陷時期文學新論)』(馮爲群 李春燕 저, 吉林大學出版社, 1991년 7월),『동북륜함시기문학사론(東北淪陷時期文學史論)』(申殿和, 黃萬華 저, 北方文藝出版社, 1991년 10월) 등 본격적인 연구 성과물들이 연이어 나왔다. 그 중 특기할 것은『동북현대문학사』이다.『동북현대문학사』는 동북 3성 사회과학원 문학연구소의 연구원들과 일부 대학교의 교수들이 1979년 6월부터 기획하여 1989년 4월에 출판에 교부되기까지 10년이라는 긴 시간을 들여 집필한 연구 저서이다.

이 연구저서는 동북현대문학을 중국현대문학사의 한 구성부분으로 보는 전제하에서 5개 부분으로 나누었다. "첫째 부분은 '5·4' 신문화운동의 영향 하에 생성된, 백화문으로 창작한 신문학이고 둘째 부분은 동북지구에서 전해진 항일문학과 관내로 탈출한 동북작가들이 창작한 항일구국문학이며 셋째 부분은 륜함구의 진보문학이며 넷째 부분은 륜함구의 식민문학과 한

간문학이며 다섯째 부분은 해방구 혁명문학이다." 그리고 "동북현대문학의
주체는 동북 작가군들이 궐기한 후 생성된, 관내에 탈출한 (주요하게 상해
에 간) 동북작가들의 문학"으로 되었고 "이 부분에 대한 논술은 이 책의
주체부분"으로 되었다.13)

이 문학사는 지금까지 유일하게 동북현대문학을 사(史)적 형식으로 서술
한 저서로 비교적 중요한 학술적 가치를 갖고 있지만 만주시기 동북문학
을 논술할 때 항일혁명문학과 애국진보문학 그리고 항일연합군 혁명문학
에 대해 지나치게 확대한데서 역사적 진실성을 적잖이 잃게 되었으며 작
가작품 분석에서는 중점을 주로 동북륜함구의 작가 작품이 아니라 동북
작가군과 그들의 작품에 두고 있어 엄격한 의미에서 서술의 중점이 어느
정도 빗나갔다고 하겠다. 이는 이 문학사가 극좌 사상의 경향에서 철저히
벗어나지 못하였음을 말해 준다.

이와 달리 『동북륜함시기문학신론』과 『동북륜함시기문학사론』은 비록
단편적인 연구논문집성으로 사적 체계가 없지만 그 연구시각이 비교적 객
관적이고 내용과 사료가 비교적 풍부하여 극좌 사상의 경향에서 많이 벗
어났다. 『동북륜함시기문학신론』은 자료가 연구의 생명과 기초라는데 입
각하여 동북륜함시기 일제의 문예통치, 동북륜함시기의 문예부간, 동북륜
함시기의 문학단체와 잡지 등에 대해 많은 사료를 발굴 정리하면서 그 기
본 윤곽과 맥박을 보여주고 있다.

『동북륜함시기문학사론』은 중국 항일전쟁시기 문학이라는 총체적 시각
에서 동북륜함구문학의 연구에 입각하여 문학사조, 문학단체와 유파, 주요
작가연구 등 광범위한 내용으로 깊이 있는 연구를 시도하였다. 그 중 여
성 작가 작품에 대한 총체적인 연구와 예문지파 문학에 대한 전면적이고
객관적인 연구가 독특한 성취를 보여주고 있다. 그리고 "작가의 평가기준

---

13) 『東北現代文學史』 編寫組, 『東北現代文學史』, 沈陽出版社, 1989년 12월, 4~6면에서 인용.

을 주요하게 그 작품이 보여준 민족의식과 예술추구에 두고", "일부 작가들이 만주 후기에 개별적인 장소에서 현세부응의 언행을 보여주었지만" 작품에 변절한 내용이 없고 현재 조직에서 그 정치와 역사에 대해 긍정적인 결론을 내린 작가에 대해서는 역시 긍정적인 평가를 하고 일부 작가들이 확실히 '실수'한 경우가 있으면 역사 사실로 제기하기는 하였지만 결론성적인 평가는 하지 않았다. 개방적이면서도 어느 정도 보수적인 연구 자세가 한데 어울려 있다고 하겠다.

만주 문학 연구가 점차 활발히 전개되는 가운데서 심각한 학술논쟁도 벌어지게 되었다.

1989년 말에 황만화가 중국의 문학연구지 가운데서 제일 권위적인 문학연구학술지 『문학평론(文學評論)』(1989년 제6호)에 「회귀 : 륜함구문학사조의 모순운동」이라는 논문을 발표하여 만주 문학 사조에 대한 작자의 견해를 밝혔다.

> 현대 중국문학사조는 기본적으로 앞으로 발전하는 기본궤적을 보여주고 있다면 륜함구문학사조는 오히려 5·4시기문학으로의 모종 회귀 추세를 보여주고 있다고 할 수 있다. 바로 이런 회귀는 륜함구문학으로 하여금 이민족의 통치하에도 민족문학의 혈맥을 보존하게 하였을 뿐만 아니라 5·4 시기문학전통으로 하여금 모종의 세련과 발전을 가져오게 하였다. 때문에 그 내용과 득실은 자연히 고찰할 의미를 갖게 된다.14)

이어 문장은 륜함구문학은 5·4시기의 "인생을 표현 한다."는 문학 관념을 빌어 부동한 차원에서 이민족(異民族) 통치 하 중국인들의 심리 인생을 표현하였는데 이것은 륜함구문학사조의 주류로 되었고 이런 문학 관념은 모종 5·4시기문학으로의 회귀라고 볼 수 있으며 또 문학 관념뿐만 아니라 가치취향과 심미특징상에서도 5·4시기를 재현하고 있는 것 같다고

---

14) 黃萬華, 「回歸 : 淪陷區文學思潮的矛盾運動」, 『文學評論』 1989년 제6호, 93면에서 인용.

논증하고 이는 항일전쟁시기의 륜함구문학이 5·4시기문학과 강렬한 호응을 보이고 있다는 것을 증명한다고 주장하였다. 작자는 이런 주장을 지식인 형상, 시민 형상 등 구체적인 문학 형상과 당시 작가들의 심리궤적을 분석하는 것을 통해 논증하고 나서 나중에 이렇게 썼다.

> 륜함구문학 상황은 거의 상반적으로 (해방구문학과 비해. 필자 주) 륜함구의 정치 환경이 대번에 인류역사의 암흑기에 빠져 문학자신의 존재마저 엄중한 도전을 당하게 되었다. 침략문화에 의뢰하는 데까지 퇴보한다면 문학은 자신의 전부를 잃어버리게 될 것이다. 륜함구문학은 내부기제(이런 내부기제는 5·4문화전통의 요소를 포함하고 있는데 화동, 화북의 상황은 일목요연하고 좀 뒤늦게 발전하기 시작한 동북현대문학은 완전히 5·4문화의 영향 하에 발전하여 왔다)는 자아 멸을 선택할 수 없다. 하여 륜함구문학은 자연히 "머리를 돌려" 5·4시기문학에서 생존의 힘을 찾게 되었다.
>
> 비교해보면 해방구문학이든 국통구문학[15]이든 륜함구문학이든 모두 자신과 대변화 속의 외재 환경과의 관계를 조절하는 가운데서 5·4" 이래의 문학발전과 연속성적인 모종 추세를 보존하기에 애써왔음을 알 수 있는데 다만 륜함구문학이 복귀의 형식으로 그 주조로 표현되고 있을 뿐이다.…륜함구문학사조의 회귀는 5·4시기문학의 전통으로 하여금 항일전쟁시기에 모종의 단절을 회피하게 하였고 5·4시기문학 요소에 대한 발휘는 사람들로 하여금 5·4시기문학전통의 거대한 잠재력을 알게 하였다.
>
> 그러나 륜함구문학사조의 회귀는 문화 환경 자유의 결과가 아니라 현실 환경의 극단적인 부자유의 핍박으로 인한 것이다. … 때문에 우리는 륜함구문학사조의 회귀를 작가의 부자유적인 심령이 생존의 힘을 모색한 일종의 역사운동 궤적으로 보아도 무방할 것이다.[16]

이렇듯 황만화의 문장은 륜함구문학을 인생을 표현한 5·4시기문학의 회귀로 보면서 이 시기 문학을 정치 관념의 연구시각에서 벗어나 예술상에서 어떻게 이민족 통치 하 고난을 겪고 있는 인간의 독특한 환경과 감

---

15) 국통구문학이라는 것은 국민당이 통제한 지역의 문학을 일컫는 말이다.
16) 黃萬華, 위의 책, 97면에서 인용.

수를 표현하고 있는가 하는 것을 연구시각의 기점으로 삼고 있다. 이런 견해는 발표 당시의 사회, 정치 환경에서는 아주 대담한 견해였기에 대뜸 커다란 반향을 일으키고 일부 학자들과의 논쟁을 자아내게 되었다. 1991년에 『문학평론(文學評論)』은 황만화와 상반되는 견해를 주장하는 철봉(鐵峯)의 문장 「역시 동북륜함구문학사조를 논한다—황만화동지와 논의함」을 발표하여 학술논쟁을 벌렸다. 철봉은 황만화의 문장은 "논점 자체가 틀렸다."고 결론적으로 첨예하게 지적하였다.

> 황씨의 문장은 관내륜함구문학[17]이 항전문학의 범주에 속한다는 것을 승인하지 않을 뿐만 아니라 동북륜함구문학이 일제 괴뢰정권의 식민통치에 의뢰하고 있다는 것도 승인하지 않고 이 두 가지 성질이 부동한 문학을 일제 괴뢰정권의 강권정치를 위한 문학도 아니고 민족해방의 정치를 위한 문학도 아니라 일종 문학의 본위에서 출발한 "인생을 위한" 예술이라고 보고 있다. 그 목적은 문학이 "정치를 위한다."는 차원에서 언급되는 것을 반대고 문학본위 관념을 제창하기 위한 데 있다고 하겠다. 이 목적을 위하여 그는(황만화 필자 주)사람들이 륜함구문학에 대해 잘 모르고 있는 박약한 점을 이용하여 문학현상을 곡해하고 역사의 진실을 숨기며 거짓말을 날조하는 수법을 사용하여 5·4문학사조가 륜함구에 회귀했다는 이른바 모순운동을 꾸며냈다.
>
> 황씨의 이른바 5·4문학사조가 륜함구에 회귀했다는 주요논점은 세 가지이다. 첫째는 문학단체가 활약했다는 것이고 둘째는 진실성을 예술의 생명으로 하는 5·4문학사조가 복귀"했다는 것이며 셋째는 서양 모더니즘이 "다시 살아났다."는 것이다.
>
> 황씨가 동북륜함구문학현상으로 논술하였기에 나도 그가 열거한 문학현상에 대해 논술하면서 독자들로 하여금 진짜 회귀가 아니면 가짜 회귀인가 하는 것을 식별하게 하고자 한다.[18]

---

17) 중국 산해관 이내의 일제에게 강점된 지역의 문학을 일컫는 말이다.
18) 鐵峰 「也談東北淪陷區文學思潮—與黃萬華同志辯析」, 『文學評論』, 1991년 제5호, 제19면에서 인용.

철봉의 문장은 "동북륜함구문학사조를 그 기복과 장단에 근거하여 대체로 륜함 전기, 중기, 후기 등 세 개 시기로 나눈" 후 륜함 전기에 남만(南滿, 신경을 포함한 신경 이남의 만주 지역)문학과 북만(北滿, 신경 이북의 만주 지역, 주로 하얼빈 지역을 말함)문학은 서로 반대되는 문학사조가 나타났는데 남만은 리얼리즘을 반대하는 문학사조가 성행하고 북만은 혁명작가의 리얼리즘문학사조가 생겼다고 주장하였다. 그러면서 "북만 혁명문학은 공산당이 영도하였기에 작가들이 '민족해방의 정치'와 '정치를 위한' 차원에 들어"갔으며 총체적으로 볼 때 북만 혁명문학이 진압 당한 후 동북륜함구 문단은 리얼리즘을 반대하는 문학사조가 판을 치게 되었다고 쓰고 있다. 문장은 계속하여 륜함 중기에는 고정(古丁)을 대표로 하는 『명명(明明)』동인과 왕추형(王秋螢)과 산정(山丁)을 대표로 하는 『문선(文選)』, 『문총(文叢)』동인들이 서로 논쟁을 벌이는 과정에 "쌍방이 저도 모르게 하나의 '사와인(寫與印)'의 문학사조를 형성하고 동북륜함구문학의 발전과 번영을 추진"하였고 륜함 후기에는 문학이 철저히 식민지화 되었다고 하고 나서 나중에 이렇게 쓰고 있다.

황씨의 문장은 륜함 전기에 공산당이 영도한 북만 혁명문학을 회피하였다. 황씨의 문장은 또 륜함 후기 대다수 동북륜함구 작가들이 일본의 침략전쟁을 위해 힘쓰면서 문학으로 그 침략전쟁을 위해 선전 설교를 진행하고 찬가를 부른 것을 회피하였는데 이 점에 대해 나로서는 진짜 이해할 수 없다. 억지로 륜함구 작가들이 정치와 거리를 두고 문학으로 "정치를 위한" 차원에 들어서지 않았다고 하는데 이를 실사구시로 륜함구문학사조의 모순운동을 연구하였다고 할 수 있을까?
　　……
요컨대 동북륜함구문학사조의 기복과 장단은 일제 괴뢰정권의 부동한 시기의 정치 문화 통치와 밀접한 관계를 갖고 있다. 일제 괴뢰정권의 동북 륜함구의 통치와 문학생성의 환경을 떠나 단순하게 표면의 문학현상과 작품의 인물형상을 통해 동북륜함구문학사조를 이해한다면서 본말이 전도되

어 정확한 결론을 얻을 수 없게 된다.[19)

보다시피 상기한 두 문장은 완전히 상반되는 견해를 주장하고 있는데 그 초점은 만주 문학이 대체로 정치를 위한문학이냐 아니면 인생을 위한 문학이냐 하는 것이다. 어느 정도 극좌 사상과 극우사상 간의 논쟁이라고 해도 과언이 아닐 것 같다. 이 두 가지 견해는 당시 만주 문학에 대한 제반 학계의 두 주류를 대표하는 견해들이었고 상호 간의 논쟁은 계속 진행되었다. 이듬해 즉 1992년에 황만화는 역시『문학평론』에 「동북륜함시기 문학에 관련하여 철봉에게 답함」이라는 문장을 발표하여 철봉의 견해를 다시 반박하였다.

> 동북륜함구 문학에 대한 평가에서 나와 철봉의 문장은 확실히 원칙적인 차이점이 있다. 즉 나는 "동북륜함구문학이 철저히 식민지화되었다."는 것이 역사 사실에 부합된다고 말한 철봉의 견해를 승인할 수 없으며 동북륜함구문학사조를 간단하게 전기는 "남만(南滿) 탈리얼리즘문학이" "북만(北滿)혁명작가의 리얼리즘문학"과 대립되어 있었고 중기는 "총체적으로 볼 때 북만 혁명문학이 진안 당한 후 동북륜함구문단이 탈리얼리즘이 판을 치고" 후기는 "대부분 동북륜함구 작가들이 일본의 침략전쟁을 도와 나섰다."고 보는 철봉의 견해도 동의하지 않는다. 이 견해는 사실상 동북륜함시기문학을 전반적으로 부정하고 있다. 나는 "동북륜함시기 문학은 30년대 좌익문학과의 관련 속에서, 5·4시기문학으로의 회귀 속에서, 제반 중국항전시기문학과 일부 '보조를 같이 하는'가는 데서 제반 중국현대문학과의 내재적 관련을 보여주고 있다."고 본다.[20)

문장은 이어 구체적 사실로 철봉의 문장을 반박하고 나서 나중에 자신의 견해를 다시 명확히 규명하였다. "회귀라는 결론은 륜함구 문학사조의

---

19) 鐵峰, 앞의 책, 26~27면에서 인용.
20) 黃萬華, 「關興東北淪陷r期文學答鐵峰」, 『文學評論』, 1992년 제3호, 151~156면에서 인용.

각종 현상과 사실을 분별 정리하고 귀납해낸 것이며 이는 동북륜함구 문학의 전반 과정에 존재하고 있다."21)

이 논쟁은 결론을 보지 못하고 표면상 그냥 휴전상태에 들어갔지만 건국 후 만주 문학 연구에서 나타난 제1차 논쟁으로 당시 학계의 일부 편견들을 극복하고 보다 객관적인 연구시각으로 보다 활성화된 연구를 진행하도록 학자들을 편달하여 주었다.

같은 시기 즉 1991년 9월 장춘에서 '동북륜함시기문학 국제학술회의'가 열렸는데 대만을 포함한 중국의 학자들과 일본, 미국의 학자 근 백여 명이 참석하여 총론, 작가작품연구, 회고문장 등 여러 가지 내용의 수십 편 문장들을 발표 교류하였다. 이 학술회의에는 산정, 추형을 비롯한, 당시 만주에서 활약했던 일부 원로작가들이 직접 참석하여 당시 문학활동과 문단 상황을 역사적 진실로 밝히면서 기존연구에서의 일부 잘못된 주관적 견해들을 바로잡고 보다 객관적인 연구 자세를 갖출 것을 기대하였으며 오카다 히데키(岡田英樹)를 비롯한 외국학자들의 논문들이 발표되어 연구시각이 보다 다양해졌다. 그 후『동북륜함시기문학국제학술회의논문집(東北淪陷時期文學國際學術硏討會論文集)』(沈陽出版社, 1992년 6월)이 공식 출판되어 그 연구 성과가 집대성되었다. 이 학술회의는 원래 1986년에 예비회의가 열린 바 있고 1987년에 소집하기로 하였던 회의였지만 여러 가지 원인으로 말미암아 몇 년이 지나서야 열리게 되었고 또 현재까지 유일한 국제학술회의로 되어 있다. 이 회의는 "역사의 공백을 메우고 역사적 진면모를 되찾는" 회의로 학계에 전례 없는 활력소를 주입해주어 만주 문학 연구에서 특기할 만한 하나의 이정표라고 할 수 있다.

이 회의가 성공적으로 개최된 후 학계에는 보다 대담하고 보다 넓고 높은 차원에서의 연구를 기대하게 되었다.

---

21) 黃萬華, 155면에서 인용.

이런 학술 분위기에 맞추어 1993년 2월『중국현대문학연구총간』은 "현대문학연구에서의 일부 박약한 고리가 강화되기를 바라는 마음에서" 륜함구문학연구특집을 펴냈다.

> '륜함구문학연구'는 이미 일부 초보적인 성과를 이룩하였지만 총체적으로 볼 때 아직 "초보"단계에 처하여 있다.… 사실대로 말하면 이 초보적인 성과를 검점해 본 후 의연히 일종 유감이 있음을 어쩔 수 없다. 즉 륜함구문학연구의 총체적 수준이 기타 성숙된 연구 영역에 비해 아직 상대적으로 낙후한 지위에 처해 있다는 것이다. 하지만 바로 이런 점 때문에 "처녀지를 개척"하는데 뜻을 둔 연구자들의 모종 흡인력을 자아내게 될 것이다. 이 역시 우리가 이 특집을 펴내는 목적의 하나이다. 희망하건대 보다 많은 연구자(특히 젊은 연구자)들이 륜함구문학연구에 대한 관심과 취미를 갖기 바란다.[22]

이 특집의 출간은 대뜸 국내외 학계의 주목을 받게 되었고 만주 문학 연구는 재래의 국부적인 연구단계에서 벗어나 체계적이고 전면적인 연구단계에 들어서기 시작하였으며 그 연구 성과들도 단편적인 논문발표가 아니라 본격적인 저서들로 바뀌기 시작하였다

1995년 6월에『동북륜함시기 작가 고정작품선』(이춘연 편)이 출판되었는데 이 작품선에는 고정의 작품 6부와 일부 연구자들의 평론문장들이 수록되어 있다. 주지하다시피 고정은 만주 문학의 생성 발전을 추진해온 대표적 작가의 한 사람일 뿐만 아니라 당시 일본인 문인들과 여러 모로 내왕이 제일 빈번했던 작가로 현재까지 많은 논쟁을 불러일으키고 있는 작가이다. 고정을 어떻게 평가하느냐에 따라 만주 문학에 대한 평가 내지 연

---

22) 「編後記」,『中國現代文學研究叢刊』, 1993년 제1호, 314면에서 인용.

구자세가 어떠한가를 알 수 있다고 해도 너무 무리하지 않을 것이다. 이점은 이 책의 「후기」에서 쉽게 찾아 볼 수 있다.

　　무엇 때문에 『고정작품선』을 편찬하게 되었는가? 여기에는 두 가지 원인이 있다.

　　첫째 원인은 고정은 동북륜함시기문학에 성과가 비교적 뚜렷한 작가인 동시에 또 논쟁이 제일 많은 작가이기 때문이다. 14년간의 륜함시기에도 논쟁이 있었고 해방초기에도 논쟁이 있었으며 현재에도 의연히 논쟁이 있다. 그러나 자료를 찾기 어렵기에 논쟁에 참여한 사람들도 고정의 주요작품을 보지 못하였을 수도 있다. 이는 크나큰 유감이 아닐 수 없다. 이 작가의 작품을 보지 않고서는 이 작가에 대해 구체적으로 상세하게 알 수 없고 아울러 알맞은 평가를 내릴 수 없게 된다. 이 점을 감안하여 사람들로 하여금 고정을 전면적으로 알게 하기 위해 이 책을 편집하게 되었다.

　　두 번째 원인은 고정작품집을 출판할 시기가 성숙되었기 때문이다. 최근년에 아직 생전인 적지 않은 륜함시기 작가들은 논쟁이 있든 없든 모두 자신을 위해 변명하였고 그들의 작품들도 선후로 단행본 혹은 작품집, 총서로 다시 출판되었다. 이는 좋은 일로서 정치가 청명해졌다는 것을 표명해준다. 그러나 유독 고정과 그의 작품만은 그 누구도 언급하지 않고 있다. 하다면 동북륜함시기 문학을 연구함에 있어서 고정을 외면할 수 있는가? 이를 회피해서는 안 된다. 간단한 욕설로 부정해서도 안 된다. 오직 정면으로 정시해야 한다. 우리의 연구도 반드시 고정을 연구하는 차원으로 들어서야 한다. 고정과 같이 성과가 있고 영향력이 있는 작가는 사라지지 말아야 하며 잊어버리지 말아야 한다.

　　……

　　적지 않은 사람들은 고정을 논쟁점이 많은 작가로 보고 있다. 과거나 현재를 막론하고 미래에도 논쟁이 있을 것이다. 나는 논쟁이 있는 것은 꼭 나쁜 일이라고 보지 않는다. 다만 모두가 인내력을 갖고 참답게 연구하기만 한다면 정확하거나 비교적 정확한 결론을 얻게 될 것이다. ……동북륜함시기의 작가들은 그들이 처한 역사 환경이 부동함에 따라 그 창작도 부동한 상황이 갖게 되었기에 그들의 작품을 연구할 때 다 방면으로 주의해야 하고 다 방면으로 사고해야 하며 될 수 있는 대로 작가의 창작의도에

접근하여 그 연구가 보다 실사구시로 이루어져야 한다.[23]

이런 배경 하에 출판된 고정 작품선은 시종 논쟁의 한 초점으로 되어온 고정을 보다 깊이 연구하는데 많은 자료와 편리를 마련해주고 있을 뿐만 아니라 만주 문학에 대한 학계의 연구가 보다 객관적이고 전면적이며 역사의 진실로 접근하고자 하는 자세를 보여준 한 징표로 된다고 하겠다.

같은 해 7월, 또 하나의 징표로 되는 연구저서『중국항전시기 류함구문학사』(서해상, 황만화 저)가 출판되었다. 이 연구서는 처음으로 동북, 화북, 화동 등 여러 류함구의 문학을 고립적이 아니라 제반 항일전쟁시기 문학이라는 배경 속에서 전면적으로, 계통적으로 연구하면서 류함구문학의 전체적 윤곽을 그려내고 객관적으로 각 류함구의 복잡한 역사적 현상들을 분석 평가하였다. 만주 문학은 이 총체적 연구의 한 부분으로 되었지만 제반 과정을 초기(1931~1937), 중기(1937~1941), 후기(1941~1945) 등 세 부분으로 나누고 소설, 시가, 산문, 희곡 등 여러 장르 별로 그 기본 특징들을 밝히면서 만주 문학의 기본 윤곽을 그려냈다. 특히 주목되는 것은 만주 문학을 포함한 제반 류함구문학의 기본특징이 바로 리얼리즘이라고 밝히고 있는 것이다.

류함구문학 가운데의 리얼리즘 특색은 그 역사적 연원을 갖고 있는데 그것은 우선 일종 5·4시기문학으로 회귀한 리얼리즘이라는 데서 표현되고 있다. 험악한 환경은 대부분 작가들로 하여금 문학으로 직접 민족해방의 정치에 개입할 수 없게 하였고 민족수난의 현실은 작가들로 하여금 도탄에 빠진 백성들을 도울 수 없게 하였다. 하여 5·4시기에 인생을 표현한 다원화 경향을 창작의 기조로 삼은 상황이 형성되었다. 5·4시기 인생을 표현한 문학 관념을 빌어 부동한 차원에서 이민족 통치 하 중국 사람들의

---

23) 李春燕 編, 『東北淪陷時期作家古丁作品選』, 春風文藝出版社, 1995년 6월, 661~663면에서 인용.

심리 인생을 그려내는 것이 상당히 많은 작가들의 창작경향으로 되었고
이로부터 정체적으로 상당히 풍부한 류함구 문학의 두 가지 형상이 특징
적으로 부각되었다.

　이민족 통치 하 중국 사람들의 복잡한 심리를 제일 잘 보여준 문학형상
은 지식인 형상이다.…

　류함구문학에서 또 다른 하나의 비교적 풍부한 문학형상은 시민 형상이
다.…

　이런 리얼리즘은 예술상에서 여러 가지로 시련을 겪으면서 여러 가지
특색을 띠게 되었다.[24]

이 견해는 1989년에 작자 황만화가 주장한 견해의 지속과 보완으로 된
다. 이 연구서의 출판은 이 견해가 줄곧 학계의 한 연구맥락으로 이어져
오고 있음을 말해준다.

이 견해와 거의 동일한 견해를 보여준 또 다른 연구저서『동북현대문학
사론』(장육무 주필)이 1996년 8월 심양출판사에 의해 출판되었다. 이 연구
서는 국가·철학·사회·과학 연구 자금지원 프로젝트 성과물이라는 그
자체만으로도 자못 중요한 의의를 갖고 있다고 하겠다.

이 연구저서는 동북현대문학을 1919년 5·4시기부터 1931년 9·18사
변 이전까지, 9·18사변부터 1945년 9·3승리까지, 1945년 항전승리 후
부터 1949년 해방전쟁시기까지 세 개 부분으로 나누었는데 그 중점을 류
함시기문학에 두고 있다. 또한 류함시기문학을 대체로 세 개 단계 즉 9·
18사변부터 1937년 7·7사변의 폭발직전까지의 문학, 1937년 7·7사변
의 폭발부터 1941년『예문지도요강』의 반포직전까지의 문학,『예문지도요
강』의 반포부터 1945년 항일전쟁 승리까지의 문학 등으로 나누고 제반
문학을 소설사론, 산문사론, 시가사론, 희곡사론, 문학이론과 운동사론 등

---

24) 徐迺翔·黃萬華 著,『中國抗戰時期淪陷區文學史』, 福建敎育出版社, 1995년 7월, 32~36면에
　　서 인용.

장르로 나누어 장르별로 논술하면서 나중에 이렇게 개괄하였다.

> 한 방면으로, 일본식민 당국이 파시즘문학을 열광적으로 고취하면서 매국주의 한간문학과 식민통치를 구가한 분식문학을 적극 부축하고 다른 한 방면으로, 공산당의 영도와 영향 하에 무산계급과 소자산계급의 애국 항일문학이 시종 존재하면서 투쟁하고 발전해 왔다. 동북작가들 가운데서 철저하게 한간이 된 민족망나니는 필경 소수에 지나지 않으며 대다수 작가들은 민족감정의 의해 문학가의 양지를 지키고 여러 가지 문예형식으로 동북인민들의 고향을 사랑하고 침략자를 증오하는 애국정서를 우회적으로 표현하였다고 할 수 있다. 그들은 5·4신문학의 전통을 계승하여 하층인민들의 생활을 관심하고 륜함구의 각양각색의 사회현상을 묘사하면서 동북사람들의 정신고통과 민족흥망을 우려하는 마음을 보여주었으며 짙은 시대특징과 선명한 지방특색으로 동북작가들의 독특한 창작심리와 서술방식을 보여주어 중국현대문학사상에서 그 무엇으로도 대체할 수 없는 하나의 풍경을 이루었다. 동북륜함 14년간에 애국적이고 진보적인 문학은 일본식민 당국이 부축한 매국 한간문학, 분식문학과의 겨룸 속에서 완강한 생명력과 호소력을 과시하면서 이 시기 문학 창작의 주류로 되었다.25)

보다시피 이 연구서는 제반 동북현대문학사의 시각에서 륜함시기 문학을 중심으로 많은 구체적인 작가 작품을 열거 분석하면서 륜함시기에 애국진보문학이 파란곡절 속에서도 주류를 이루었음을 밝히고 있다.

이 견해는 『중국항전시기 륜함구문학사』의 견해와 더불어 만주 문학을 한간문학으로 취급하던 극좌 견해와 상반대로 진보문학이 이 시기 문학의 주류를 이루고 있음을 신빙성 있게 논증하면서 재래의 연구를 질적으로 한 차원 높여 놓았다. 여기서 륜함구문학의 주류는 리얼리즘을 특징으로 하는 진보문학이라는 견해가 학계의 한 주류 견해를 이루고 있다는 것을 알 수 있다.

---

25) 張毓茂 主編, 『東北現代文學史論』, 沈陽出版社, 1996년 8월, 4~5면에서 인용.

이 주류 견해에 호응하듯 1996년 12월에 학계의 획기적인 성과물로 되는 대형 작품선집 『동북현대문학대계』가 출판되었다. 이 대계의 출판에 대해 「후기」에서 아래와 같이 설명하였다.

> 갖은 재난을 겪으면서 행운으로 남아 있는 귀중한 동북문학유산을 하루 속히 구출하기 위해 심양출판사의 조직, 기획과 대폭적인 지지 하에 본 대계 편집원들이 5년 간 먼지 쌓인 사료들을 찾아내면서 고심하게 분별, 교정, 정리, 편집하여 마침내 8권 14집으로 도합 700만 자에 달하는 대형 문학총서를 완수하였다. 이 총서의 편집 출판은 국가와 요녕성의 관계부분의 고도로 되는 중시를 받았고 선후로 국가와 요녕성의 8·5계획 중점도서로 지정되었으며 최근에는 또 국가 9·5계획 중점도서로 지정되었다. …… 그리고 전국적으로 동북문학연구에 관심을 갖고 있는 많은 전문가와 학자들이 이 책의 편집에 많은 의견과 건의를 제출하여 주었다.[26]

보다시피 이 대계는 기획부터 출판에 이르기까지 다년간 각 계층의 주목을 받으면서 많은 연구일군들의 알찬 노력에 의해 세상에 나오게 되었다. 이 대계는 평론집, 단편소설집(상, 중, 하), 중편소설집, 장편소설집(상, 중, 하), 산문집(상, 하), 시가집(상, 하), 희곡집, 자료색인집 등 8권 14집으로 1919년부터 1949년까지의 동북현대문학작품들을 집대성하고 있다.

이 대계에는 륜함구시기의 많은 문학작품과 사료들이 장르별로, 체계적으로 수집 정리되어 있을 뿐만 아니라 처음으로 발굴 공개된 작품들도 적지 않다. 만주 문학 연구에서 자료의 엄중한 결핍으로 하여 줄곧 돌파성적인 연구가 이루어지지 못하고 있던 상황에서 이 대계의 출판은 그 연구를 크게 추진하게 되었다. 만주 문학 연구사에서의 이정표적인 대사라고 할 수 있다.

이 대계의 만주 문학에 대한 편집의도 내지 원칙은 장육무가 쓴 「총론」

---

26) 張毓茂 主編, 『東北現代文學大系』(第一集), 沈陽出版社, 1996年 12月, 775면에서 인용.

에서 엿볼 수 있다. 「총론」은 만주 문학을 세 개 단계 즉 9·18사변부터 1937년 7·7사변의 폭발직전까지의 문학, 1937년 7·7사변의 폭발부터 1941년『예문지도요강』의 반포직전까지의 문학,『예문지도요강』의 반포부터 1945년 항일전쟁 승리까지의 문학 등으로 나누어 평가하면서 1940년을 전후하여 번영단계에 들어섰다가 일제 결전문학의 고취와 고압정치로 말미암아 겨우 숨을 이어가게 되었다고 쓰고 있다. 그러면서 동북류함의 14년간 애국진보문학이 일본식민 당국이 부축한 매국 한간문학, 분식문학과의 겨룸 속에서 완강한 생명력과 호소력을 보여주면서 이 시기 문학 창작의 주류를 이루었다고 하였다.[27] 이 평가는 사실『동북현대문학사론』(장육무 주필)의 평가와 일치한 것이다. 다시 말하면『동북현대문학사론』에서 보여준 연구시각과 일치한 시각으로 류함구문학작품과 자료들을 정리 편집하였다고 하겠다.

만주 문학에 대한 이와 같은 이해와 평가는 또 다른 연구저서『동북문학사론』(이춘연 주필)에서도 상당한 일치성을 보여주고 있다.

류함시기의 동북문학을 총괄해 보면 비록 한간문학과 분식문학이 존재하기는 하였지만 애국적이고 진보적인 항일문학이 의연히 이 시기 문학의 창작주류를 이루고 있다. 당시 현실 정치 환경의 영향과 문학자체의 발전규칙으로부터 볼 때 대체로 세 개 역사시기로 나눌 수 있다.

1931년 9·18사변의 폭발부터 1937년 7·7사변의 시작까지를 동북류함 초기라 할 수 있다. 이 시기는 일제가 군사침략에 바쁘다나니 문예에 대한 통치를 아직 강화하지 못하였기에 문학이 짧은 침적 속에서 재빨리 발전하기 시작하였고 또한 그 시작부터 애국적이고 진보적인 경향을 보여 주었다.

1937년 전면적인 항일로부터 1941년『예문지도요강』의 반포직전까지를 동북류함 중기라고 할 수 있다. 이 시기는 일제의 동북문예에 대한 통치가 엄밀해지고 체계화되었는데 일제와 괴뢰정권의 중압 하에서 동북문학은

---

27) 張毓茂 主編, 앞의 책, 3~7면 참조.

완강히 저항하면서 발전, 활약의 양상을 보여주었다.

1941년 『예문지도요강』의 반포부터 1945년 일제가 투항하기까지를 동북륜함 후기라고 할 수 있다. 이 시기는 일제가 동북에 대한 식민통치가 날로 강화되고 문예에 대한 통치가 보다 잔혹해졌다. 일체가 전쟁을 위하여야 한다는 구호 하에 문학은 재빨리 쇠퇴해졌다.

본문은 륜함시기 문학의 정체적 특징과 세 개 역사시기의 문학현상으로부터 륜함시기의 동북문학에 관통되어 있는 것은 암석의 틈서리에서 생장한 애국진보문학이라는 것을 논술하고자 한다.[28]

여기서 만주 문학은 애국적이고 진보적인 문학이 창작주류를 이루고 있다는 견해가 많은 학자들의 공동한 견해로 되고 있다는 충분히 알 수 있다.

2.3. 시장경제체제시기의 연구 양상

20세기 말부터 중국은 제반 사회체제를 시장경제체제로 전환시키면서 새 세기의 전면적이고 비약적인 발전을 기하고자 하였다. 몇 년간의 격변기를 거쳐 시장경제체제가 전면적으로 건립되고 사회, 정치, 경제, 문화 등 모든 분야에서 시장경제체제에 따라 변화 발전을 도모해야 하였다. 즉 보다 성숙되고 심화된 개혁개방의 새 시기라고 할 수 있는 시장경제체제 시기에 들어섰다고 할 수 있다. 사회, 정치 환경도 전적으로 시장경제를 위한 보다 파격적이고 자유로운 분위기를 이루어갔다.

따라서 문학 연구 분야에서도 보다 대담하고 자유롭고 활발한 백가쟁명의 분위기가 형성되어 갔다. 만주 문학 연구는 이런 대변혁의 시대적 분위기 속에서 한 차례의 첨예한 대논쟁이 벌어지게 되었다.

1998년 12월, 광서교육출판사(廣西教育出版社)에서 『중국륜함구문학대계(中國淪陷區文學大系)』라고 하는 문학작품특집을 출판하였다. 이 대계는 중국 항

---

28) 李春燕 主編, 『東北文學史論』, 吉林文史出版社, 1998년 9월, 262면에서 인용.

일전쟁시기 륜함구 문학 작품과 관련 사료들을 집대성한 작품선집이자 대형 도구서적인데 북경대학 중국어문학과의 전리군(錢理郡) 교수가 책임편집과 감수를 맡았다. 이 대계에서 말하는 륜함구문학은 제2차 세계대전시기 전국적인 범위에서 일본에게 강점당했던 지역의 문학을 말하는데 주로 동북륜함구문학, 북경과 천진을 중심으로 한 화북(華北)륜함구문학, 상해와 남경을 중심으로 한 화중(華中)륜함구문학 등을 포함한다. 륜함구문학은 중국현대문학발전과정에서 없어서는 안 될 일환이지만 여러 가지 원인으로 줄곧 현대문학연구에서 소박당하여 황무지나 다름없었고 게다가 자료들이 비교적 많이 분실되어 있기에 이를 보완하고자 이 대계를 편집 출판한 것이다. 이 대계는 『신문예소설집』(상, 하), 『통속소설집』, 『산문집』, 『시집』, 『희곡집』, 『평론집』, 『사료집』 등 7권 8집으로 편집되었는데 그중 동북륜함구문학 작품이 수량적으로 제2위를 차지하고 있으며 그 수록된 작품들 또한 『동북현대문학대계』에 수록된 작품과 같거나 혹은 주제, 창작 경향이 같은 작품들로서 이 두 대계의 편집 원칙 내지 의도가 거의 일치성을 띠고 있다. 이 대계 및 편집자는 애국적이고 진보적인 문학이 만주 문학의 주류로 되었다고 밝혔다.

그런데 새 세기 벽두에 중국작가협회에서 주관하는, 중국문학예술계의 동향을 리드하는 최고 문예지인 『문예보(文藝報)』에 이 견해를 반박 비평하는 평론이 발표되었다.

2000년 1월, 『문예보』에 진료(陳遼)의 문장 「륜함구문학에 관한 평가에서의 몇 가지 문제」가 발표되었는데 이 문장은 『중국륜함구문학대계』의 「총론」에서 보여준 학술견해를 신랄하게 비평하였다. 이 문장은 우선 륜함구문학의 생성에 대해 이렇게 쓰고 있다.

> 일본이 먼저 동북을 다음은 화북 그 다음은 화동, 화중, 화남 지구를 점령한 후 괴뢰정권은 직접 획책하여 적지 않은 문예 간행물 혹은 신문 특간

을 꾸려 적지 않은 작품들을 발표하였다. 일부 배반 작가들은 괴뢰정권에 의뢰하였고 또 일부 문예 간행물을 꾸렸다. 중국공산당의 지하당원들과 당의 영도를 인정한 애국 진보인사들은 문예부서에 뚫고 들어가 정보 사업을 전개한 동시에 작품을 발표하는 것으로 자기를 보호하였다. 이렇게 하여 류함구문학이 생기게 되었다.29)

이어 문장은 『대계』의 「총론」은 류함구작가와 류함구문학을 일률로 긍정하고 소수 애국 작가의 각오를 대다수 류함구 작가의 공동한 심리상태로 착각하고 있으며 장애령을 문화한간으로, 류함구의 대표적 작가임을 암시하고 민족대의가 분명하지 않고 시비도리를 가리지 못하였다고 비평하고 나중에 이런 결말을 도출해냈다.

광범한 문학애호가들로 하여금 류함구문학의 진상을 알게 하고 최근 10년 이래 일부 사람들에 의해 전도된 류함구문학의 시비를 다시 바로잡는 것이 바로 「총론」이 마땅히 해야 할 일이다. 하지만 상기한 바와 같이 「총론」의 작자는 이렇게 하지 않았을 뿐만 아니라 오히려 시비를 전도하고 류함구문학을 더욱 혼란스럽게 만들었다.30)

여기서 이 문장의 필자는 최근 10년 이래 류함구문학에 대한 연구에서 일부 사람들이 그 시비를 전도시켰는데 이를 바로잡아야 한다는 견해도 내비치고 있음을 알 수 있다. 한마디로 「총론」의 견해를 부정하였다.

이런 비평에 대응하여 장천(張泉)은 대뜸 『문예보』에 「사실은 류함구문학을 평가하는 유일한 전제이다(史實是評說淪陷區文學的惟一前提)」라는 문장을 발표하였다. 문장은 여러 가지 사실로 진료의 문장은 "「총론」과 『대계』에 대해 곡해하고 있으며", "류함구문학에 대한 총체적 평가에서 착오를 범하고 있으며", "사료에 대한 사용과 해석에서 편차가 있다."고 논박하면서 이렇게 끝맺었다.

---

29) 陳遼, 「關興淪陷區文學評'價中的几個問題」, 『文藝報』, 2000年 1月 11日, 3면에서 인용.
30) 陳遼, 위의 책.

　　한마디로 객관적인 측면에서 1차적인 자료가 부족하고 주관적인 측면에
서 인식론의 본말이 전도되었기에 「문제」(진료의 문장, 필자 주)의 견해와
결론은 기본상에서 대륙지구의 90년대 이전과 대만『항전시기 륜함구문학
사(抗戰時期淪陷區文學史)』(劉心皇 著, 臺灣成文出版社, 1980年5月, 필자 주)
의 사고 범위와 결론 범위에 머물러 있다.31)

　　장천의 반론에 맞서 배현생(裴顯生)이 역시 『문예보』에 「륜함구문학연구
에서의 잘못된 인식에 대하여」라는 문장을 발표하여 진료의 주장을 대변
하여 나섰다. 작자는 "내가 보건대 「전제」(장천의 문장, 필자 주)에 의해 '오
류 무더기'로 비평받은 「문제」(진료의 문장, 필자 주)가 의거하고 있는 사료
는 결코 '사실에 어긋난 것'이 아니며 그 '총체적 인식'도 정확하다. 반대
로 「총론」과 「전제」 특히 「전제」가 륜함구문학 연구에서의 일련의 중대한
문제에서 오히려 잘못된 인식을 갖고 있다는 것을 모르고 있다."고 하면
서 「총론」과 「전제」는 다섯 가지 면에서 잘못된 인식을 갖고 있다고 비평
하였다.

　　첫째, 륜함구문학의 주체는 항전문학, 반파시즘문학이라는 인식은 잘못
된 것이다. 륜함구문학에서 애국적이고 진보적인문학은 소수를 점하고 문
화한간과 현세순응작가들의 작품이 대부분을 점하고 있기 때문이다.

　　둘째, 모든 륜함구 작가들이 무두 자유롭지 못한 상대에 처하여 있고
모두가 말하느냐 말하지 않느냐 하는 문제에 직면하여 있다는 것은 역사
사실에 부합되지 않는다.

　　셋째, 장애령의 작품이 륜함구문학이 가히 도달할 수 있는 역사수준을
대표하고 있다는 인식은 잘못된 것이다.

　　넷째, 한간(漢奸)을 처리하는 문제에서 "국통구와 해방구의 원칙과 입장
이 기본적으로 일치하였다."는 인식은 잘못된 것이다.

---

31) 張泉, 「史實是評說淪陷區文學的惟一前提」, 『文藝報』, 2000年 3月 28日, 3면에서 인용.

다섯째, 그 누가 류함구문학연구에서 민족대의를 강조하면 곧 "대륙지구의 90년대 이전과 대만 『항전시기 류함구문학사』의 사고범위와 결론범위에 머물러있다."고 인식, 평가하는 것은 잘못된 것이다.

배현생은 이 다섯 가지의 잘못된 인식에 대해 일일이 논증하고 나서 이렇게 마무리를 지었다.

> 요컨대 류함구문학 연구에서 민족대의를 말하지 않을 수 없고 시비를 가리지 않을 수 없으며 구체적 작가와 작품은 의연히 마르크스주의 미학과 역사를 상호 결합시키는 관점으로, 실사구시로 구체적 분석을 진행하여야 비로소 정확한 결론을 도출해낼 수 있다."[32]

진료의 견해가 정확할 뿐만 아니라 이를 절대 지지한다는 것이다.

그러자 장천은 『사실은 류함구문학을 평가하는 유일한 전제임을 다시 논함(二論史實是評說淪陷區文學的惟一前提) — 「류함구문학 연구에서의 잘못된 인식에 대하여」에 응하여』』라는 논박 문장을 『북경사회과학(北京社會科學)』(2001년 제2호)에 발표하여 다시 논박하여 나섰다.

하지만 논쟁이 일부 구체적이고 민감한 현안에까지 미치게 되자 논쟁 쌍방은 이렇다 할 결론을 보지 못하고 그냥 휴전상태에 들어갔다.

이 논쟁은 제반 중국 류함구문학에 대한 평가를 둘러싸고 제일 권위적인 문예논단을 통해 진행되었으며 논쟁 쌍방의 견해는 첨예하게 대립되어 있다. 물론 이 논쟁은 전문적으로 만주 문학만을 둘러싸고 진행된 논쟁은 아니지만 만주 문학을 포함한 제반 류함구문학을 그 논쟁의 범위로 하고 있어 자연히 만주 문학에 대한 견해도 포함되어 있다. 여기서 한 가지 간과할 수 없는 것은 쌍방의 견해는 1990년대 초에 있었던 철봉과 황만화 사이의 논쟁과 대체로 비슷하다는 것이다. 다시 말하면 만주 문학 연구는

---

32) 裴顯生, 「談淪陷區文學研究中的認識誤區」, 『文藝報』, 2000年 4月 18日, 3면 참조 인용.

본격적인 연구가 시작되어서부터 줄곧 대체로 상기한 두 가지 부동한 견해간의 상호 논쟁 속에서 진행되어 왔다고 해도 과언이 아닐 것이다.

3. 남아 있는 문제점과 연구 과제

상기한 바와 같이 중국의 만주 문학 연구 양상은 사회, 정치 환경의 영향 하에 굴곡적인 양상을 보이면서도 적지 않은 성과들을 이룩하였다.

하지만 지금까지의 연구를 검토해 보면 문제점과 연구과제가 적지 않게 남아 있다.

우선 사회, 정치 환경의 영향과 그 속박에서 대담히 벗어나 역사를 존중하고 역사진실에 의거하여 구체적 문제를 구체적으로 분석하는 원칙에 입각한 연구 자세를 갖추고 주관적 선입견이나 그 어떤 정치적 입장에 입각한 연구 자세를 버려야 한다. 현재까지 친일문학연구가 공백 내지 금지구역으로 되어 있는 상황은 바로 이런 현상에서 기인된 것이 아닌가 싶다. 사실 친일문학은 제반 만주 문학에서 적지 않은 비중을 차지하고 있으며 이 부분에 대한 연구가 보완되어야만 제반 만주 문학의 구성이나 특징 등을 명확히 밝힐 수 있다.

다음 류함시기 문학작품과 관련 자료 특히 각종 문예지에 대한 발굴 정리 작업을 보다 전면적으로, 체계적으로 세밀하게 진행해야 한다. 비록『동북현대문학대계』와 같은 류함시기 문학작품에 대한 수집 정리 작업이 적지 않게 진행되었지만 대체로 편집자들의 편집 의도나 연구자들의 연구목적에 따라 부분적으로 발굴 정리된 상황으로 아직도 많은 작품과 자료들이 발굴 정리되지 못하였을 뿐만 아니라 논쟁이 있는 작품이나 친일경향을 띤 작품은 아예 배제되어 있다. 실존 현상이나 문제를 회피하는 것은 역사유물주의와 어긋나는 일이며 어느 정도 역사를 오도하게 된다고 할 수 있다. 현재 신빙성 있고 돌파성적인 연구 성과가 많지 못한 주요 원인의 하나가 바로 자료 발굴과 정리 작업이 부진상태에 있기 때문이라고 해도 무리가 아닐 것이다. 만주 문학에 대한 정확한 이해와 평가는 무엇보다 많은 구체적 작품과 자료를 바탕으로 해야 한다.

그 다음, 다각도로 입체적인 연구를 진행하여야 한다. 주지하다시피 일제식민통치로 인하여 만주 문학은 성질상 식민문학과 피식민문학으로 나뉘어졌고 구성상 일본인 문학, 중국인 문학, 조선인 문학, 러시아 인문학 등으로 나뉘어져 있었으며 실제적으로 문단활동과 문학단체는 관청과 민간으로 나뉘어졌고 문인들 또한 신분이 각양각생이었을 뿐만 아니라 시기의 변화에 따라 부동한 활동을 하였다. 이런 각양각색의 문학현상을 정확히 이해 평가하자면 자연히 구체적 진실에 입각하여 중국의 기타 륜함구 문학과의 비교, 만주 문학장에서의 부동한 특징의 문학 사이의 비교, 부동한 민족문학 사이의 비교 등 다각도 연구가 진행되어야 하며 동북항일전쟁을 비롯한 중국항일전쟁과 제2차 세계대전, 만주와 동북아(東北亞) 등 국제적인 사회 정치 역사 배경에 대한 종합 비교 연구가 진행되어야 한다. 중국, 일본, 한국 등 여러 나라 학자들 사이의 교류와 공동연구도 진행되어야 한다.

—2005년 7월

만주 중국인 문학의 제 양상

만주 중국인 문학은 으레 중국 현대문학의 한 부분으로 자리매김하여야 하지만 특정된 시기, 특정된 지역의 특정된 사회 문화 환경 속에서 생성된 문학으로서 독특하고 복잡한 특징을 띠고 있기에 1970년대까지만 하여도 중국현대문학사에서 소외되다시피 하였다. 그 후 1980년대에 들어서면서 점차 학계의 관심을 끌게 되었고 동북현대문학 내지 중국현대문학을 보다 풍부히 특수한 시기의 독특한 문학으로 평가 받게 되었다.

만주 중국인 문학은 초기, 중기, 후기라는 세 개의 생성 발전 단계를 거치면서 비교적 복잡하고 다양한 양상을 보여 주고 있지만 대체로 일제 식민주의에 대한 저항과 협력이라는 양극화된 특징을 띠고 있다.

1. 식민주의와의 비협력 저항

1931년 9·18사변이 발발하자 중국 동북의 각 계층, 각 민족 애국적 민중들은 분분히 각종 방식으로 일제의 침략과 식민통치에 저항하여 나섰다. 절대다수의 애국적이고 진보적인 중국인 문인들은 살벌한 문화 환경 속에서도 여러 가지 문학 방식과 활동으로 일제 식민주의에 협력하지 않고 저항을 하면서 만주 중국인 문학의 주류를 이끌어 나갔다. 비협력 저항방식은 대체로 세 가지 방식을 통해 보여주었다. 즉 직접 항일을 선동하거나 구가한 작품을 창작 발표하는 정면 저항방식과 간접적으로 저항의식을 암시한 작품을 창작 발표하는 우회적 저항방식 그리고 협력을 거부하고 만주를 떠나 산해관(山海關) 이내로 들어가는 탈출 저항방식 등으로 나누어 볼 수 있다.

1.1. 정면 저항

1931년 9·18사변부터 1937년 7·7사변이 발발하기까지의 시기를 만주 초기라고 한다. 이 시기는 일제가 군사적인 침략과 통치에 전력하다나니 문화방면에서 일시적으로나마 전면적인 식민통치가 미치지 못하게 되었다. 이런 상황에서 9·18사변 당시에 정간되었던 『민보(民報)』, 『동삼성공보(東三省公報)』 등 각종 신문들의 문예부간이 연이어 복간, 창간되고 이런 문예부간(文藝副刊)을 중심으로 여러 문학단체들이 생겨났다.

당시 일제의 식민통치가 상대적으로 박약했던 하얼빈 지역에서 김검소(金劍嘯), 나봉(羅烽), 백낭(白朗), 서군(舒群), 소군(蕭軍), 소홍(蕭紅) 등 애국문인들이 신속히 단합되어 『대동보(大同報)』의 「야초(夜哨)」, 『국제협보(國際協報)』의 「문예」, 『신청년』 등 신문 문예부간과 잡지들을 통해 일제의 침략과 식민통치를 폭로하고 항일을 선동 구가하는 문학작품들을 창작 발표하면서 일제 식민주의와 정면으로 저항하여 나섰다.

이문광(李文光)의 중편소설 「길(路)」은1) 백여 명의 총을 멘 사람들이 황막한 초원에서 「국제가」를 부르며 “전쟁터 널려져 있는 화선”으로 복수하러 가는 이야기를 쓰면서 항일유격대 대원들을 직접 구가하였다. 일제는 이

---

1) 이 소설은 톨이라는 필명으로 『대동보』 문예부간 『야초』에 1933년 9월 10일부터 12월 3일까지 네 번에 나누어 연재 발표됨.

항일작품을 발견하고 즉각 「야초」를 정간시켰다. 김검소의 장편서사시 「흥안령의 폭풍설」2)은 32명의 항일투사들이 폭풍설 속에서 일제와 피 흘리며 싸우는 비장한 항일무장투쟁의 역사적 풍운을 쓰고 있다. 김검소는 또 항일극본 「해풍」을 창작 공연하고 당시 소련의 고리끼를 비롯한 볼쉐위크 작품들을 번역소개 하였다. 그는 1936년 6월 10일 고리끼의 병세가 위독하다는 소식을 발표하고 13일에 일제 비밀경찰에게 체포되어 잔혹한 혹형을 당하다가 이해 8월 15일에 옥사하였다.

이런 정면 저항은 대체로 만주 초기에 진행되었고 공산당 문인들이 주도하였다. 9·18사변이 발발하자 국민당은 부저항(不抵抗) 정책을 실행하여 동북 땅을 일제에게 고스란히 내놓았으나 공산당은 9월 20일에 항일을 선언하고 항일구국운동을 적극 전개하였다. 따라서 공산당 문인들이 저항의 정면에 나서서 애국적 문인들을 주위에 단합시켜 항일 문학작품들을 창작 발표하였다. 하지만 이런 작가와 작품의 항일 저항 기치가 너무 선명하기에 얼마 되지 않아 일제에게 탄압되어 정면저항 방식은 우회적 저항방식으로 바뀌게 되었다.

1.2. 우회적 저항

1937년 7·7사변부터 1941년 3월 예문지도요강이 반포되기까지를 만주 중기라고 하는데 이 시기에 이르러 일제는 제반 중국 침략전쟁 확장을 담보하기 위해 만주의 군사, 정치, 경제 그리고 사상문화 등 여러 면에서 전면적인 식민전제통치를 실시하였다. 1937년 7월 문화전제통치기구 홍보처가 설립된 후 선후로 만주통신법, 신문법, 기자법, 만주도서주식회사법 등 각종 법령을 반포하고 <만주문예연맹>을 조직하여 제반 문화영역

---

2) 1935년 5~6월 『黑龍江民報』 부간 「蕪田」에 연재 발표됨, 1937년 8월 上海聯華書局에서 단행본으로 출판함.

에서 식민문화 일체화(一體化)를 구성하였다. 1940년 5월 일제 관동군(關東軍) 헌병대 사령부에서는 사상대책복무요강(思想對策服務要綱)을 제정하여 "문예 및 저작의 동향"을 "반드시 주의하고 감시해야 할 목표"에 넣고 "은폐 수단으로 감시하는" 구체적인 방법까지 규정하였다. 1941년 3월 예문지도요강이 제정 반포되면서 전면적인 파시즘문화 통치시기에 들어섰다. 일본 헌병들은 1936년 6월 흑룡강민보사건(黑龍江民報事件)을 조작하여 90여 명의 애국문인과 학생들을 체포하고 그중 5명을 살해하였으며 1937년 4월에는 하얼빈하모니카사(哈而濱口琴社) 사건을 조작하여 애국문인과 문학청년 12명을 체포하고 그중 1명을 살해하였다.

이런 살벌한 사회문화상황 속에서 일제 식민주의와의 정면 저항은 거의 불가능하게 되었다. 하여 애국적이고 진보적인 문인들은 그 저항방식을 바꾸어 우회적 저항방식으로 저항문학 맥락을 이어 나갔다.

1937년 의지의 단편소설 「산정화」3)와 산정의 평론 『향토문학과 「산정화」』4)가 발표되면서 사실주의를 기반으로 한, "진실을 묘사하고", "향토 현실을 폭로"하는 향토문학 유파가 형성되어 민족문화저항의식이 우회적으로 암시된 문학작품들을 창작 발표하였다. 향토문학작품들은 '평범한 도시와 평범한 농촌'의 현실사회상을 진실하게 묘사하면서 당시 일제가 고취한 이식문학(移植文學), 분식문학과 대조를 이루어 많은 진보적이고 민족적인 문인과 문학도들을 흡인하여 중국인 문학의 한 주류를 이루었다.

추형의 중편소설 「광갱(礦坑)」,5) 「소공차(小工車)」6) 등은 노예적 고역과 빈곤으로 몸부림치는 광산 노동자들의 수난과 인생 비극을 처절하게 묘사하고 있으며 산정의 소설집 「산바람(山風)」7)의 작품들은 향촌의 빈고농민,

---

3) 疑遲, 「山丁花」, 『明明』 제1권 3기, 1937년 5월.
4) 山丁, 「향토문학과 산정화」, 『明明』 제1권 제5기, 1937년 7월.
5) 秋螢, 「광갱」, 『文選』 제2집, 1940년 9월.
6) 추형, 「小工車」, 文選刊行會, 1941년 1월.
7) 山丁, 「山風」, 新京益智書店, 1940년 6월.

도시의 소시민 등을 주인공으로 그들이 당하는 모욕과 고난을 진실하게 묘사면서 당시 사회최하층 인간들의 비참한 생활군상을 반영하고 사회의 암흑상을 폭로하였다. 「산바람(山風)」에 실린 단편소설 「장애인(殘缺者)」은 무기력한 벙어리 하인과 다리를 저는 노인이 무고하게 경찰서에 잡혀가서 경찰서에 갇히고 또 경찰서에 갇혀 있는 동안 다리를 저는 노인이 한 부랑자한테 옷마저 빼앗기는 이야기를 쓰면서 백색공포에 휩싸인 식민통치를 우회적으로 폭로하고 있다. 의지의 단편소설 「산정화」, 오영의 소설집 「양극(兩極)」[8] 등 작품들도 사회최하층 빈민들의 각종 생활상을 진실하게 묘사하고 있다.

관말남의 단편소설집 「허송세월(蹉跎)」[9]은 사회최하층의 우매한 습속, 노예적인 심리, 냉혹하고 악독한 토호계층 등 농촌의 암흑한 면을 폭로하면서 당시 사회의 암흑상을 암시하고 있다. 고뇌와 굴욕 속에서 문화저항을 모색을 하는 젊은 지식인들을 묘사하기도 하였다.

소송의 중편소설 「철난간(鐵檻)」[10]은 '비적(土匪)활동'이 빈번한 한 편벽한 농촌에서 촌민들이 겪는 고난 그리고 토벌대와 자위대가 비적(土匪)을 방비, 토벌하는 사회생활상을 생동하게 묘사하면서 우회적으로 항일투쟁을 반영하고 있다. 한 것은 소설에 나오는 비적활동은 실상 항일활동임을 암시하고 있기 때문이다.

백령의 시집 「미명집(未明集)」[11]은 "밤의 미명지간에 겪은 고난"과 암흑 속에서 교차되는 죄악과 참회, 그리고 시적 주인공의 주위 환경에 대한 강렬한 불평을 토로하면서 현실의 암흑면을 빙자 폭로하고 있다. 고요의 시집 「구적(口笛)」[12]은 "희망을 위해 뛰고 희망을 위해 죽는다. 희망을 버

---

8) 吳瑛, 「兩極」, 新京文叢刊行會, 1940년 11월.
9) 關沫南, 「蹉跎」, 哈而濱精益印書局, 1938년 8월.
10) 小松, 「鐵檻」, 『藝文志』 제3기, 1940년 5월.
11) 百靈, 「未明集」, 詩歌叢刊刊行會, 1939년 8월.
12) 杲杳, 「口笛」, 新京益智書店, 1939년 2월.

리지 않으면 생은 연장된다.”고 하면서 암울한 사회현실을 격분해 하고 폭로하고 있다. 성현의 시집 「청색시초(靑色詩抄)」13)는 “나는 어디서 오고 또 어디로 가야 하는가?” 하는 시인 자신의 적막하고 숨 막히는 내심세계를 보여주면서 암담한 현실에서의 감각과 정서를 토로하고 있다.

이 시기에 이와 같은 우회적 저항을 보여준 소설, 시, 희곡 등 여러 가지 장르의 작품들이 대량 창작 발표되어 제반 중국인 문학의 창작고봉을 맞게 되었다. 이는 이 시기까지 애국적이고 진보적이며 민족양심을 잃지 않은 문인들이 중국인 문단의 절대 다수를 차지하고 우회적으로나마 문학 창작활동을 견지한 상황과 갈라 볼 수 없다.

1.3. 만주에서의 탈출을 통한 저항

1941년 3월 『예문지도요강』의 반포부터 1945년 8·15광복까지를 만주 후기라고 하는데 이 시기 일제는 태평양전쟁을 전후하여 문화체제를 전시 체제로 만들고 문학을 대동아성전을 동원하는 메가폰으로 만들려 시도하였다. 1941년 3월 홍보처는 “획기적인 문화지도 요강”이라고 하는 예문지 도요강을 반포하여 제반 문학이 “일본문예를 중심으로”, “동아 신질서를 건설하는 데 이바지해야 한다.”14)는 전면적인 파시즘문학을 강요하였고 이를 철저히 실행하기 위해 이해 7월에는 <만주예문가협회>를 설립하여 문인들의 제반 문학 활동을 통제하였다. 1942년 12월에는 “건국정신을 진 흥시키고 결전의식을 고양하며 시국을 철저히 인식시키는” 것을 문예의 세 가지 방침으로 하는 홍보 신체제를 건립하였고 1943년 8월에는 <만주 예문연맹>을 건립하여 대동아문학, 즉 결전 문예를 고취하면서 만주의 문

---

13) 成弦, 「靑色詩抄」, 詩歌叢刊刊行會, 1939년 8월.
14) 東北淪陷14年史吉林編寫組譯, 『滿洲國史』(분론) 상, 東北淪陷14年史吉林編寫組, 1990년 12월, 110면.

인과 문학단체는 모두 전시총동원체제에 들어가게 하였다. 1943년 12월 결전예문인대회와 1944년 1월 예문인회의 후에는 근로보국(勤勞報國), 동아명랑(東亞明朗), 반미배영(反美排英), 성전필승(聖戰必勝) 등을 기조로 하는 "사상결전으로 나아가는" 결전문학을 강행하였다. 1944년 12월에는 결전예문지도요강을 반포하여 필승의 신념으로 붓을 검과 총으로 삼고 대동아성전에 참전할 것을 강요 강행하였다.

이와 더불어 일본 헌병과 괴뢰경찰들은 애국적 진보적 문인들을 감시 추적하거나 체포, 살해하는 무력탄압을 감행하였다. 1942년 6월 만주 수도 경찰청에서는 전문적으로 문예 분야의 "관제대상에 대해 측면으로 감시하는" 문예정찰부(文藝偵察部)를 설립하였다. 1941년 11월에 작성 보고된 「수도경찰청 비밀문서 제3650호」에는 산정, 석군(石軍), 오영(吳瑛), 단제(但娣) 등 문인들이 감시대상으로 되었고 그들이 우회적인 창작방법으로 문학작품에 저항의식을 내포시키고 있기에 보다 엄격한 감시가 필요하다는, 구체적인 작품 내용분석까지 한 감시내용들이 적혀 있었다. 1941년 12월 태평양전쟁이 폭발하여 며칠 안 되어 일제 괴뢰정권은 하얼빈좌익문학사건(哈爾濱左翼文學事件)을, 1942년 초에 제2차 하얼빈좌익문학사건(哈爾濱左翼文學事件)을 조작하여 관말남, 진제(陳隄), 이계풍(李季風) 등 진보적 문인들을 체포 감금하였다. 그중 이계풍은 두 차례나 체포되었고 관말남은 광복될 때까지 옥살이를 하였다. 1941년 진보적 작가 고묘(叧杳)는 무순(撫順)에서 일제경찰에게 체포되어 광복직전까지 옥에 갇혀 있었고 1944년 4월 애국 작가 전분(田賁)은 봉천(奉天)에서 일제 경찰에게 체포 감금되어 광복되어서야 출옥할 수 있었다.

이런 파시즘문화 고압정책과 백색공포 전시체제하에 특히 비협력 저항을 하여 일제의 감시대상과 탄압대상으로 되어 일제경찰과 괴뢰경찰에게 감시당하거나 체포되었다가 석방된 문인들은 계속하여 저항문학활동을 하기 어려운 상황에 이르게 되었다. 하여 그들은 마지막 저항방식이라고 할 수 있는 또 다른 저항방식인 만주에서의 탈출을 선택하였다. 탈출에 성공한 대부분 작가들은 관내에 가서 계속하여 저항문학활동을 견지하였다.

사실 만주에서의 탈출 저항방식은 일찍 만주 초기부터 시작되었다. 만주 초기에 공산당인 서군(舒群)은 망국의 고통을 토로한 작품 「유랑인의 소식」, 일제통치하 민중들의 고난을 묘사한 작품 「야기(夜妓)」 등을 발표하는 한편 공산당인 작가 나봉(羅烽)과 함께 소군, 소홍, 백랑 등 애국문인들을 묶어 세워 야초작가군(夜哨作家郡)을 형성하여 『대동보(大同報)』의 「야초(夜哨)」, 『국제협보(國際協報)』의 「문예」 등 신문 부간(副刊)을 통해 만주의 항일 저항문학을 개척해 나갔다. 특히 서군은 소군과 소홍의 작품집 『발섭(跋涉)』을 출판하기 위해 동분서주 하였을 뿐만 아니라 유리걸식하는 모친께 생계유지비로 주려던 돈마저 책자의 출판경비로 내놓아 출판에 결정적인 작용을 하였다. 『발섭』은 짙은 저항의식으로 하여 당시 큰 영향력을 일으켰을 뿐만 아니라 만주 저항문학의 본을 보여주었다고 할 수 있다. 1934년 3월 이런 항일 활동으로 하여 만주 경찰의 추적을 받게 되자 서군은 하얼빈을 탈출하여 청도에 간다. 그 후 얼마 안 되어 그는 역시 경찰의 박해를 받게 될 위험에 직면한 소홍과 소군을 하얼빈에서 탈출하게 한다. 이듬해 서군은 상해에 가서 <좌익작가연맹>에 가입하며 이어 소군과 소홍도 상해에 가서 노신의 도움과 지도하에 항일구국문화운동의 대표적 작가로 성장하였다. 작가 나봉은 망국의 슬픔을 토로하고 고난의 심연 속에서 허덕이는 민중들의 생활상을 반영한 희곡작품과 소설들을 발표하는 한편 항일 문예단체인 별극단(星星劇團)을 조직 건립하여 항일 문화 저항 운동을 지도하다가 1934년 6월 반역자의 밀고로 일본영사관의 비밀경찰들에 체포되어 옥에 갇힌다. 1935년 6월 출옥하자 아내 백랑(애국 저항 작가)과 함께 비밀리에 하얼빈을 탈출하여 상해에 가며 이해 말에 중국좌익작가연맹에 가입한다. 이렇게 하얼빈에서 탈출하여 상해로 간 서군, 소군, 소홍, 나봉, 백랑 등 애국문인들은 상해에서 계속하여 항일작품들을 창작 발표하여 나중에 중국현대문학사에서 유명한 항일문학운동의 선봉으로 된 동북작가군(東北作家群)을 형성하게 되었다.

진보 작가 원서(袁犀)는 1941년에 일제 통치하 도시 최하층사회의 생활상을 진실하게 묘사한 소설집 『수렁(泥沼)』을 발표하여 청년독자들 가운데서 강렬한 반향을 일으키게 된다. 이에 경찰들은 이 소설집을 차압, 금지시키고 작가 원서 체포령을 내려 그는 만주를 탈출하지 않을 수 없게 된다.

산정은 만주 초기부터 줄곧 향토문학을 창도하고 실천하면서 향토문학 유파의 가장 대표적 작가로 되었다. 소설집 『산바람(山風)』(1938)은 일제 통치하의 농촌의 황막하고 빈궁한 현실을 우회적으로 암시하였고 장편소설 『녹색산골(綠色的谷)』(1942년 『대동보·석간』에 연재됨)은 식민주의세력이 동북에 침입한 후 사회 각 모순이 격화되어 가고 있음을 암시한 한편 농민무장투쟁에 참가한 인물형상을 묘사하면서 농민들의 각성과 저항의식을 암시하였다. 1943년 9월 홍보처는 이 소설의 단행본이 출판될 경에 반만(反滿) 항일 정서를 반영한 내용이 있다는 이유로 책자를 차압하였다. 후에 삭감 처분으로 책자의 일부 페이지들을 찢어 낸 다음에야 겨우 발행할 수 있게 되었다. 산정은 이미 1941년부터 경찰의 감시대상으로 되어왔고 이때에는 경찰의 중점추적 대상으로 되어 두 차례나 집을 수색 당했다. 생활의 자유와 생명안전마저 위협받게 된 상황에서 더는 우회적 저항문학을 운운할 수 없게 되자 산정은 1943년 9월 만주에서 탈출하였다.

향토문학유파의 또 다른 대표적 작가 왕추형은 선후로 소설집 『거고집(去故集)』(1940년 문총간행회 출판)과 『소공차』(1941)를 출판하였는데 이 소설집에 실린 소설들은 대부분이 사회 최하층에서 허덕이는 중생들을 비참한 생활상을 묘사하고 있다. 이 역시 우회적이기는 하지만 반일 저항의 표현으로 되었기에 일본헌병들의 체포대상으로 되었다. 하여 1944년 그는 일본헌병들을 피해 만주에서 탈출하였다.

위에서 보다시피 만주에서의 탈출은 대체로 만주 초기와 후기에 많이 나타났고 이런 탈출을 선택한 작가는 그 수가 적지 않을 뿐만 아니라 그 절대 대부분은 식민주의와 저항해온 애국문인들이었고 중견작가들이었다. 이런 탈출은 비록 저항문학의 지속적인 맥락이 크게 위축되게는 하였지만 다른 지역에서의 저항문학활동을 추진하여 역시 적극적인 저항방식의 하나였다고 하겠다.

2. 식민주의와의 협력

만주 중국인 문인가운데는 상기한 바와 같이 일제 식민주의와 비협력 저항을 한 애국적 진보적 문인들이 있는가 하면 일제 식민주의와 협력한 문인들도 있었다. 중국학계에서는 공화국 건립직전부터 일제 식민주의와 협력한 문인들을 한간문인(漢奸文人), 그 문학작품은 한간문학작품(漢奸文學作品)이라 하고 제반 문학을 한간문학이라 통칭하면서 이를 타매하고 비평해 왔다. 하지만 그 후 사회, 정치, 역사 등 여러 가지 복잡한 원인으로 하여 한간문학에 대한 연구는 대체로 현상만 나열하는 데 그쳤을 뿐 그 내적 논리는 거의 밝히지 못한 부진상태에 있게 되었다.

한간문학이라는 용어는 한국의 친일문학이라는 용어와 본질적으로는 비슷한 개념이라고 할 수 있지만 본고에서는 중국학계의 사용습관에 따라 한간문학이라고 통칭한다.

만주의 한간문학은 대체로 두 가지 양상으로 나뉜다. 다시 말하면 매국적인 '만몽독립(滿蒙獨立)'을 꿈꾸면서 만주의 건립과 국책을 애초부터 철두철미하게 미화 분식한 한간문학과 원래 진보적이던 문인들이 점차 동아연맹론 내지 대동아공영권에 경도(傾倒)되어 대동아성전에 동원된 한간문학으로 나뉜다.

2.1. 만주의 건립과 국책을 미화 분식한 한간문학

일제는 9·18사변을 일으킨 후 침략의 본질을 덮어 감추기 위해 청나라 몰락황제 부의(溥儀)를 원수(元首)로 만주를 건립한다. 이에 복벽을 꿈꾸던 청나라 몰락귀족과 동북의 독립을 꿈꾸던 동북봉건군벌들은 저들의 야욕을 달성하기 위해 매국을 마다하고 만주의 건립과 국책에 적극 호응하여 나서며 이 괴뢰정권을 공고히 하기 위해 온갖 수단을 가리지 않았다. 만주괴뢰통치자들은 각종 회유정책으로 어용문인들을 끌어 모아 문화적으로 만주의 건립과 국책을 미화 분식할 것을 획책하였다. 이에 호응한 어용문인들은 신문, 문예 간행물들을 통해 만주의 건국정신, 왕도낙토, 5족협화 등 건국정신과 국책을 선양 구가한 문학작품, 주로 시가와 실화 작품을 대량 창작 발표하여 광범위하게 독자들을 기만하고 우매화하였다. 특히 항일 투쟁과 항일 투사들을 모독 비방하고 공격하는 작품들을 창작 발표하여 독자들의 항일저항의식을 마비시키고 비하하였다. 그중 초대 만주 국무원 총리인 정효서(鄭孝胥)가 제일 대표적인 한간문인이라고 할 수 있다. 그의 시집 「해장루시집(海藏樓詩集)」, 「정효서일기」 등은 모두 일제와 괴뢰정권에 충성하는 송가들로서 철두철미한 한간문학의 대표작으로 된다. 한간문인 나진옥(羅振玉)도 이와 같은 시가들을 창작 발표하여 극히 나쁜 영향을 끼쳤다.

이런 한간문학은 그 작가들이 대체로 괴뢰정권 통치자와 철두철미한 매국 어용문인들이고 그 작품 또한 국책선양의 메가폰이나 다름없기에 문학성은 더 운운할 여지가 없다. 그리고 괴뢰통치자들의 소산으로 그 수량도 많지 않기에 본고에서는 더 상세하게 서술치 않는다.

2.2. 대동아성전에 동원된 한간문학

만주 중국인 한간문학의 제반 양상을 살펴보면 애초에는 진보적이던 작가가 점차 일제의 회유기만 정책 특히 동아연맹론(東亞聯盟論) 내지 대동아공영권에 경도되어 대동아성전에 동원된 한간문학 양상이 유난히 특징적으로 나타나고 있다.

1939년 말, 일제는 단순히 군사적으로는 중국을 정복하기 어렵게 됨을 인식하고 정치, 경제, 문화, 군사 등 각 방면에서 침략정책을 조정하여 군사진공을 중심으로 하던 것을 정치진공(政治進攻)을 중심으로 하는 책략으로 바꾸었다. 1938년 11월과 12월에 일본 수상 코노에(近衛)은 선후로 두 차례나 정치진공책략―동아신질서론에 대한 성명을 공개 발표하였다.

이 동아신질서론과 더불어 일제는 1939년에 왕도주의(王道主義)를 지도이념으로 하는 <동아연맹협회(東亞聯盟協會)>을 조직하고 왕도가 곧 중용(中庸)이며 "왕도정치를 실시하면 도의정치(道義政治)를 실현하는 것과 같고" 도의를 기초로 하면 동아 각국은 민족대립으로부터 민족 협화로 나갈 수 있다는 동아연맹론을 고취하였다. 「동아연맹건설요강」은 "연맹을 맺는 목적은 동양의 왕도문화를 건설하고 동, 서방 문명을 융합시키며 대동양도의사회(大東洋道義社會)를 확립하는 것으로서 기타 민족국가에 대한 침략 의도는 전혀 없다."15)고 하면서 동아연맹을 결성하는 기본요건은 "국방공동(國防共同), 경제일체화(經濟一體化), 정치독립(政治獨立)"이라고 선양하였다. 아울러 일, 만, 화 3개국을 중심으로 동아연맹을 결성하여 공동으로 동아 신질서를 건설할 것을 주장하면서 동아연맹론을 중국에 이식하였다.

일제는 동아연맹론을 중국에 이식할 때 중국민중들을 기만하기 위해 "손문(孫文 즉 손중산)사상은 비록 명확하지 않지만 왕도사상과 대아세아주의를 내포하고 있다."16)고 고취하면서 손문사상을 왜곡하였다.

---

15) 史桂芳 著, 「'同文同種'的 騙局」, 社會科學文獻出版社, 2002年 12月, 63면에서 재인용.

왕정위는 이에 부응하여 동아연맹론을 손중산의 대아세아주의에 억지로 갖다 붙이고 이를 남경국민정부 건립의 이론 기초로 삼아 1940년 3월 괴뢰 남경국민정부, 즉 중화민국국민정부를 세울 뿐만 아니라 문화소통이라는 내용마저 덧붙여 그 통치구역에서 동아연맹운동을 전개하였다. 왕정위는 손중산의 혁명계승자로 자처하여 "본 당은 삼민주의의 대아세아주의를 실현하기 위해 분투한다."17)고 선양하면서 손중산의 대아세아주의를 크게 내세웠다. 하지만 그가 내세운 대아세아주의는 손중산의 본의를 왜곡한 친일의 대아세아주의였다. 그는 동아연맹과 손중산의 사상은 모두 동아의 해방을 실현하여 서구 제국주의의 침략을 반대하고 동방문화의 전통을 계승 발휘하는 것이기에 동아연맹은 곧 대아세아주의이며 동아의 공동한 이상이라고 고취하면서 "대아세아주의는 대동아연맹의 근본적 원리이며 대동아연맹은 대아세아주의의 구체적 실현이다."고 함으로써 손중산의 대아세아주의를 동아연맹론과 일치한 것이라고 민중을 기만하였다. 또한 손중산의 민족주의마저 왜곡하여 "민족주의는 대아세아주의를 핵심으로 해야 하며", "대아세아주의로 상호 단결 협력하여야만 힘이 커지고 아세아 각 민족을 압박 착취하면서 독립자주하지 못하게 하는 공동의 적 영미제국주의를 타도할 수 있다."18)고 하였다. 그는 "중국 사람들이 나라를 구하려면 동아를 보위하는 것을 제외하고는 결코 다른 길은 없다."고 하면서 동아연맹을 맺고 일본과 고락을 같이 하는 것이 대아세아주의를 실현하는 길이라고 선양하였다.

만주정부도 남경국민정부보다 못지않게 전면적인 전시체재를 건립하고 일제와 적극 동조하여 나섰다. 1942년 12월 만주정부는 "일, 만 공동방위의 협정에 따라 국방국가체제를 건립하고 국력을 집중하여 대동아전쟁을

---

16) 中山優, 「新秩序ノ東洋的性格」, 『東亞聯盟』 1939年 第1期, 38면.
17) 「告黨員及民衆書」, 『東亞聯盟』, 1941년 제2기 103면.
18) 왕정위, 앞의 책, 215면에서 재인용.

완성하며 나아가 대동아공영권의 건립을 위해 공헌해야 한다."는 기본방
침을 제정하고 『만주기본국책대강(滿洲國基本國策大綱)』을 반포한다. 홍보처는
만주의 각 문예단체들의 일체 문예활동이 대동아전쟁을 위한 전시체제로
전향하도록 획책, 통제하고 이에 호응하여 만주문예가협회는 문예가애국
대회를 열어 "대동아전쟁을 지지하고 일본과 생사를 같이 할 것"을 선언
한다. 1942년에 각 문예협회에서는 만주 건국 10주년 경축활동에 적극 참
가하여 장편소설, 단편소설, 시가, 극본 등 각종 장르의 경축작품을 창작
발표하는데 이 작품들은 모두 만주의 위대한 업적과 대동아전쟁의 혁혁한
승리 성과를 찬송하면서 대동아성전에 동원되었다. 같은 해에 홍보처는
제1회 일만보도연습(日滿報道演習)을 조직하여 보도활동을 진행하고 1943년
에는 전시체제하의 문예활동의 역할을 더욱 중요시하여 각종 보도대(報道
隊)를 조직하여 성전완수(聖戰完遂)를 대폭 성원하였다. 1943년 12월 홍보처
는 여러 문예단체 회원들이 참석한 전국문예가회의(全國文藝家會議)를 소집하
여 작가들에게 대동아성전에 동원된 작품들을 창작할 것을 요구하며 1944
년 12월에는 결전예문대회(決戰藝文大會)를 소집하여 『결전문예지도요강』을
반포한다. 하여 이 결전문예시기에는 대동아성전을 위한 작품이라야 발표
될 수 있었고 중간노선의 작품도 발표 기회가 전보다 훨씬 적게 되었으며
조금이라도 진보적인 작품은 발표하기 극히 어려웠다. 이런 상황에서 대
부분의 진보적이고 민족적인 작가들은 결전문학을 거부하기 위해 문학 창
작활동을 단연히 멈추거나 만주에서 탈출하는 저항방식을 선택하였다.

하지만 예문지파의 몇 몇 대표적 작가들을 비롯한 일부 진보적 문인들
은 이와 다른 선택을 하게 되었다.

예문지파의 고정, 작청, 의지, 소송, 외문 그리고 문선·문총파의 김음
(金音), 오랑, 석군 등 당시 비교적 유명했던 문인들은 애초부터 일관적으로
사실주의 혹은 문학의 독립성을 주장 실천해 왔지만 태평양전쟁이 폭발한
후에는 전향적으로 문학이 현세 정치에 부응하여야 한다는 논리에 맞춰가

면서 헛된 전망으로 적지 않은 결전문학작품들을 창작 발표하였다. 적지 않은 유명한 작가들이, 그것도 몇 년간 서로 문학 논쟁을 하여 오던 서로 다른 문학유파의 작가들이 이 시기에 와서 모두 함께 하나의 똑같은 경향—현세부응의 작품, 그것도 대동아성전에 동원된 작품들을 창작 발표한다는 것은 이들 모두가 동아연맹론 내지 대동아공영권의 논리에 경도되었음을 말해 준다.

예문지파의 주장이라고 할 수 있는 고정은 대동아성전에 동원된 작가의 한 사람이라고 할 수 있다. 그는 「침잠과 태동(沉潛和胎動)」(『大同報·文學』, 1942년 1월 14일자)이라는 논평에서 "「예문지도요강」의 반포는 만주문학의 제일 큰 대사이며"이는 "정치와 예술을 연관시켜 자연발생적인 예술 활동이 규범화되게 하고", "민간의 예문은 정부의 적극적인 뜻을 표현하여야만이 그 방향이 올바르게 전달될 수 있다."고 하면서 문학이 정치에 부응해야 한다는 논리를 발표한다. 이는 그가 애초부터 주장해 오던 문학 독립성의 논리가 탈바꿈된 전향적인 논리다.

역시 예문지파의 대표적 작가의 한 사람인 작청은 「건국정신으로부터 출발하여」라는 문장에서 만주문학의 핵심은 "동양이 갖고 있는 독립성과 비판성, 그리고 한 방면으로 일본을 맹주로 하여 단결된 동양 민족이 서구의 역사를 수정 개혁하고 다른 한 방면으로 물질주의문명을 배제하는데 있다."고 하면서 "만주 국민 내지 동양 민족의 일원이라는 입장에서 만주문학을 전망할 때 우리들은 반드시 '동양적인' 역사의식과 운명의식을 갖고 있어야 한다."[19]는 논리를 펴냈다. 작청은 또 「문학가의 초진(文學家的初陳)」이라는 글에서 이렇게 쓰고 있다. "현재 우리에게 나선 과제는 시대의 과제일 뿐만 아니라 세기적인 과제이며 더욱이는 인류역사의 과제이다. 전 동아의 민족은 수백 년 간의 영미 구질서 국가들의 고질에서 벗어

---

19) 爵靑 「建國精神그リ出發セ크」, 『藝文』 1942년 3월호, 77면에서 인용.

나기 위해 분연히 궐기하여 우방 일본을 맹주로 하는 동아공영권을 건설하고 있다. 문예의 역사에서 논할 때 어느 시대 혹은 어느 지역의 문예가 이처럼 비장하고 영광스런 과제를 맞게 되었던가? 우리 문예가는 비록 동아해방의 제일선에 나선 투사가 되지는 못하지만 반드시 총 뒤에서 문장으로 보국하여야 한다."[20]

이는 동아공영권에 경도된 논리가 아닐 수 없다.

이외 오랑의 「새 태평양 역사의 창조 (新太平洋歷史的創造)」, 소송의 「예문가와 애국(藝文家與愛國)」, 외문의 「대동아예문의 건설(建設大東亞藝文)」 등 문장들에서도 모두 문학은 영, 미 서구식민주의를 전승하고 새로운 동아공영권(東亞共榮圈)을 건설하는 데 이바지해야 한다고 하면서 철저하게 대동아성전에 동원된 문학주장을 펴내고 있다.

이들은 다만 몇 편의 언론으로만 대동아성전에 동원된 것이 아니라 실천적으로 이런 논리가 뒤받침 된 작품들도 적지 않게 창작 발표하였다. 김음의 「특공대찬가(特攻隊贊歌)」, 소송의 「추석(秋夕)」, 의지의 「적개심과 동심(敵愾與童心)」, 야려(也麗)의 「부자간(父與子)」, 석군의 「혼혈아(混血兒)」 등은 대동아성전에 동원된 대표적인 작품들이라고 할 수 있다. 그 중에서도 가장 대표적인 작품은 고정의 수필 「하향(下鄕)」과 의지의 장편소설 「개선가(凱歌)」라고 하겠다.

고정의 기행문 「하향(下鄕)」에서는 시공서(市公署), 협화회 수도 본부, 흥농합작사(興農合作社), 교화단체 등으로 조직된 일행이 시 교외에 있는 작은 읍에 하향 가서 농민들에게 성전을 위해 출하(出荷)에 협력할 것을 선전하는 이야기를 쓰고 있다. '나'는 농민들한테 "일본이 흥하는 것이 곧 만주가 흥하는 것"이기에 "내일의 행복을 위해 일시적인 고난을 극복하고 영(英), 미(美)적을 격멸하여야 하며" 또 그러기 위해서는 "전쟁국세의 요구를

---

20) 爵靑, 「文藝家的初陳」, 『大同報』 1942년 1월 22일자에서 인용.

잘 이해하고 일심협력하여" "출하에 협력"해야 한다고 선동한다. 기행문은 나중에 이렇게 끝나고 있다. "한 알 한 알의 쌀들은 모두 영, 미를 격멸하는 탄알로 되어 우리 대동아의 최후 승리를 쟁취해 올 것이다."21)

고정은 이와 같은 주제를 부동한 장르로 반복적으로 표현하고 있는데 이런 주제 반복은 이런 작품들의 창작이 우연성이 아니라 지속성을 띠고 있음을 의미한다.

예문지파의 대표적 작가의 한 사람인 의지도 이 시기에 와서 역시 고정과 같은 경향을 보여주고 있다. 의지는 태평양전쟁의 발발직전만 해도 소설 「고향의 복수(鄕仇)」, 「초원행(塞上行)」, 「설령의 제(雪嶺之祭)」 등 복수제재를 다룬 저항의식의 경향을 보인 소설들을 창작 발표하였지만 태평양전쟁이 발발한 후에는 탈바꿈하듯 협력으로 전향하여 대동아성전에 동원된 작품들을 창작 발표하였다.

의지는 대동아성전 2주년을 맞으면서 『예문지』의 「결전 시 특집(決戰詩特輯)」에 시 「영원한 마음속 새김(永恒的心銘)」을 발표하여 "우리들의 재산을 약탈해 가고", "우리들의 피를 마시는" "영, 미 적을 소멸하자"면서 대동아성전에 동원된다.22)

의지의 단편소설 「적개심과 동심」은 대동아성전에 동원된 대표적 작품이라고 할 수 있다. 소설의 주인공은 하빈(夏斌)이라는 한 국민고급(國民优級)학교 우등생이다. 학급장인 그는 현재 시대가 달라져 좋은 학생이 되자면 덕, 지, 체뿐만 아니라 시사를 관심하고 나라를 도와주어야 한다고 생각한다. 학교에서 대동아성전을 지원하는 금속헌납(金屬獻納)운동을 전개하자 하빈은 고민에 잠긴다. 집이 너무 가난하여 헌납할 금속이 없기 때문이다. 고민하던 끝에 그는 문득 작은 동생과 누이동생이 애지중지 아끼는 완구, 즉 빈 깡통뚜껑, 병마개, 녹 쓴 주머니칼 등이 생각난다. 그는 "우리나라

---

21) 古丁, 「下鄕」, 『藝文志』 第1卷 第11期(1944년 9월), 61면에서 인용.
22) 疑遲, 「永恒的心銘」, 『藝文志』 第1卷第2號, 38~39면에서 인용.

는 선린 우방 일본을 도와 성전을 완수해야 한단다. 우리가 전선에 갈 수 없지만 이 물건들을 나라에 바치면 우리들도 전쟁에 공헌한 것으로 된단 다."고 어린 동생들을 설득하여 나중에 그 완구들을 학교에 바치러 간 다.23)

만주정권은 대동아성전을 성원하기 위해 1942년 4월『금속헌납처리요 강(金屬獻納處理要綱)』을, 1943년 8월『금속류회수법(金屬類回收法)』을 반포하고 1944년 3월에는 전 만주지역에서 4월 1일부터 11월말까지 금속특별회수 운동을 전개한다고 선포한 후 민중들의 일상용품에 필요한 금속, 지어 금 속도금을 한 열쇠마저 빼내놓지 않고 걷어갔다. 두말 할 것 없이 이렇게 회수한 금속은 모두 일제의 군사물자로 보충되었다. 이런 금속헌납운동에 작가 의지는 초등학교 학생이 완구까지 헌납하는 너무나 생생한 이야기로 동조하고 있는 것이다. 초등학교 학생마저 대동아성전으로 동원하는 이 소설이야말로 에누리 없는 한간문학작품이라고 할 수 있다.

의지는 단편소설「적개심과 동심」의 창작에만 멈춘 것 아니라 이어 장 편소설「개선가(凱歌)」를 창작 발표하여 보다 철저하게 대동아성전에 동원 된다. 이 소설은「서광(曙)」,「희망(望)」,「광명(明)」 등 3부로 이루어졌는데 대동아성전의 승리를 위해 근로 증산에 총동원된 사령촌(沙嶺村) 마을사람 들의 이야기를 쓰고 있다.

이처럼 태평양전쟁이 발발하기 전까지만 해도 문학의 독립성을 주장하 고 문학의 민족성을 지키기 위해 일본어로 창작하는 것을 거부하기까지 한 고정과, 향토문학의 첫 작품으로 되는 소설「산정화」를 비롯하여 우회 적인 저항 색채를 보여주는 작품들을 창작해 오던 의지, 그리고 기타 진 보적 경향을 보여주던 일부 작가들이 태평양전쟁이 발발한 후 전향적으로 대동아성전에 동원된 문학 창작활동에 참여하여 나섰다. 이들이 창작 발

---

23) 의지,「敵愾與童心」,『藝文志』제1권 9호(1944년 7월), 90~105면 참조 인용.

표한 작품들, 즉 대동아성전에 동원된 작품들은 당시 사상, 문화적으로 민중들을 대동아성전으로 오도하는 역할을 하여 대동아문학 이 한간문학으로 전락되는 결과를 가져오게 되었다.

요컨대 만주 중국인 문학은 일제강점기라는 특수한 사회와 역사 시대의 소산인 만큼 일제 식민통치 하 피식민 민족문학으로서의 독특한 양상을 보여주고 있으며 아울러 복잡한 특징을 내포하고 있다. 이런 양상과 특징으로 하여 만주 중국인 문학은 동북현대문학 나아가 중국현대문학에서 무시할 수 없는 한 비중을 차지하고 있다.

—2004년 11월

만주 중국인 한간문학의 내적 논리

1. 한간문학이란

만주 문학장은 대체로 일제의 파시즘문학 그리고 중국인 문학과 조선인 문학 등으로 복잡한 구성을 이루었다. 이 시기 중국인 문학은 초기, 중기, 후기라는 세 단계의 생성 발전과정을 거치면서 비교적 복잡 다양한 양상을 보여 주고 있는데 대체로 일제 식민주의와의 비협력 저항과 협력이라는 양극화된 특징을 띠고 있다.

그중 일제 식민주의와 협력한 문학을 중국학계에서는 한간문학(漢奸文學)이라 통칭하고 공화국 건립 직전부터 이를 타매하고 비판해 왔다. 이 한간문학은 한간문인(漢奸文人)과 한간문학작품(漢奸文學作品)을 포괄하며 한간문인은 대체로 매국적인 문학 활동에 참여하면서 한간문학작품을 창작한 작가들을 일컫는데 정치적으로 일제와 그 괴뢰정권에 의거하여 나라와 민족의 이익을 팔아먹으면서 문학 창작활동을 한 한간계층 문인과 아직 한간으로 완전히 전락되지 않았으나 일제와 그 괴뢰정권과 가까이 하면서 문학적으로 민족절개를 지키지 못하여 민족 입장과 정의를 상실하고 한간문학활동에 참여한 전항(轉向) 계층 문인을 포괄한다. 한간문학작품은 한간문인들이 국책과 시책에, 주로 '건국정신'과 '대동아성전'에 부응하여 창작한, 일제의 침략확장전쟁과 그 괴뢰정권통치의 수요에 직접 복무하는 내용을 표현한 작품들을 일컫는다.

이와 같은 만주 한간문학은 대체로 두 가지 양상으로 나눠 볼 수 있다. 그중 한 가지는 봉건통치계급 출신들이 만몽독립(滿蒙獨立)을 꿈꾸면서 만주의 건립과 국책 그리고 일제의 동북침략을 옹호지지 하여 애초부터 이를 철두철미하게 미화 분식한 매국적인 한간문학 양상이고 다른 한 가지는 원래 민족적이고 진보적이던 일부 문인들이 점차 동아연맹론 내지 대동아공영권에 경도(傾倒)되어 대동아성전에 동원된 매족(賣族)적인 한간문학 양상이다.

만주 한간문학에 대한 연구는 그 동안 사회, 정치, 역사 등 여러 가지 복잡한 원인으로 하여 지금까지 대체로 현상만 슬쩍 비치는데 그쳐있을 뿐 그 내적 논리는 밝히지 못한 부진상태에 있다. 내년이면 항일전쟁 승리 60주년을 맞게 되는 이때 실사구시로 한간문학의 내적 논리를 밝히는 작업은 여러 모로 자못 의미 있다고 하겠다. 하여 본고에서는 이 한간문학의 내적 논리를 밝히는 작업을 시도해 본다.

2. 만주의 건립과 국책을 미화 분식한 한간문학

일제는 9·18사변을 일으킨 후 침략의 본질을 덮어 감추기 위해 청나라 몰락 황제 부의(溥儀)를 원수(元首)로 만주를 건립한다. 이에 복벽을 꿈꾸던 청나라 몰락 귀족과 동북의 독립을 꿈꾸던 동북 봉건군벌들은 저들의 야욕을 달성하기 위해 매국을 마다하고 만주의 건립과 국책에 적극 호응하여 나서면서 이 괴뢰정권을 공고히 하기 위해 온갖 수단을 가리지 않았다. 만주 괴뢰통치자들은 사상 문화적으로 만주의 건립과 국책 그리고 일제를 미화 분식할 것을 획책하고 각종 회유정책으로 어용문인들을 끌어 모아 저들이 통제하고 있는 신문, 문예 간행물들을 통해 왕도낙토, 5족 협화 등 만주 건국정신과 국책을 선양 구가한 문학작품들을 다량 창작 발표하였다. 이들은 의식적으로 선동성과 기만성이 강한 문학 장르인 시가와 실화문학을 주요 장르로 하여 문학 창작활동을 전개하면서 광범위하게 독자들을 세뇌시켰다. 그들은 철면피하게 일제를 미화 분식하는 반면에 항일 투쟁과 그 투사들을 모독 비방하고 공격하는 작품들을 창작 발표하면서 흑백을 전도하여 독자들의 항일저항의식을 마비시켰다. 그중 초대 만주 국무원 총리인 정효서(鄭孝胥)가 제일 대표적인 한간문인이라고 할 수 있다. 그의 시집 「해장루시집(海藏樓詩集)」, 「정효서일기」 등은 모두 일제와 괴뢰정권에 열광적으로 충성하는 송가들로서 철두철미한 한간문학의 대표작으로 된다. 한간문인 나진옥(羅振玉)도 정효서와 맞장구를 치면서 친일 매국 송가들을 창작 발표하여 한간문학의 한 추태를 보여 주었다.

소설 「세월의 전변(年斗的轉變)」은 시골 농민들이 일제 괴뢰군을 환영하기 위해 경비도로를 적극적으로 닦는 이야기를 쓰면서 만주 건립을 옹호 지지함을 보여주고 있고 소설 「영광스러운 귀향(榮歸)」은 한 과부의 아들이 괴뢰군 군관이 되어 영광스럽게 귀향하여 비적 숙청을 위한 병정을 모집하는 이야기를 쓰면서 일제 괴뢰정권에 충성하고 공산당과 동북항일연합군을 모독하였다. 보도문학 「젊고 힘찬 가목사(年輕而雄建的佳木斯)」는 철면피하게 일본인 개척단 두목을 어머니로 구가하고 있다.

이런 매국적인 한간문학작품을 창작 발표한 작가들은 대체로 괴뢰정권 통치자나 추종자 그리고 회유책에 빠져 국책선양 현상응모에 참여한 젊은 문학 지망생들로서 기성 작가나 유명 작가가 아니다. 즉 문학지향의 문학가가 아닌 정치이익이나 경제이익을 탐낸 어용문인들이었다. 따라서 그 작품 또한 매국 매족적인 국책선양 메가폰이나 다름없어 문학성은 전혀 운운할 수 없다. 하지만 이런 한간문학은 매국 괴뢰통치자들의 획책으로 만주의 주요 언론 문화매체들을 통해 발표되어 제반 만주지역에 정치, 사상, 문화적으로 그 독해를 널리 퍼뜨려 현실적으로 광범위한 민중 특히 청소년들에게 무서운 문화폭력으로 되었기에 문학사적으로 언급하지 않을 수 없다.

이렇듯 이런 한간문학은 주로 괴뢰통치계층들에 의해 철저하게 자발적으로 이루어진, 문학성을 완전히 상실한 매국문학이라는 내재적 특징을 확연히 드러내 보이고 있다.

3. 대동아성전에 동원된 한간문학

만주 중국인 한간문학의 제반 양상을 살펴보면 애초에는 민족적이고 진보적이던 일부 기성 작가와 유명 작가들이 점차 일제와 그 괴뢰들의 회유 기만정책 특히 동아연맹론 내지 대동아공영권에 경도되어 대동아성전에 동원된 한간문학 양상이 유난히 특징적으로 나타나고 있을 뿐만 아니라 이 시기 제반 한간문학에서 중요한 한 부분으로 되고 있다. 이 양상은 현상적으로 복잡할 뿐만 아니라 그 논리 또한 가로세로 엉켜 딱히 밝히기 어려운 등 원인으로 하여 아직 그 내적 논리에 대한 섬세한 분석 연구가 거의 진행되지 못하였다.

1937년 7·7사변의 발발과 더불어 일제는 전면적인 대륙침략전쟁을 일으켜 대거에 북평(北平, 지금의 북경)과 천진을 점령하고 이어 남경, 상해를 점령한다. 1938년 10월 국민당정권의 중요한 국제물자 운수선인 광주와 당시 중국의 군사, 정치, 경제의 중심으로 되었던 무한을 점령하며 1939년 11월 중국 서남지역의 중심지 남녕(南寧)을 점령한다. 하지만 1938년 가을부터 1939년 초의 침략전쟁에서 일본침략군은 전선이 너무 길어 병력과 물자 보장이 미처 뒤따르지 못할 뿐만 아니라 중국 군민들이 완강히 저항한데서 군사침략세력이 크게 약화되어 진퇴양난의 처지에 빠지게 된다. 하여 일제의 속전속결 침략방침이 파탄되고 1939년 말에는 중국의 항일역량과 상대적인 대치상태에 들어간다.

이에 일제는 단순히 군사적으로는 중국을 짧은 시간에 정복하기 어렵게 됨을 인식하고 정치, 경제, 문화, 군사 등 각 방면에서 침략정책을 조정하여 군사진공을 중심으로 하던 것을 정치진공(政治進攻)을 중심으로 하는 책략으로 바꾸었다. 1938년 11월과 12월에 일본수상 코노에(近衛)는 선후로 두 차례나 정치진공책략―동아신질서론에 대한 성명을 공개 발표하였다. "제국은 동아의 영원한 평화를 확보하는 신질서를 건설하는 것을 금번 전쟁의 최후 목적으로 하며" "제국이 중국에 희망하는 것은 동아신질서 건설의 책임을 분담하는 것이다."1) "일(日), 만(滿), 화(華) 3개국은 동아신질서를 건설하는 것을 공동한 목표로 하여 연합하여 상호 선린우호관계를 건립하고 공동방공과 경제 합작을 실현하여야 한다." "일본은 중국의 주권을 존중할 뿐만 아니라 중국이 완전히 독립하는데서 필요한 치외 법권의 철회와 조계지의 귀환에 대해 보다 적극적으로 고려하려 한다."2)

이 동아신질서론과 더불어 일제는 1939년에 왕도주의(王道主義)를 지도이념으로 하는 동아연맹협회(東亞聯盟協會)을 조직하고 왕도가 곧 중용(中庸)이며 "왕도정치를 실시하면 도의정치(道義政治)를 실현하는 것과 같고" 도의를 기초로 하면 농아 각 국은 민족대립으로부터 민족 협화로 나살 수 있다는 동아연맹론을 고취하였다. 「동아연맹건설요강」은 "연맹을 맺는 목적은 동양의 왕도문화를 건설하고 동양과 서양의 문명을 융합시키며 대동양도의사회(大東洋道義社會)를 확립하는 것으로서 기타 민족국가에 대한 침략의도는 전혀 없다."3)고 하면서 동아연맹을 결성하는 기본요건은 "국방공동(國防共同), 경제일체화(經濟一體化), 정치독립(政治獨立)"이라고 선양하였다. 아

---

1) 復旦大學 歷史系 編, 「日本帝國主義對外侵略史料選編」(1931~1945), 上海人民出版社 1976年版, 278~279면에서 인용.
2) 復旦大學 歷史系 編, 위의 책, 288~289면에서 인용.
3) 史桂芳 著, 「"同文同種"的 騙局」, 社會科學文獻出版社, 2002年 12月, 63면에서 재인용.

울러 일, 만, 화 3개국을 중심으로 동아연맹을 결성하여 공동으로 동아 신
질서를 건설할 것을 주장하면서 동아연맹론을 중국에 이식하였다.

일제는 동아연맹론을 중국에 이식할 때 중국민중들을 기만하기 위해
"손문(孫文 즉 손중산) 사상은 비록 명확하지 않지만 왕도사상과 대아세아주
의를 내포하고 있다."4)고 고취하면서 손문 사상을 왜곡하였다. 매국역적
왕정위는 이에 부응하여 동아연맹론을 손중산의 대아세아주의에 억지로
갖다 붙이고 이를 남경국민정부 건립의 사상 기조로 삼아 1940년 3월 괴
뢰 남경국민정부, 즉 중화민국국민정부를 세울 뿐만 아니라 문화소통이라
는 내용마저 덧붙여 그 통치구역에서 동아연맹운동을 전개하였다. 왕정위
는 손중산의 혁명승계자로 자처하여 "본 당은 삼민주의의 대아세아주의를
실현하기 위해 분투한다."5)고 선양하면서 손중산의 대아세아주의를 크게
내세웠다. 하지만 그가 내세운 대아세아주의는 손중산의 본의를 왜곡한
친일의 대아세아주의였다. 그는 동아연맹과 손중산의 사상은 모두 동아의
해방을 실현하여 서구 제국주의의 침략을 반대하고 동방문화의 전통을 계
승 발휘하는 것이기에 동아연맹은 곧 대아세아주의이며 동아의 공동한 이
상이라고 고취하면서 "대아세아주의는 대동아연맹의 근본적 원리이며 대
동아연맹은 대아세아주의의 구체적 실현이다."고 함으로써 손중산의 대아
세아주의를 동아연맹론과 일치한 것이라고 민중을 기만하였다. 또한 손중
산의 민족주의마저 왜곡하여 "민족주의는 대아세아주의를 핵심으로 해야
하며" "대아세아주의로 상호 단결 협력하여야만 힘이 커지고 아세아 각
민족을 압박 착취하면서 독립자주하지 못하게 하는 공동의 적 영미제국주
의를 타도할 수 있다."6)고 하였다. 그는 "중국 사람들이 나라를 구하려면
동아를 보위하는 것을 제외하고는 결코 다른 길은 없다."고 하면서 동아

---

4) 中山優, 「新秩序ノ東洋的性格」, 『東亞聯盟』 1939年 第1期, 38면.
5) 「告黨員及民衆書」, 『東亞聯盟』, 1941년 제2기, 103면.
6) 왕정위, 「光明的方向」, 각주 17)과 같은 책 215면에서 재인용.

연맹을 맺고 일본과 고락을 같이 하는 것이 대아세아주의를 실현하는 길이라고 선양하였다.

　상기한 왕정위의 친일 매국 역설과 남경국민정부의 건립은 당시 중일전쟁과 제반 중국정세에 막대한 악영향을 끼쳤다. 우선 군사적으로 전국 항일전선을 크게 파괴하였을 뿐만 아니라 정치, 사상, 문화 등 의식형태에서 광범위한 민중을 기만하여 큰 혼란을 조성하고 친일 한간(漢奸)들을 대량 배출시켰다. 그리고 애초부터 줄곧 만주의 독립을 수긍하지 않으면서 관내 정권에 군사, 정치, 사상, 문화적으로 저항의 기대를 품고 일제 식민주의와의 협력을 거부 혹은 회피하여 오던 만주의 문인들에게도 커다란 충격을 주어 논리적으로, 실천적으로 저항과 협력의 사이를 마구 헛갈리게 하였다. 특히 예문지파 작가들에게 더욱 그러하였다. 예문지파는 만주 중기부터 복잡다단한 정세와는 관계없이 "만주문학은 아직 맹아기를 벗어나지 못하였기에 무엇을 쓰고 어떻게 쓰는가 하는 것은 향후 일이기에 우선 작품을 많이 창작해야 한다."는 사인주의(寫印主義)로 '방향 없는 방향'을 주장하면서 중간노선을 선택한 문학유파이다. 예문지파의 대표적 작가 고정은 자신들의 문학주장에 따라 일단 문학작품들을 창작 발표하기 위해서 일본인 문화인이나 만주정부의 경제후원을 마다하지 않았을 뿐만 아니라 이를 적극 쟁취하였다. 하여 일본인 기시마 노리아끼(誠島舟禮)의 경제후원으로 문예지 『명명』을 창간하며 이어 또 기시마 문고(誠島舟禮文庫)를 발간하는데 그중 적지 않은 작품집들은 사치하고 호화롭게 인쇄 제본하여 문학계에 커다란 반감을 불러일으킨다. 예문지파의 주장과 문학활동은 일본인 문화인과의 내왕을 통해 남달리 활발하게 전개되었고 이로 하여 그 내왕을 보다 밀접히 하게 되었으며 나중에는 그 내왕을 끊을 수 없는 상황에까지 이르게 되었다. 여기서 주목해야 하는 것은 당시 일본인 문화인의 배경이 정치, 경제 등 여러 면에서 복잡하고 투명치 못하였던 만큼 이런 내왕은 자연히 친일의 가능성을 잠복하게 되었다는 것이다. 이런 친일가능성이 잠복된 내왕은 애초부터 아주 자발적으로 이루어졌다는 것이 자못 특징적이다. 이는 예문지파 일부 문인들의 일제 식민주의와의 비협력 저항을 크게 희석시켰다. 동아연맹론은 바로 이 문인들에게 보다 큰 충격을 주어 그들로 하여금 식민주의와의 협력을 감정적으로 거부감을 느끼면서도 현실적으로 거부하지 못하는 하는 길로 기울러지도록 뒷받침해 주었다. 하여 이 시기 이들의 작품들은 대체로 전에 보이던 사회현실에 대한 심각한 묘사는 거의 사라지고 현실분식의 색채를 보이면서 민족문학의 생명력을 상실하기 시작하였다. 여기서 만주 한간문학은 외계의 강요에 의해 갑작스레 생긴 것이 아니라 어느 정도 순서점진의 자아생성과정을 겪었음을 말해 준다.

태평양전쟁이 폭발된 후 왕정위의 남경국민정부는 대동아전쟁은 곧 동아 각 민족의 공존공영을 위한 해방전쟁이며 이 전쟁에서 이겨야 동아를 구할 수 있고 따라서 중국도 구할 수 있다고 하면서 신국민(新國民)운동을 전개하였다. 1943년 1월 영, 미 등 나라와 선전(宣戰)포고를 하고 이해 10월 『중일동맹조약』을 맺으며 11월에 『대동아공동선언』에 서명하여 통치구의 정치, 경제, 군사, 문화, 교육 등 제반 사회가 전시체제(戰時體制)에 들어가게 하였다. 1943년 6월 남경국민정부는 『전시문화선전정책기본요강(戰時文化宣傳政策基本要綱)』을 제정 반포하여 문화가 직접 대동아전쟁의 선전도구로 되게 한다. 이 요강은 "동아문화를 계승하여 동아의 축을 공고히 하면서 전쟁의 승리를 사명으로" "영, 미 침략주의의 죄악과 개인자유주의의 독소를 청산하고 영, 미에 의뢰하려는 비열한 심리를 없애버려야 하며 국민들로 하여금 영, 미 침략주의를 타도하려는 적개심을 불러일으키게 해야 한다."는 등 대동아전쟁을 둘러싼 7가지 임무를 제정하였다. 남경국민정부는 "대동아전쟁은 무력전(武力戰)일 뿐만 아니라 동시에 심력전(心力戰)"이라고 하면서 "중국과 우방 일본은 동생공사(同生共死)하기에 사상투쟁과 문화건설 방면에서 최대한으로 노력하여 대동아전쟁의 승리를 위해 공헌하여야 한다.”7)고 선양하였다.

이런 매국 역설과 정책은 중일전쟁 나아가 제2차 세계대전의 관건적 시기에 중국 륜함구의 사상문화계를 엄중하게 중독, 노예화함으로써 많은 민중들이 이에 기만당하여 대동아전쟁의 무고한 희생자로 되었고 적지 않은 진보적이고 민족적이던 문화인들도 대동아성전에 동원되어 한간문인으로 전락되었다.

만주정부도 남경국민정부보다 못 지 않게 전면적인 전시체재를 건립하고 일제와 적극 동조하여 나섰다. 1942년 12월 만주정부는 “일, 만 공동방위의 협정에 따라 국방국가체제를 건립하고 국력을 집중하여 대동아전쟁을 완성하며 나아가 대동아공영권의 건립을 위해 공헌해야 한다.”는 기본 방침을 제정하고 『만주기본국책대강(滿洲國基本國策大綱)』을 반포한다. 홍보처는 만주의 각 문예단체들의 일체 문예활동이 대동아전쟁을 위한 전시체제로 전향하도록 획책, 통제하고 이에 호응하여 만주문예가협회는 문예가애국대회를 열어 “대동아전쟁을 지지하고 일본과 생사를 같이 할 것”을 선언한다. 1942년에 각 문예협회에서는 만주 건국 10주년 경축활동에 적극 참가하여 장편소설, 단편소설, 시가, 극본 등 각종 장르의 경축작품을 창작 발표하는데 이 작품들은 모두 만주의 위대한 업적과 대동아전쟁의 혁혁한 승리 성과를 찬송하면서 대동아성전에 동원되었다. 같은 해에 홍보처는 제1회 일만보도연습(日滿報道演習)을 조직하여 보도활동을 진행하고 1943년에는 전시체제하의 문예활동의 역할을 더욱 중요시하여 각종 보도대(報道隊)를 조직하여 성전완수(聖戰完遂)를 대폭 성원하였다. 1943년 12월 홍보처는 여러 문예단체 회원들이 참석한 전국문예가회의(全國文藝家會議)를 소집하여 작가들에게 대동아성전에 동원된 작품들을 창작할 것을 요구하며 1944년 12월에는 결전예문대회(決戰藝文大會)를 소집하여 『결전문예지도

---

7) 「戰時文化宣傳政策基本綱要」, 『王精衛漢奸政權的興亡』, 復旦大學出版社, 1987年 7月, 288면에서 재인용.

요강』을 반포한다. 하여 이 결전문예시기에는 대동아성전을 위한 작품이라야 발표될 수 있었고 중간노선의 작품도 발표 기회가 전보다 훨씬 적게 되었으며 진보적인 작품은 발표하기 극히 어려웠다. 이런 상황에서 대부분의 진보적이고 민족적인 작가들은 결전문학을 거부하기 위해 문학 창작 활동을 단연히 멈추거나 만주에서 탈출하는 저항방식을 선택하였다.

하지만 예문지파의 몇 몇 대표적 작가들을 비롯한 일부 문인들은 이와 달리 식민주의와 협력하는 길을 선택을 하게 되었다.

예문지파의 고정, 작청, 의지, 소송, 외문 그리고 문선·문총파의 김음(金音), 오랑, 석군 등 당시 비교적 유명했던 문인들은 애초부터 일관적으로 사실주의 혹은 문학의 독립성을 주장 실천해 오면서 만주 중국인 문학의 중견작가로 되어 왔었다. 그러던 것이 태평양전쟁이 폭발된 후에는 전향적으로 문학이 현세 정치에 부응하여야 한다는 논리에 맞춰가면서 헛된 전망으로 대동아문학에 적극 참여하여 나섰다. 적지 않은 유명한 작가들이, 그것도 몇 년간 서로 다른 주장으로 문학논쟁을 벌여 오던 서로 다른 문학유파의 작가들이 이 시기에 와서 모두 함께 하나의 똑같은 경향—현세부응의 작품, 그것도 대동아성전에 동원된 작품들을 창작 발표한다. 이는 이들이 모두 동아연맹론 내지 대동아공영권의 논리에 경도된 데서 비롯된 것이라고 하겠다. 여기서 일제와 왕정위가 고취한 동아연맹론 내지 대동아공영권의 기만성이 얼마나 심각했는가를 가히 추정해 볼 수 있다. 아울러 이들은 당시 만주 중국인 문단의 기성 작가 혹은 유명 작가로서 그 작품들이 적지 않은 영향력을 갖고 있었던 만큼 그들의 대동아성전에 동원된 작품들 또한 사상 문화적으로 적지 않은 무고한 민중들을 대동아성전으로 오도(誤導)하는 역할을 하게 되었다. 다시 말하면 명실상부의 대동아문학으로 되었다.

예문지파의 주장이라고 할 수 있는 고정은 대동아성전에 동원된 작가의 한 사람이라고 할 수 있다. 그는 「침잠과 태동(沈潛和胎動)」(『大同報·文學』,

1942년 1월 14일자)이라는 논평에서 "「예문지도요강」의 반포는 만주문학의 제일 큰 대사이며" 이는 "정치와 예술을 연관시켜 자연발생적인 예술활동이 규범화되게 하고" "민간의 예문은 정부의 적극적인 뜻을 표현하여야만이 그 방향이 올바르게 전달될 수 있다."고 하면서 문학이 정치에 부응해야 한다는 논리를 발표한다. 이는 그가 애초부터 주장해 오던 문학 독립성의 논리가 탈바꿈한 것 같은 전향적인 논리다.

역시 예문지파의 대표적 작가의 한 사람인 작청은 「건국정신으로부터 출발하여」라는 문장에서 만주문학의 핵심은 "동양이 갖고 있는 독립성과 비판성, 그리고 한 방면으로 일본을 맹주로 하여 단결된 동양민족이 서구의 역사를 수정 개혁하고 다른 한 방면으로 물질주의문명을 배제하는 데 있다."고 하면서 "만주 국민 내지 동양 민족의 일원이라는 입장에서 만주문학을 전망할 때 우리들은 반드시 '동양적인' 역사의식과 운명의식을 갖고 있어야 한다."8)는 논리를 펴냈다. 작청은 또 「문학가의 초진(文學家的初陳)」이라는 글에서 이렇게 쓰고 있다. "현재 우리에게 나선 과제는 시대의 과제일 뿐만 아니라 세기적인 과제이며 더욱이는 인류역사의 과제이다. 전 동아의 민족은 수백 년 간의 영미 구질서 국가들의 고질에서 벗어나기 위해 분연히 궐기하여 우방 일본을 맹주로 하는 동아공영권을 건설하고 있다. 문예의 역사에서 논할 때 어느 시대 혹은 어느 지역의 문예가 이처럼 비장하고 영광스런 과제를 맞게 되었던가? 우리 문예가는 비록 동아해방의 제일선에 나선 투사가 되지는 못하지만 반드시 후방에서 문장으로 나라를 지켜내야 한다."9)

이는 동아공영권에 경도된 논리가 아닐 수 없다.

이외 오랑의 「새 태평양 역사의 창조(新太平洋歷史的創造)」, 소송의 「예문가와 애국(藝文家與愛國)」, 외문의 「대동아예문의 건설(建設大東亞藝文)」 등 문장들

---

8) 爵青, 「建國精神그リ出發セ크」, 『藝文』 1942년 3월호, 77면에서 인용.
9) 爵青, 「文藝家的初陳」, 『大同報』 1942년 1월 22일자에서 인용.

에서도 모두 문학은 영, 미 서구식민주의를 전승하고 새로운 동아공영권을 건설하는 데 이바지해야 한다고 하면서 철저하게 대동아성전에 동원된 문학주장을 펴내고 있다.

이들은 다만 몇 편의 언론으로 대동아성전에 동원된 것이 아니라 실천적으로 이런 논리가 뒤받침 된 작품들도 적지 않게 창작 발표하면서 그 지속성과 자발성을 보여주었다. 김음의 「특공대찬가(特攻隊贊歌)」, 소송의 「추석(秋夕)」, 의지의 「적개심과 동심(敵愾與童心)」, 야려(也麗)의 「부자간(父與子)」, 석군의 「혼혈아(混血兒)」 등은 대동아성전에 동원된 대표적인 작품들이라고 할 수 있다. 그 중에서도 가장 대표적인 작품은 고정의 기행문「하향」과 의지의 장편소설 「개선가(凱歌)」라고 하겠다.

고정의 기행문 「하향(下鄉)」에서는 시공서(市公署), 협화회 수도 본부, 흥농합작사(興農合作社), 교화단체 등으로 조직된 일행이 시 근교에 있는 작은 읍에 하향 가서 농민들에게 성전을 위해 출하(出荷)에 협력할 것을 선전하는 이야기를 쓰고 있다. 주인공 '나'는 농민들한테 "일본이 흥하는 것이 곧 만주가 흥하는 것"이기에 "내일의 행복을 위해 일시적인 고난을 극복하고 적 영, 미를 섬멸하여야 하며" 또 그러기 위해서는 "전쟁국세의 요구를 잘 이해하고 일심협력하여" "출하에 협력"해야 한다고 선동한다. 기행문은 나중에 이렇게 끝나고 있다. "한 알 한 알의 쌀들은 모두 영, 미를 섬멸하는 총알로 되어 우리 대동아의 최후 승리를 쟁취해 올 것이다."10)

고정은 이와 같이 대동아성전에 동원된 주제를 여러 작품에서 반복적으로 보여주고 있다. 이런 동일한 주제 반복은 그 작품들의 창작이 우연성이 아니라 지속성을 띠고 있음을 의미한다. 이런 지속성은 고정의 일본 식민주의와의 협력은 우연적이 아니라 어느 정도 자발적으로 이루어졌음을 말해준다.

---

10) 古丁, 「下鄉」, 『藝文志』 第1卷 第11期(1944년 9월), 61면에서 인용.

예문지파의 대표적 작가의 한 사람인 의지는 태평양전쟁 발발직전까지만 해도 소설 「고향의 복수(鄕仇)」, 「초원행(塞上行)」, 「설령의 제(雪嶺之祭)」 등 복수제재를 다룬 저항의식의 경향을 보인 소설들을 창작 발표하여 진보적이고 재능 있는 작가로 이름났다.

하지만 태평양전쟁이 발발한 후에는 일제와의 협력으로 전향하여 대동아성전에 동원된 작품들을 창작 발표하였다. 의지는 대동아성전 2주년을 맞으면서 『예문지』의 「결전 시 특집(決戰詩特輯)」에 시 「영원한 마음속 새김(永恒的心銘)」을 발표하여 "우리들의 재산을 약탈해 가고" "우리들의 피를 마시는" "적 영, 미를 섬멸하자"면서 대동아성전에 동원된 작품을 창작 발표하기 시작한다.11)

의지의 단편소설 「적개심과 동심」은 대동아성전에 동원된 대표적 작품이라고 할 수 있다. 소설의 주인공은 하빈(夏斌)이라는 한 국민고급(國民优級) 학교 우등생이다. 학급장인 그는 현재 시대가 달라져 좋은 학생이 되자면 덕, 지, 체뿐만 아니라 시사를 관심하고 나라를 도와주어야 한다고 생각한다. 학교에서 대동아성전을 지원하는 금속헌납(金屬獻納)운동을 전개하자 하빈은 고민에 잠긴다. 집이 너무 가난하여 헌납할 금속이 없기 때문이다. 고민하던 끝에 그는 문득 작은 동생과 누이동생이 애지중지 아끼는 완구 즉 빈 깡통뚜껑, 병바개, 녹 쓴 주머니칼 등이 생각난다. 그는 "우리나라는 선린 우방인 일본을 도와 성전을 완수해야 돼. 우리가 전선에 나갈 수는 없지만 이 물건들을 나라에 바치면 우리들도 전쟁에 공헌한 것으로 된다."고 하면서 시책으로 어린 동생들을 설득시킨다. 나중에 그는 동생들의 완구들을 학교에 바치러 간다.12)

만주정권은 대동아성전을 성원하기 위해 1942년 4월 『금속헌납처리요강(金屬獻納處理要綱)』을, 1943년 8월 『금속류회수법(金屬類回收法)』을 반포하고

---

11) 疑遲, 「永恒的心銘」, 『藝文志』 第1卷第2號, 38~39면에서 인용.
12) 의지, 「敵愾與童心」, 『藝文志』 제1권 9호(1944년 7월), 90~105면 참조 인용.

1944년 3월에는 전 만주지역에서 4월 1일부터 11월말까지 금속특별회수
운동을 전개한다고 선포한 후 민중들의 일상용품에 필요한 금속, 지어 금
속도금을 한 열쇠마저 빼내놓지 않고 걷어갔다. 두말 할 것 없이 이렇게
회수한 금속은 모두 일제의 군사물자로 보충되었다. 이런 금속헌납운동에
작가 의지는 초등학교 학생이 완구까지 헌납하는 너무나 생생한 이야기로
동조하고 있는 것이다. 세상 물정 모르는 초등학교 학생마저 빼놓지 않고
대동아성전에 동원될 것을 선양하는 작가의 대동아공영권 의식은 너무나
짙게 드러나고 있다. 이 소설은 그야말로 에누리 없는 한간문학작품이라
고 할 수 있다.

　의지는 단편소설 「적개심과 동심」의 창작에만 멈춘 것 아니라 이어 장
편소설 「개선가(凱歌)」를 창작 발표하여 보다 철저하게 대동아성전에 동원
된다. 이 소설은 「서광(曙)」, 「희망(望)」, 「광명(明)」 등 3부로 이루어졌는데
'대동아성전'의 승리를 위해 근로 증산에 총동원된 사령촌(沙嶺村) 마을사
람들의 이야기를 쓰고 있다.

　소설의 주인공 오해정(吳海亭)은 "우리나라, 우리 전 동아가 세계의 적
영, 미와 싸우고 있는데 우린 총칼을 들고 전선에 나가 영, 미와 싸우지
못하고 있습니다. 그 대신 우린 후방에서 증산에 노력하는 것으로 우리나
라와 우리 동아의 전투력을 강하게 키워야 합니다.", "증산에 노력하는 것
역시 우리가 영, 미와 직접 싸우는 것과 마찬가지입니다."[13]고 말하면서
마을 사람들을 증산운동으로 선동한다. 그는 "전쟁이 결전의 단계에 들어
간 이때 우리는 시시각각으로 증산을 위해 일하지 않을 수 없다."고 하면
서 새해에 보다 많은 양식을 증산하기 위해 일본인 야모리(谷森)의 지도하
에 마을 사람들을 동원하여 가을이 끝나기 바쁘게 밭을 논으로 만드는 공
사를 벌인다. 그는 앞장서 일하느라 지친 데다 추위에 얼어 폐렴에 걸려

---

13) 의지, 「曙」, 『藝文志』 第1卷 第7號, 103면에서 인용.

몸져눕게 되며 병석에 누워서도 일편단심 증산을 걱정한다. 마침 둘째 동생 오해산이 군대에서 복원하여 고향에 돌아온다. 그는 처음에는 3년간의 군인 생활을 뜻 깊고 보람찼던 인생체험으로 그리워하면서 "동아 10억 민족을 해방하기 위한 대동아전쟁이 결전의 단계에 들어선 이때 총을 놓고 고향에 돌아온 것을 부끄럽게 생각"14)하다가 나중에 증산 역시 전쟁을 지원하는 것이라 느끼고 형을 도와 논을 만드는 일에 발 벗고 나선다. 한편 오해산은 마을 사람들에게 "일본군이 필리핀과 대만 부근의 바다에서 거둔 휘황한 전과"를 이야기 해주기도 하고 "미국 놈들"이 "우리 대동아의 존망을 위해 생명을 바친 일본군 용사들"의 "머리로", "장식품을 만들어 친우들에게 기념품으로 보내준다."고 이야기하면서 마을 사람들의 미제에 대한 적개심을 불러일으킨다. 이렇게 오해정과 오해산 두 형제는 헌신적으로 마을 사람들을 이끌면서 갖은 난관을 다 이겨내고 이듬해 봄에 푸르싱싱하게 자란 벼를 키워내게 되며 증산의 희망에 넘치게 된다.

소설에는 오씨네 두 형제 형상뿐만 아니라 마씨라는 50여 세 되는 아편쟁이 형상도 묘사되고 있다. 마씨는 원래 순박한 사람이었으나 아편중독에 걸린 후 정신적으로 육체적으로 병신이나 다름없게 된다. 하여 아내가 자살하고 아들이 집에서 탈출한다. 생활의 자립능력마저 상실하다시피 한 그는 마을에서 유일하게 증산에 동원되시 못한 낙오자로 되며 나중에 먹을 것을 훔치다가 오해정에게 잡힌다. 오해정은 마을의 양식을 훔치는 것은 증산을 파괴하는 것이라고 하면서 파출소에 보내려 한다. 이때 일본인 야모리가 나서서 마씨를 강생원(康生院)에 보내 아편중독을 치료시켜 완쾌되면 마을에 또 하나의 노동력이 더 생기지 않나 하며 오해정더러 강생원에 보내라고 한다. 하여 마씨는 강생원에 가게 되는데 그는 거기서 "일본 박사 마사야끼(正山)가 발명해낸 명약 동광제(東光劑)"를 먹고 몇 달 후 아편

---

14) 의지, 「明」, 『藝文志』 第1卷 第9號, 93면에서 인용.

을 끊고 완쾌되어 강생원에서 나오게 된다. 마을에 돌아온 마씨는 완전히 새 사람으로 탈바꿈한다. 그는 마을 사람들 앞에서 이렇게 다진다. "만약 농사지어 증산하는 것으로 영국 놈들을 소멸할 수 있다면 나의 원한을 갚을 수 있게 된 셈이구먼. 그놈들이 갖고 온 아편이 나를 20년이나 해쳤단 말이야. 지금 돌이켜 생각해 보면 영국 놈들 나를 해친 거지. 오늘 내 목숨은 내 것이 아니라 여러 분들과 나라에서 준 것일세. 이 목숨이 살아 있을 때 눈을 똑바로 뜨고 영국 놈들이 망하는 것을 봐야겠네. 내가 하루 더 살면 나라를 위해 하루 더 힘낼 것이네."15) 마씨는 자신이 영국 식민주의자들에게 피해를 입어 인생마저 망칠 번하였다고 느끼고 이에 적개심을 품게 되며 언제 아편쟁이였나 싶게 몸을 아끼지 않고 열성스레 농사일에 나선다. 마씨의 신생으로 하여 이 사령촌은 근로 증산에 낙오자 한 사람도 없이 모두 총동원된다.

만주정권은 1942년 11월『국민근로봉공법(國民勤勞奉公法)』을 반포하여 모든 민중들을 근로봉사할 것을 강요하였는데 이는 본질상 전시노무(戰時勞務) 신체제시기 노동자원을 약탈하는 수단이었고 민중을 노역으로 내모는 역할을 하였다.

1944년 7월 29일부터 시작하여 미군 B-29 폭격기가 선후로 3차례나 안산(鞍山)제철공장을 폭격하였는데 이는 대동아성전의 패색을 보여주는 중요한 계기로 되어 당시 정세에 커다란 충격을 주었다. 이때부터 만주집권자들은 패색을 피부로 느끼면서 날로 비관실망의 정서에 빠져갔다.

이렇게 역사적 대전환을 의미하는 정세, 그것도 대전환의 추세를 어느 정도 정확하게 판단할 수 있게 된 상황에서 작가 의지는 근로봉사의 국책과 대동아성전에 적극 호응한 장편소설「개선가」를 세 번에 나누어 3부작으로 연재 발표하였다. 장편소설「개선가」는 1944년 8월 17일에 제1부가

---

15) 의지, 앞의 책, 111~112면에서 인용.

창작되고 11월 4일에 전부 창작되었다. 현실적으로 이미 대동아성전의 패색을 직접 감각하면서도 이렇듯 철저하게 대동아성전에 동원된 문학작품을 창작한다는 것은 작가가 대동아공영권의 논리에 철저히 경도되었음을 충분히 말해준다. 의지는 1944년 11월 만주 대표로 남경에서 열린 제3차 대동아문학자대회에 참석하였는데 이런 문학활동은 이 점을 증명해준다.

상기한 바와 같이 태평양전쟁이 발발하기 전까지만 해도 문학의 독립성을 주장하고 문학의 민족성을 지키기 위해 일본어로 창작하는 것을 거부하기까지 한 고정과, 향토문학의 첫 작품으로 되는 소설 「산정화」를 비롯하여 우회적인 저항 색채를 보여주는 작품들을 창작해 오던 의지, 그리고 기타 진보적 경향을 보여주던 일부 작가들이 태평양전쟁이 발발한 후 전향적으로 대동아성전에 동원된 문학창작활동에 참여하여 나섰다. 이들은 모두 당시 만주 중국인 문단의 기성 작가 내지 유명 작가로서 그 문학적 영향력이 여간 크지 않았다. 할진대 이들이 이 시기에 창작 발표한 대동아성전에 동원된 작품들은 당시 사상, 문화적으로 적지 않은 독자와 민중들을 대동아성전으로 오도하는 역할을 하게 되었음은 의심할 바 없는 일이라고 하겠다.

4. 한간문학의 내적 논리

하다면 이들과 같이 진보적 경향을 띠고 있던 일부 문인들이 전향적으로 대동아 문인 즉 한간문인으로 전락된 주요 계기는 무엇이며 또한 이 한간문학의 내적 논리는 무엇일가?

위에서 논술하다시피 일제는 1939년 말부터 중국침략정책을 바꾸어 동아연맹론을 선양하였고 이어 호응하여 왕정위의 남경국민정부가 성립된다. 왕정위는 남경국민정부 통치를 공고히 하기 위해 손문의 대아세아주의를 왜곡하여 동아연맹론과 직결시킨다. 남경국민정부가 성립되기 전까지만 해도 만주에 거주한 중국인 문인들은 만주의 독립을 승인하지 않았을 뿐만 아니라 부정하고 저항하였다. 그러면서 당시 현실적 상황에서 많은 문인들은 국권의 회복을 장개석 정권에 기대해 보기도 하였다. 그러다가 장개석 정권이 중경으로 철퇴하게 되자 그 기대감은 크게 무너지게 되면서 일부 문인들은 남경국민정부의 왜곡된 대아세아주의를 반신반의로 받아들이기 시작한 것 같다. 이때까지만 해도 일제의 동아연맹론은 거의 믿지 않은 것 같다.

그러다가 태평양전쟁이 발발되면서부터 동아정세가 급변을 가져오자 일제의 대동아공영권을 현실적으로 서서히 받아들이게 된 것 같다. 주지하다시피 일제는 태평양침략전쟁을 아세아에서 영, 미 서구세력을 몰아내고 아세아 신질서를 건설하기 위한 대동아성전이라고 선양하면서 중국 민중들을 기만하였다. 일제의 괴뢰정권인 만주정권도 이에 발맞추어 신문, 잡지, 저서 그리고 각종 선전 소책자들을 통해 영, 미 등 서구열강들의 아세아에서의 침략행위를 규탄하면서 영, 미 열강을 성토하는 붐을 일으켰다. 그 목적은 두말 할 것 없이 만주 민중들에게 영, 미 열강에 대한 적개심을 심어주고 나아가 민중들을 태평양침략전쟁을 위해 복무하는 도구로 만들려는 데 있었다.

사실 중국은 1840년 영국식민주의 열강이 일으킨 아편전쟁으로부터 시작하여 8개 국 연합군의 북경 침입 등 서구열강들의 침략을 연이어 당하면서 각종 불평등조약을 체결하고 정치 경제적으로 야수적인 약탈을 당하여 반식민지 반봉건사회로 전락되었다. 특히 영국식민주의 열강은 아편을 중국에 대량 수출함으로써 경제적으로, 정신적으로, 육체적으로 수많은 중국민중들에 막대한 재난을 가져왔다. 하여 중국민중들은 수십 년간 갖은 수난을 겪으면서 서구열강 더욱이 영국 식민주의 열강에 대한 원한과 증오심을 뼈저리게 키워오게 되었고 이 서구열강들을 몰아낼 날이 있기를 학수고대하게 되었다. 바로 이런 수십 년간 침적되어 온 역사적 민족적 수난의식과 탈식민 기대시야가 만주의 일부 문인들로 하여금 영, 미 서구 열강을 몰아낸다는 기만적인 대동아성전 논리에 경도되게 한 내적 뒤받침으로 되었다고 하겠다. 그리고 일제가 현실적으로 감히 영, 미 서구열강과 선전포고를 하고 이어 필리핀, 싱가포르 등 동아세아에 있는 미국, 영국의 식민지들을 점령한 태평양전쟁 초기, 중기 현실상황은 이들로 하여금 혹시 일본의 힘을 빌어서라도 영, 미 등 서구열강을 중국에서 내쫓을 수 있지 않겠나 하는 헛된 기대감을 갖게 한 것 같다. 이 헛된 기대감이 곧바로 대동아성전 논리를 현실적으로 서서히 받아들이게 된 계기로 된 것 같다. 그리고 이들이 일제의 패색이 짙어가던 태평양전쟁후기에도 계속하여 대동아성전 논리에 빠져있게 된 것은 대체로 영, 미 서구 열강의 야만적 침략에 대한 증오심과 그 수십 년간의 식민통치에서 벗어나려는 해탈심리가 정치독립과 동문동종(同文同種)의 기만적 침략 논리를 내세운 일제에 대한 저항심 보다 훨씬 더 강렬하였기 때문인 것 같다. 다시 말하면 일제의 문명적인 식민통치를 당할 지라도 야만적인 영, 미 서구열강의 식민통치는 당하지 않겠다고 오산한 것 같다. 바로 이런 다차원적인 민족의식과 기대시야 그리고 일제와 왕정위 괴뢰정부 및 만주의 기만적인 시책과 가상적인 현실로 인한 오산 등이 통합적으로 일제 식민주의와 협력하는 내적 논리를 이루어 원래 민족적이고 진보적이었던 일부 문인들로 하여금 자발적으로 일제 식민주의와 협력하게 하였다고 하겠다.

이밖에 간과할 수 없는 것은 예문지파의 일부 문인들과 일본인 문화인들과의 내왕이다. 예문지파의 문인들은 만주 중기에 다년간 일본인 문화인들과 내왕하면서 그들의 경제적 후원을 받아 자신들의 사인주의(寫印主義) 문학 주장을 현실적으로 비교적 자유롭게 펴나가게 되었다. 이들은 애초에 다만 문학작품의 창작 발표를 위해 일본인들의 경제 후원을 받아 들였지만 점차 그 경제후원 속에는 정치색채가 뒷받침되게 되었고 이런 정치

색채의 침투는 이들도 모르게 일제 식민주의와의 비협력 저항의식을 희석시킨 것 같다. 하여 태평양전쟁후기의 열악한 문화 환경 속에서도 이들은 계속하여 자신들의 사인주의 문학주장을 펴나가려 하였다. 이 시기 그들은 주로 만주예문연맹에서 발간한 문예지 『예문지』(1943년 11월 창간)를 주요 발표지로 작품들을 창작 발표하였는데 소송 등이 『예문지』의 편집을 맡았다. 『예문지』 창간호에는 "성전을 협력하여 전쟁의식을 격앙시키고 전시생활을 윤택하게 하며 국민들로 하여금 나라를 위해 봉사하게 하고 전투력을 강하게 하여 친선 우방의 성전을 완수하는데 도움을 주어야 한다. 또한 신동아예문 즉 영, 미의 퇴폐예문을 몰아내고 동양도의에 따른 동아의 부흥을 상징하는 예문을 새롭게 창조"16)하여야 한다는 홍보처 처장의 축사가 첫 면에 실렸다. 이어 이 문예지는 발간 종지대로 「결전시특집」, 「신생」, 「개선가」 등 대동아성전에 동원된 작품들을 대량 발표하였는데 고정 의지 등은 주로 이 문예지를 통해 대동아문학에 동조하게 되었다. 여기서 일본인들의 회유책 역시 고정, 의지를 비롯한 일부 문인들이 점차 민족양심과 일제에 대한 경계심을 잃고 나중에 대동아성전에 빠져들게 된 또 하나의 함정이 아니었을까 본다. 다시 말하면 일본인 문화인들과의 밀접한 내왕 역시 한간문학을 생성시킨 내적 논리의 하나로 된다고 본다.

요컨대 예문지파의 일부 문인들을 비롯한 적잖은 문인들은 태평양전쟁을 계기로 하여 일제 식민주의와의 비협력 저항으로부터 협력으로 전향하여 대동아성전에 동원됨으로써 진보적 문인으로부터 한간문인으로 전락되었다. 그리고 이들의 일제 식민주의와의 협력은 단순히 당시 외계의 강요에 못 이겨 핍박으로 이루어진 것이 아니라 이들이 동아연맹론 내지 대동아공영권에 경도되어 거의 자발적이다시피 이루어졌다고 하겠다.

— 2004년 11월

---

16) 市川 敏, 「藝文志發刊祝詞」, 『藝文志』 第1卷 第1期(創刊號), 1943년 11월, 2면에서 인용.

월간 『예문지』 연구

1. 문제의 제기

주지하다시피 만주 문학장은 대체로 절대적인 지배지위를 차지한 일제 식민문학과 종속지위에 처한 중국인 문학과 조선인 문학을 비롯한 피식민 민족문학으로 이루어졌다. 일제의 가혹한 식민주의 문화 전제 통치 하 피식민 민족문학은 굴곡적인 발전궤적을 그어오게 되었다. 피식민 민족문학의 주요 대표자의 하나로 되고 있는 중국인 문학은 만주 초기와 중기에는 대저 정면 혹은 우회적으로 식민주의와의 비협력 특징을 보여주었다. 하지만 만주 후기에 와서 중국인 문학은 일제의 진시문화체제로 인하여 고도로 압축된 피식민 민족문학의 생존공간의 한계, 일제의 기만적인 대동아공영권 논리의 영향 등 여러 가지 복합적 원인으로 말미암아 자발적으로 혹은 수동적으로 대동아성전에 동원되어 식민주의와의 협력 특징을 보여주기도 하였다.

만주 후기 중국인 문학의 유일한 순수 문학지였던 월간 『예문지(藝文志)』는 이 시기 중국인 문학의 주요 특징과 양상을 밝히는데 자못 중요한 역사적 문헌을 제공해주고 있다. 중국학계에서 아직 월간 『예문지』에 대한 전면적인 연구가 진행되지 못한 상황에 비추어 본고는 월간 『예문지』에 대한 집중조명을 시도해보고자 한다.

2. 중국인 문학지와 월간 『예문지』의 前身

　만주 중국인 문학은 최초에 주로 신문 문예란을 통해 생성되기 시작하였다. 만주 초기에 일제는 반일 저항의식을 무마시키기 위해 회유기만 술책으로 왕도정치(王道政治), 일만협화(日滿協和) 등 건국정신을 선양하였고 그 선양을 위해 각종 신문의 출판 발행을 허가하였다. 또한 절대 대부분의 신문들은 경제이익을 첫 자리에 놓았기 때문에 무엇보다 먼저 판매량을 늘여야 했고 판매량을 늘이기 위해서는 신문의 내용들을 풍부하게 꾸며야 했다. 그중 문예란이 독자들의 보편적인 환영을 받아 신문사들마다 문예란을 꾸렸다. 불완전한 합계에 의해도 이 시기 신문 문예란이 60여 종에 달한다고 한다. 하지만 순수문학지는 겨우 10종 정도였을 뿐만 아니라 그 수명이 짧아 흔히 1～2년밖에 간행되지 못하였다. 신문 문예란은 대부분이 젊은 문학 지망생들과 문학단체들에 의해 꾸려졌다. 이 시기에 아직 기성 작가가 배출되지 못한 원인으로 하여 신문 문예란에 발표된 문학작품들은 그 대부분이 습작품에 지나지 않았다.

　이 시기 문학작품들은 비록 예술적으로 성숙되지 못하였지만 진보적 작가들이 창작 발표한 작품들은 반일 저항의식을 선명하게 보여주고 있다. 『대동보(大同報)』의 문예부간 「야초」(夜哨, 1933년 8월 6일부터 같은 해 12월 24일까지 21기를 출간한 후 정간됨)는 항일의용군 생활을 반영한 이문광(李文光)의 단편소설 「길(路)」을 비롯한 작품들을, 『국제협보(國際協報)』의 문예부간 (1934년 1월 18일부터 1935년 2월까지 48기를 출간한 후 정간됨)은 암흑한 현실을 폭로 비판한 김검소(金劍嘯)의 단편소설 「운고의 어머니(雲姑的母親)」를 비롯한 진보적 작품들을 발표하여 반일 저항의식을 보여주었다. 이 시기 이런 반일저항의식을 보여준 작품들이 발표될 수 있은 것은 당시 일제가 주로 군사 정치적인 침략과 통치에 만 전력하다나니 문예 전제 통치는 미처 강화하지 못하였기 때문이다.

그 후 이 문제점을 발견한 일제는 정치, 군사적으로 진보적 문인들을 박해, 살인하는 한편 점차 전면적인 문화전제통치를 실시하기 시작하였다. 일제는 1936년에 만주홍보협회를 설립하여 만주의 통신사와 신문사를 정돈, 통제하고 그 뒤를 이어 1937년부터 통신사와 신문사에 대한 제2차 정돈을 진행하기 시작하여 그 정돈은 1940년 7월까지 줄곧 이어졌다. 1937년 7월 만주통신사가 설립되어 만주의 신문 언론을 전면적으로 통제하고 각종 신문들을 합병, 취소하여 버렸다. 당시 영향력이 비교적 컸던 『만주보(滿洲報)』, 『관동보(關東報)』, 『민보(民報)』, 『민성만보(民聲晚報)』, 『봉천일보(奉天日報)』, 『국제협보(國際協報)』 등 신문이 폐간되었으며 1940년에 이르러 중국어 신문의 문예란은 10여 종밖에 안되었고 1941년 후에는 거의 없어지다시피 하였다. 따라서 신문 문예란에 의해 생성 발전되어 오던 중국인 문학도 큰 좌절을 당하게 되었고 새로운 생존공간을 모색하지 않을 수 없게 되었다.

만주 중기에 각종 신문사가 폐간하게 되자 뒤이어 각종 잡지들이 출현하기 시작하였다. 그중 대부분은 식민통치자들이 저들의 선무(宣撫)시책과 경제이익을 강화하기 위해 발간한 종합잡지였기에 그 내용들은 주로 왕도낙토, 일만친선, 민족협화 등 건국정신 선양이었다. 한편 이런 종합잡지들은 독자들을 끌기 위해 독자들의 독서심리에 맞추어 일부 문학작품들을 실었는데 그 작품 대부분은 무협소설이나 연애소설들이었다. 그러다가 독자들의 문학작품에 대한 기대시야가 높아지기 시작하고 기성 문인들이 배출됨에 따라 일부 잡지들은 점차 문예 비중을 증가하거나 아예 순수문예지로 전환하였다. 이 시기 문예란을 포함한 종합지와 순수문학지는 도합 30종 정도였고 그중 순수 문학지는 10여 종에 달하였다. 제반 만주 중국인 문학에서 제일 중요한 순수 문학지로 손꼽히는 『예문지(藝文志)』(계간, 季刊), 『작풍(作風)』, 『문선(文選)』 등은 모두 이 시기에 간행되었다. 이런 순수 문학지들은 그 대부분이 작가 혹은 문학 지망생들이 자비로 간행한 것인데 대체로 그 수명이 짧아 간행수가 흔히 1~2호 정도였고 많아서 4호를 넘지 못하였다. 계간 『예문지(藝文志)』는 제3집을 출간한 후 폐간되고 『문선(文選)』은 제2집을 출간한 후 폐간되었으며 『작풍(作風)』은 제1집(특집)을 출간한 후 폐간되었다. 이런 순수 문학지들은 흔히 문학주장과 창작경향이 같거나 비슷한 등단 작가들이 모여 일정한 유파를 형성하면서 간행하였기에 동인지 성격을 띠고 있다. 이 동인지 성격의 잡지들은 순수문학지의 주체를 이루었을 뿐만 아니라 각자 문학주장을 밝히면서 서로 논쟁을 벌이는 가운데서 그 창작을 자극하여 중국인 문학의 생성, 발전을 크게 추진하였다. 예문지파와 문총(文叢) 문선(文選)파 사이의 논쟁과 경쟁은 그 중요한 사례로 되는데 이 두 유파는 이 시기 중국인 문학의 주류를 형성하였다. 이런 순수 문학지들의 출현으로 하여 이 시기에 와서 중국인 문학은 신문 문예란에 의거하여 생성되던 초급단계에서 완전히 벗어나 문학지에 의거해 발전하기 시작하였다. 이 시기 문총(文叢)·문선(文選)파들을 비롯한 진보적인 중국인 문인들은 우회적으로 일제 식민주의와의 비협력 저항을 보여준 작품들을 적지 않게 창작 발표하였다. 뿐만 아니라 이 시기 일본인 문인들 혹은 그 단체와 일정한 거래가 있던 예문지파 문인들의 작품들도 식민주의와의 협력은 별로 보여주지 않았다. 물론 『만주행정(滿洲行政)』, 『선무월보(宣撫月報)』 등 만주 당국에서 직접 주관한 종합지들에 발표된 대부분 작품들은 일제 식민주의와의 협력을 보여준 국책 문학작품들이었음은 분명하다. 하지만 이런 국책 문학작품들을 창작한 문인들은 흔히 만주 정계의 요원이나 직원으로서 본질적으로 작가가 아닌 어용 문인들이었기에 그 작품들의 문학예술성은 운운할 바 없이 낮아 문학적으로나 사회적으로 당시 중국인 문학의 주류를 이루지 못하였다. 다시 말하면 만주 중기에 중국인 문학의 순수문학지는 식민주의와의 협력 특징을 그다지 보여주지 않았다고 할 수 있다.

1941년에 들어서서부터 만주 홍보처(弘報處)는 가혹한 식민 문화 전체통치를 실시하기 시작하였다. 1941년 3월에 『예문지도요강』을 제정, 반포하고 7월에 만주예문가협회를 설립하여 신체제를 실시하였으며 8월에는 만주예문연맹을 설립하여 제반 문학 예술인들을 엄격히 통제하였다. 같은 해 12월, 태평양전쟁이 발발한 후 만주는 정치, 경제, 군사, 문화 등 제반 영역에서 전시동원상태에 들어가고 태평양전쟁이 가열해짐에 따라 인쇄지, 인쇄 기름 등 출판 물자들이 날로 희소해져 적지 않은 신문 잡지들이 종간(終刊)되거나 분량이 줄어들었다. 그리고 새로 출간되는 간행물들은 만주 당국의 엄격한 심사를 거쳐야 인쇄지를 배급 받을 수 있었고 또 인쇄지를 배급 받아야만 인쇄 출간할 수 있었다. 이로 말미암아 이 시기에 문예를 포함한 종합지는 『흥아(興亞)』, 『영화화보(電影畵報)』, 『신만주(新滿洲)』, 『학예(學藝)』(1942년에 정간됨), 『국민화보(國民畵報)』, 『기린(麒麟)』 등 6종에 불과하였고 공개 간행된 순수문학지는 겨우 『만주문예』(1942년에 창간호를 출간한 후 정간됨)와 월간 『예문지』 두 가지뿐이었다. 게다가 파쇼적인 전시문예 시책에 의해 현세에 부응하지 않은 작가들은 수시로 검열, 체포되고 그 원고들이 압수, 삭제되어 그 생존이 위협 받게 되자 적지 않은 진보석 작가들은 부득불 만주에서 탈출하거나 붓을 꺾게 되었다. 반면 현세에 부응하는 작가 작품만이 생존할 수 있게 되었기에 문학지 역시 현세부응의 색채를 띠지 않을 수 없게 되었다. 만주 말기에 와서 몇 개 남지 않은 종합지와 순수문학지 이를 테면 『흥아(興亞)』(1936년 6월 창간, 1943년 종간), 『신만주(新滿洲)』(1939년 창간, 1945년 4월 종간), 『기린(麒麟)』(1941년 6월 창간, 1945년 3월 종간), 『청년문화(靑年文化)』(1943년 8월 창간, 1945년 2월 종간), 『신조(新潮)』(1944년 3월 창간, 같은 해 10월 종간), 월간 『예문지』 등은 결전문예의 특징을 보여주게 되었다.

다시 말하면 만주 후기 중국인 문학지는 대체로 일제 식민주의와의 협력을 보여주었다고 할 수 있다.

월간 『예문지』는 만주 후기 중국인 문학의 유일한 순수문학지였다. 월간 『예문지』를 조명하기에 앞서 그 계보를 이루는 전신(前身)을 살펴보기로 한다. 월간 『예문지』의 전신은 계간(季刊) 『예문지』였고 또한 계간 『예문지』의 전신은 월간(月刊) 『명명(明明)』이었다.

우선 월간 『명명』을 살펴보기로 한다. 1937년 초 중국인 작가 고정(古丁)은 『월간만주(月刊滿洲)』사 사장 기시마 노리아끼(城島舟礼)를 알게 된다. 기시마 노리아끼는 일본 문화인이었지만 중국문화에 일정한 관심을 갖고 있어 만주문학을 발전시키려 애쓰는 고정을 도와 1937년 3월 문화종합지 『명명』을 월간으로 창간한다. 『명명』의 자금은 기시마 노리아끼가 지원하고 일본인 사끼우(佐久曲幸吉)가 편집인을 맡았으며 고정, 신가(辛嘉) 등이 편집을 맡았다. 사실상 편집 실권은 고정이 갖고 있었다. 『명명』은 비록 "문화와 만민(萬民) 사이의 거리를 줄이기 위해" "주지(主旨)가 없는 것을 주지로 하여 때로는 문예를 본위로 하기도 하고 때로는 학예를 본위로 하며 때론 흥취를 본위로 하여 전적으로 독자들의 요구에 따르는"[1] 문화종합지로 창간되었지만 그 편집들이 모두 등단 작가들이었기에 문학을 편애하였다. 그러다가 제1권 제6호부터는 아예 순수문학지로 전환하고 이어 소설창작 특집, 노신 서거 1주년 기념특집, 일본문학특집 등을 출간하여 광범한 독자들의 관심을 갖게 되었다. 특히 의지(疑遲)의 단편소설 「산정화(山丁花)」(『명명』 제1권 제3호)가 발표된 후 중국인 문단에서 향토문학에 대한 논쟁이 벌어지게 되었다. 산정(山丁)이 『명명』에 「향토문학과 "산정화"(鄕土文學與 "山丁花")」(제1권 제5호)라는 평론을 발표하여 "만주가 요청하는 것은 향토문학이며 향토문학은 현실적이다."고 하면서 문학작품이 현실생활을 사실주의적

---

1) 「편집후기」, 『명명』 제1권 제2기, 1937년 4월, 72면에서 인용.

으로 묘사할 것을 주장하였다. 현실을 사실주의적으로 묘사하자면 자연히 암흑한 현실을 폭로하게 되었기에 산정의 문학주장은 논쟁 가운데서 점차 "현실을 묘사하고 암흑을 폭로해야 한다."는 향토문학주장으로 발전하였다. 하지만 고정을 비롯한 일부 작가들은 무엇보다 먼저 작품을 많이 창작, 발표하는 것이 중요하다는 사인주의(寫印主義)경향을 주장하면서 향토문학주장을 반박하였다. 이때로부터 중국인 문단에는 향토문학유파와 사인주의유파가 형성되고 상호 논쟁을 벌이면서 중국인 문단의 발전을 크게 추진하였다. 『명명』에 고정의 중편소설 「원야(原野)」를 비롯하여 소설, 시, 평론 등 각종 장르의 작품 수십 편이 발표되었는데 그 대부분 작품들은 리얼리즘 작품들이었고 그 작품들 속에는 자연히 암흑한 현실을 폭로, 비판한 작품들이 적지 않았다. 한마디로 『명명』은 중국인 문학의 생성, 발전을 추진한, 진보적 색채를 띤 문학지였다. 하지만 이 문학지는 1938년 9월(8월까지 도합 19호 출간됨)에 폐간되어 버렸다.

『명명』이 폐간되어 일 년 후인 1939년 10월에 『명명』사의 동인들을 기초로 한 예문지사무회(藝文志事務會)가 성립되고 대형 계간(季刊) 『예문지(藝文志)』가 창간된다. 예문지사무회는 기사마 노리아끼를 이사장으로, 스끼무라 유조우(杉村勇造), 오오우찌 다까오(大內隆雄) 등을 이사로, 고정을 기획과 과장으로, 신가(辛嘉), 왕측(王厠), 소규(少卿), 비사(非斯) 등을 기획과 비서로, 소송(小松)이 관리과 과장으로, 의지, 공명(共鳴) 등을 관리과 비서로, 외문(外文)이 편집 심열과(編審科) 과장으로 작청(爵靑), 신실(辛實) 등을 편집 심열과 비서로 정하였다. 소송이 편집인으로 되고 기사마 노리아끼가 발행인으로 되었다.

계간 『예문지』는 소송이 담당편집으로 되고 고정, 의지, 신가, 외문, 작청 등이 주요 기고 작가로 되었다. 이 문예지의 종지는 발간사(發刊詞)를 대신한 창간호 서문에서 찾아볼 수 있다. "예문은 문화의 제일 구체적인 표현으로 되며 만주는 예문 소재(素材)의 절호의 보물 저장고로 되는 동시에 예문가(藝文家)의 온상(溫床)을 만드는 재목으로 되기에 손색이 없다. 하지만 이런 보물 저장고는 발굴해야 하고 이런 재목은 가공을 해야 한다. 본지(本誌)는 …… 이 보물저장고를 발굴하고 재목을 가공하는 중임을 떠메고 뜻이 같은 사람들과 함께 하나하나 발굴, 가공하려 한다. ……예문이 할 일은 바로 쓰는 것과 펴내는 것이다. 그 쓴 내용이 하늘처럼 크든 깨알처럼 작든 그 속에 진심이 있다면 영원히 전해질 것이고 펴낸 것이 창해처럼 거대하든 쌀알처럼 미세하든 그 속에 착한 근성만 있다면 영원해질 것이다.” 보다시피 계간 『예문지』의 종지는 많이 쓰고 많이 펴내는 것을 격려하고 기타 것은 아직 관계하지 않는 다는 것이다.[2] 이런 종지대로 계간 『예문지』는 선후로 고정의 장편소설 「평사(平沙)」, 작청의 장편소설 「밀(麥)」, 소송의 중편소설 「민들레(蒲公英)」 등 비교적 영향력이 있는 작품 수십 편을 발표하였는데 그 작품들의 대부분이 고정을 비롯한 본지 편집들의 작품들이었기에 이 작품들이 발표되면서 점차 하나의 유파가 형성되어 당시 사람들은 이를 예문지파라고 불렀다. 계간 『예문지』는 매 호마다 200~400페이지에 달하는 대형 문학지로, 처음에는 계간으로 출간되다가 나중엔 반년간(半年刊)으로 되었는데 그것도 웅근 제3호까지 출간한 후 1940년 6월에 정간되고 말았다. 정간된 주요원인은 원고가 크게 부족하여 제 기한에 출간할 수 없었기 때문이라고 한다. 계간 『예문지』에 발표된 작품들은 대체로 제재, 주제, 예술수법 등 여러 면에서 다양성을 보이고 있으며 일제 식민주의와의 비협력을 명확히 보여준 작품은 쉽게 찾아볼 수 없지만 협력도 비협력도 아닌 중간노선의 작품들이 많은 비중을 차지하고 있다. 현세를 분식, 미화하면서 일제 식민주의와의 협력을 보여준 작품이 있기는 하지만 그 비중이 작아 주류를 이루지 못하였다.

계간 『예문지』는 일본문인들의 지원을 받아 창간된 만주 중기 중국인

---

2) 馮爲群·李春燕 著, 『東北淪陷時期文學新論』, 吉林大學出版社, 1991年 7月, 139면에서 재인용.

문학의 중요한 문학지의 하나였지만 일제 식민주의와 적극 협력한 문학지는 아니었다.

3. 월간『예문지』의 종지와 주요 양상

위에서 언급하다시피 1941년 3월『예문지도요강』의 제정과 반포, 9월 만주문예연맹의 설립, 12월 태평양전쟁의 폭발 등 일련의 가혹한 식민 문화 전체통치와 전시정책의 실시로 말미암아 중국인 문학을 비롯한 피식민 민족문학은 보다 엄격한 지배와 통제를 당하게 되었는데 1941년에 와서 중국인 문학은 제반 만주 문학장에서 순수문학지 하나 없게 되었다. 이런 상황이 일 년 넘게 지속되다가 1942년에 순수문학지『만주문예』(만주도서 주식회사에서 도서형식으로 간행한 부정기 간행물, 오영(吳瑛)이 편집을 맡음)가 창간 되었지만 겨우 한 호가 출간된 후 정간되었다.『만주문예』가 정간된 후 중국인 문학은 또 순수문학지 하나도 없는 상황에 처하게 되었다.

1943년 5월 홍보처의 주최로 만주문예가협회가 정돈되면서 고정, 외문, 소송 등 예문지파 동인들이 이 협회의 심사 2부(審査2部) 성원, 대동아 연락부(聯絡部) 성원(고정이 부장을 맡음) 등 직무를 맡게 된다. 같은 해 8월 만수예문연맹이 설립되어 예문지도요강에 따라 각 예문협회를 통제하였다. 이런 문화 신체제 하에 중국인 문학의 동인지들이 정간되고 신문 지면들이 축소되어 문학발표지가 위기에 처하게 되었다. 중국인 문인들은 이런 위기가 타개될 수 있기를, 즉 새로운 발표지가 출간될 수 있기를 기대하게 되었다. 이때 만주예문연맹은 국책문학의 선양을 위한 문예기관지의 중요성을 인식하고 그 기관지를 간행하기로 하였다. 하여 1943년 11월, 만주예문연맹의 기관지로 우선 일본어 문예지『예문(藝文)』의 출간을 선포한다.『예문』의 발행인은 만주예문연맹이었고 편집인은 야마다 세이자부로우(山

田清三郎)이었으며 만주문예춘추사(滿洲文藝春秋社)에서 출간되었다. 『예문』을 뒤이어 역시 같은 해 11월에 중국어 문학지 『예문지』가 만주예문연맹의 중국어 기관지로 출간된다. 이 『예문지』는 월간형식으로 간행되고 발행인은 미가와(宮川靖五郎)이고 편집인은 조맹원(趙孟原), 즉 소송이었고 출판사는 예문서방(藝文書房)으로 정해졌다. 미가와(宮川靖五郎)는 만주예문연맹의 사무국장이었고 예문서방의 지배인은 바로 고정이었다.

이렇게 월간 『예문지』는 잡지 이름, 발행인, 편집인, 발행소(출판사) 등 여러 면에서 계간 『예문지』와 변함이 없는데다가 잡지 용량도 120면에서 200면에 달하는 대형 간행물로서 표면상 계간 『예문지』의 복간(復刊)이나 다름없었다. 그러나 계간 『예문지』는 예문지사무회에서 출간한, 사인주의를 종지로 한 문학동인회의 동인지에 불과하였지만 월간 『예문지』는 홍보처의 통제를 받는 만주문예단체의 기관지로서 그 성격과 종지가 부동하였기에 월간 『예문지』는 본질상 계간 『예문지』와 완전히 다른 문학지로 창간되었고 또 만주 후기 중국인 문학의 유일한 순수문학지로 되었다.

월간 『예문지』의 종지는 홍보처 처장 히찌가와(市川 敏)의 「예문지 발간축사」에서 명확히 밝히고 있다.

> 이번에 예문연맹은 예문을 보급하고 예문가들로 하여금 창작활동을 왕성하게 진행하게 하며 후진을 지도 육성하기 위해 월간 잡지 『예문지』를 발행하게 된다.……
>
> 현재 성전(聖戰)시기에 …… 예문가의 사명은 아주 중대한데 그중 두 가지가 가장 중요하다. 하나는 예문이 성전을 협력하는 것이다. 즉 전쟁의식을 앙양시키고 전시생활을 윤택하게 하며 국민들이 정력을 다하여 봉사하게 하고 전투력을 증강시키면서 친선우방의 성전을 협력해야 한다. 다른 하나는 신동아예문(新東亞藝文)을 창조하는 것이다. 다시 말하면 영, 미(英, 美)의 퇴폐 예문을 축출하고 동양도의(東洋道義)에 기초한, 동아의 부흥을 상징하고 건국정신을 보여주는 예문을 새롭게 창조하여야 한다.
>
> 예문가의 사명이 이처럼 중대한 만큼 이 사명을 완수하도록 협력하는

것이 급선무로 나서고 있다. 이번에 예문지를 간행하게 된 것은 바로 이
목적을 달성하기 위해서이다.3)

보다시피 월간 『예문지』의 종지는 전적으로 일제의 대동아성전을 선양
하는 것이었다. 즉 월간 『예문지』는 대동아성전의 선양을 위해 창간된 문
학지라고 할 수 있다.

월간 『예문지』는 순수 문학지였던 만큼 형식상 대체로 정론과 평론, 수
필, 시, 소설, 희곡, 번역 작품 등 장르와 형식들로 그 구성을 이루고 있지
만 내용상 창간 종지에 좇아 창간호부터 마지막 호까지(1944년 10월 제1권
제12호까지 출간됨) 시종일관하게 대동아성전에 동원된 각종 구체적인 문장
과 작품들을 편집 발표하면서 현실적으로 일제 식민주의와의 협력을 보여
주었다.

월간 『예문지』는 거의 매 호마다 앞자리에 정론과 평론을 실었는데 그
대부분이 대동아성전과 대동아성전문학을 직설적으로 선양하는 글들이었
다. 이를테면 야마다 세이자부로우(山田淸三郎)의 「생산문학이여, 번영하라(生
産文學啊, 繁興罷)」(창간호), 목화(沐華)의 「중국문예의 부흥을 논함(論中國文藝復興)」
(제2호), 작청의 「서구 지성의 파멸―도스또옙스끼와 악령(西歐的知性的破滅)」
(제4호), 井上司朗의 「대동아문학의 구상(大東亞文學的構想)」(제6호), 편집자의
머리말 「상녁분예는 총무장을 해야 한다(康德文藝要總武裝起來)」(제7호), 편집자
의 머리말 「격멸의 문학!(要擊滅訊樣的文學!)」(제8호), 작청과 전랑(田瑯)의 「소설
을 논함(談小說)」(제11호), 편집자의 머리말 「필로 적을 격멸하자!(以筆殺敵)」(제
12호) 등 정론과 평론들은 모두 대동아성전과 대동아성전문학으로의 동원
을 선양, 호소하고 있다. 그 중 대표적 문장으로 되고 있는 작청의 「서구
지성의 파멸―도스또옙스끼와 '악령'」은 일본문화와 만주문화를 모두 동
양문화로 보고 이런 동양문화로 서양문화를 물리쳐야 한다고 하면서 "만

---

3) 市川 敏, 「藝文志發刊祝詞」, 『藝文志』 창간호, 1943년 11월, 1~2면에서 인용.

주문학을 진흥시키려는” 주관적 욕망으로부터 출발하여 “영, 미(英美)를 소멸하고”, “동아를 부흥”시켜야 한다는 사상을 선양하고 있다. 이런 정론과 평론들은 당시 독자 특히 문학 지망생들에게 큰 영향을 끼치게 되었다.

월간『예문지』에 실린 시 작품은 창작 시 30여 수와 번역 시 몇 수로 그 양이 많지 않지만 그 중 많은 시들은 특집 형식으로 발표되었고 또한 이런 특집들은 선명한 주제, 즉 대동아성전으로의 동원을 선양, 호소한 주제를 특징적으로 보여주고 있다. 제2호에 ‘결전 시 특집(決戰詩特輯)’으로 발표된 김음의 「성전 2주년 송가(聖戰二周年頌歌)」, 전병의 「적을 섬멸하러(殲敵語)」, 의지의 「영원히 명심하자(永恒的心銘)」, 작청의 「영광(榮光)」 그리고 제7호에 ‘필승음(必勝吟)’ 특집으로 발표된 오랑의 「용맹하라, 우리의 아세아여!(鷹揚吧!我們的亞細亞)」, 소송의 「광산행(鑛山行)」 등 시들은 하나같이 대동아성전을 선양하고 있다. 번역시 또한 ‘독일전쟁시초(德國戰爭詩抄)’ 특집을 제외하고 모두 일본인 문인들의 대동아성전을 선양한 시작품들이다. ‘독일전쟁시초’ 특집 역시 독일침략전쟁을 선양 구가한 시들로서 대동아성전에 호응하고 있다. 이런 시들은 그 제목만 보아도 대동아성전에 동원된 시임을 직설적으로 보여주고 있기에 구태여 그 실례를 들지 않기로 한다.

월간『예문지』에는 일부 번역 작품들도 실렸는데 그 중 소설 2편과 ‘독일전쟁시초’ 특집을 제외하고 모두 일본인 문학작품 내지 일본 문학작품들로 일본인 문학 내지 일본 문학에 대한 절대적인 수용 자세를 보여주고 있다. 이는 당시 일제가 “세계적으로 제일 우수한 일본 문학”을 정수로 하는 대동아문학건설 논리를 극구 선양한 상황과 월간『예문지』 편집들이 이를 현실적으로 수용한 자세의 한 반영이라고 하겠다.

월간『예문지』는 또 ‘대동아문학자대회 특집’(창간호), ‘전국 결전 예문가대회 기사요지(全國決戰藝文家大會記事錄)’(제3호), ‘필승음’(제7호), ‘서남기행(西南紀行)’(제9호) 등 특집을 꾸려 당시 시국과 시책을 분식, 호응하면서 전시국책문학과 일치성을 확보하였다. ‘필승음’ 특집은 말 그대로 대동아성전의 필승을 선양한 시들로서 이 특집에는 일본인 문인들의 결전 시와 오랑의 「용감하라, 우리의 아세아여!」를 비롯한 중국인 문인들의 결전시들이 실려 있고 '서남기행' 특집에는 전랑의 「서남지구와 결전문예(西南地區與決戰文藝)」와 고정의 「서남 인상(西南雜感)」을 비롯한 기행문과 시들이 실렸는데 이런 기행문과 시들은 모두 서남지구 즉 열하(熱河)지구의 협화정신과 평화의 기상이 넘치는 시국을 분식하고 성전으로의 동원을 선양하고 있다.

이외 월간 『예문지』에 실린 수필들은 대체로 석군의 「나와 소설(我與小說)」(창간호), 김음(金晉)의 「나와 책(我與書)」(제2호), 소송의 「나의 서재(我的書齋)」(제12호) 등 문인들의 일상사를 다룬 수필들인데 현세에 대해 부응도 거부도 하지 않은 중간노선 작품이라고 할 수 있다. 하지만 이런 작품들이 차지하는 비중은 운운할 바 없을 정도로 적어 주류를 이루지 못하고 있다.

월간 『예문지』의 구성에서 제일 중요한 비중을 차지하면서 주류를 이루고 있는 장르는 바로 소설이다. 이 소설들은 월간 『예문지』의 종지와 주요 양상을 특징적으로 잘 보여주고 있다. 월간 『예문지』에 발표된 소설은 번역소설과 제5호의 소설을 제외하고 모두 25편인데 그중 장편소설이 3부이다. 이 3부의 장편소설들로는 고정의 「신생(新生)」, 의지의 「개선가 3부(凱歌三部)」, 석군의 「새 부락(新部落)」 등이다.

고정의 장편소설 「신생」은 제4호에 일필작(一筆作)으로 발표되었는데 작가의 경력을 소재로 한 장편실화소설이라고 한다. 여기서 일필작이라는 것은 "일본어로 書下작이라고 한다. 무릇 발표되지 않은, 일거에 완성되어 단행본으로 만들어진 역작을 일필작이라고 한다."[4]

소설의 주인공 '나'는 집 구역이 페스트 전염구역으로 되어 갑자기 방역원(防疫員)들에 의해 일가와 함께 교외의 치하야(千早)병원에 격리된다. 이

---

4) 白起 「北辰(文藝問答)」, 『藝文志』 제1권 제6호, 97면에서 인용.

병원에서 중국 사람이든 일본사람이든 모두 불안한 생활을 하는데 중국인과 일본인은 따로 거주할 뿐만 아니라 서로 접촉하지 못하게 한다. '나'는 중국인들은 무식하고 무질서하며 비위생적이고 일본인들은 질서 있고 위생적이란 것을 보아내게 된다. '나'는 일본말을 할 줄 알기에 산책시간에 고우노(甲野)라는 일본인과 사귀게 된다. '나'는 고우노에게 담배가 부족한 것을 알고 '나'의 담배를 준다. 고우노는 나에게 치약과 칫솔 그리고 담요를 준다. 이렇게 두 사람은 서로 도움을 주면서 친숙해진다. 그리고 정부와 시민들은 격리병원에 위문품을 보내주면서 격리된 사람들을 격려해준다. 격리되어 보름 만에 전염병 환자가 없다는 것이 확인되자 격리된 사람들은 시내에 있는 중간 격리소로 옮겨온다. 이 격리소에서 사람들은 정부에서 주는 새 옷과 이부자리들을 나눠 가지게 되며 이밥에 맛 좋은 요리들을 먹으면서 일주일간 안온한 격리생활을 하게 된다. 여기에 격리된 사람들은 중국인이든 일본인이든 민족을 가리지 않고 함께 밥을 먹는데 일본인 옷만 입으면 일본음식을 주기까지 하기에 어떤 사람들은 이것이 바로 민족 협화라고 이야기한다. 나중에 '나'와 아끼다(秋田)이라는 일본인은 함께 청주—일본 술을 마시면서 이번에 두 민족이 서로 민족편견을 버리고 동심협력하였기에 페스트를 전승할 수 있었다고 하며 앞으로 운명공동체라는 신념을 갖고 두 민족의 행복을 위해 영원히 이와 같이 분투하자고 이야기 나눈다. 또한 이번의 격리생활은 죽었다가 다시 살아난 것이나 다름없는데 이는 두 민족의 신생이라고 동감을 표하면서 서로 신생을 축복한다. '나'의 집 또한 방역원들이 과학적으로 소독하고 잘 보호하였기에 모든 것이 그대로 보존되어 있다. "나"는 새로운 삶을 얻은 것이 꿈같이 느껴지며 행복감에 잠긴다.

　소설은 비록 페스트 전염병을 퇴치하는 이야기를 쓰고 있지만 운명공동의식, 일심협력, 동주공제(同舟共濟), 동종(同種, 같은 황인종), 동생공사(同生共死) 등 동아연맹론 내지 대동아공영권의 논리들이 너무나 생생하게 표현되고 있어 일부 학자들로부터 대동아성전에 동원된 작품으로 평가받고 있다.

「신생」은 월간 『예문지』에 발표된 해 12월에 단행본으로 출판(新京藝文書房 출판)되고 그 후 제2회 대동아문학상(大東亞文學賞) 은상을 수상하였다.

의지의 장편소설 「개선가 3부」는 「서광(曙)」(제9호), 「희망(望)」(제10호), 「광명(明)」(제11호) 등으로 이루어졌는데 대동아성전의 승리를 위해 근로 증산에 총동원된 사령촌(沙嶺村) 사람들의 이야기를 쓰고 있다.

소설의 주인공 오해정(吳海亭)은 "우리나라, 우리 전 동아가 세계의 적인 영, 미와 싸우고 있는데 우리는 전선에 나가 총칼을 들고 영, 미와 싸우지 못하고 있습니다. 우린 다만 후방에서 증산에 노력하는 것으로 우리나라와 우리 동아의 전쟁역량을 강하게 해야 합니다.", "증산에 노력하는 것 역시 우리가 영, 미와 직접 싸우는 것과 마찬가지입니다."[5]고 역설하면서 마을 사람들을 선동하여 양식을 증산하기 위해 일본인 야모리(谷森)의 지도 하에 마을 사람들을 동원하여 가을이 끝나기 바쁘게 밭을 논으로 만드는 공사를 벌인다. 그는 앞장서 일하느라 지친데다 추위에 얼어 폐렴에 걸려 몸져눕는다. 마침 둘째 동생 오해산이 군대에서 복원하여 고향에 돌아온다. 그는 처음에는 3년간의 군복무를 그리워하면서 "동아 10억 민족을 해방하기 위한 대동아전쟁이 결전의 단계에 들어선 이때 총을 놓고 고향에 돌아온 것을 부끄럽게 생각"[6]하다가 나중에 증산 역시 전쟁을 지원하는 것이라 느끼고 형을 도와 논을 만드는 일에 나선다. 하여 그들은 갖은 난간을 다 이겨내고 끝내 이듬해 초여름 푸르싱싱하게 자란 벼를 바라보면서 희망과 기쁨에 넘친다.

소설에는 또 마씨라는 50여 세 되는 아편쟁이형상이 묘사되고 있다. 마씨는 아편중독에 걸려 아내가 자살하고 아들이 집에서 탈출한다. 병신이 다 된 그는 나중에 먹을 것을 훔치다가 오해정에게 잡혀 강생원(康生院)에

---

5) 疑遲, 「曙」, 『藝文志』 제1권 9호, 103면에서 인용.
6) 疑遲, 「明」, 『藝文志』 제1권 제10호, 93면에서 인용.

가게 된다. 몇 달 후 아편을 끊고 강생원에서 나와 마을에 돌아온 마씨는 완전히 탈바꿈한다. 그는 마을 사람들 앞에서 이렇게 다진다. "만약 농사 지어 증산하여도 영국 놈들을 소멸할 수 있다면 나의 원한을 갚을 수 있게 된 셈이구먼. 그놈들이 갖고 온 아편이 나를 20년이나 해쳤단 말이야. 지금 돌이켜 생각해 보면 영국 놈들 나를 해친 거지. 오늘 내 목숨은 내 것이 아니라 여러 분들과 나라에서 준 것일세. 이 목숨이 살아 있을 때 눈을 똑바로 뜨고 영국 놈들이 망하는 것을 봐야겠네. 내가 하루 더 살면 나라를 위해 하루 더 힘낼 것이네."[7] 마씨는 영국 식민주의자들에 대한 적개심을 품고 언제 아편쟁이였나 싶게 몸을 아끼지 않고 열성스레 농사일에 나서면서 '새 사람'으로 변한다.

이 소설은 1944년 8월 17일에 제1부가 창작되고 11월 4일에 전부가 창작되었는데 이때는 이미 미군 B-29 폭격기가 선후로 3차례나 안산(鞍山) 제철공장을 폭격하여 대동아성전이 패색을 보이기 시작하였다. 이런 정세 속에서 근로봉사의 국책(만주정권은 1942년 11월 『국민근로봉공법(國民勤勞奉公法)』을 반포)에 적극 호응하여 대동아성전에 동원된 장편소설 「개선가」가 연재로 발표된 것이다.

역시 일필작으로 제6호에 발표된 석군의 장편소설 「새 부락」은 주인공 정만복(鄭萬福)과 그 일가의 북만 진흥사(北滿振興史)를 쓰고 있다.

정만복의 부친 정치방(鄭治邦)은 원래 발해 부근에 위치한 하북성(河北省)의 어느 촌에서 살다가 생계를 찾아 가족을 이끌고 관동(關東, 즉 만주)으로 이주하여 압록강변의 어느 시골에 자리를 잡는다. 하지만 금방 초가 3간 짓고 생활이 안정을 찾은 민국 5년(1916)에 정치방은 호적들에게 납치되어 살해된다. 하여 정만복은 가족을 이끌고 흑룡강변의 미개척지로 찾아오며 나중에 정가와보(鄭家窩堡)라는 부락에 정착하여 윤택한 생활을 하면서 협

---

7) 疑遲, 위의 책, 111~112면에서 인용.

화회 분회장을 하게 된다. 그는 증산보국 동원대회에 참석하여 현장(縣長)의 연설을 듣고 몹시 감동한다.

> "여러분, 지금은 여러분들이 궐기하여 적을 소멸할 시기입니다. 결전시기에는 전선과 후방을 분별하지 않으며 군대와 평민을 분별하지 않습니다. 여러분들이 모두 군대입니다. 전선에는 총칼을 든 병사가 있고 여러분은 호미와 삽을 든 병사들입니다. 전선은 격투의 전쟁터이고 후방은 생산의 전쟁터입니다. ……흥농(興農)도 동아를 부흥시키는 첩경이며 제가치국(齊家治國)의 보감(寶鑑)입니다."
>
> 현장의 이 불꽃 티는 연설은 청자들의 폐부에까지 깊이 스며들었다. 정충복은 너무나 격동되어 눈물을 막 흘러나올 것 같았다. 그의 마음은 현장의 절절한 호소에 사로잡혀 있었다. 그는 마치 영혼의 다른 한 창문이 열리고 막혔던 가슴이 순식간에 확 트이고 오리무중에 빠져 방황하던 지성(知性)이 명랑한 햇빛과 청신한 바람을 맞게 된 것 같았다. ……8)

마을에 돌아온 정충복은 부락민들을 철저하게 증산에 동원시키기 위해 부락을 나눈다. 원래 부락에 부락민이 많아 인구 당 경작지가 상대적으로 적어 증산에 불리한 상황에서 새 부락을 만들고 새 땅을 개척하면 크게 증산할 수 있다는 생각에서 부락을 나눈 것이다. 그는 "새 부락을 건축하고 자금을 대출 받아 황무지를 개척하여 증산을 하기 위한 신청"을 허기 받고 아들딸들과 30여 호의 새 부락 사람들을 거느리고 새 부락 건설에 전력한다. 새 부락이 건설되자 정충복은 부락이름을 지을 때 공영, 증산, 부흥, 보은, 동심, 협화, 대동 등 여러 가지 명칭들을 생각하다가 나중에 신흥부락(新興部落)라고 지으며 또 자위단도 조직하고 그 해 가을에 풍년을 맞게 된다. "이후부터 신흥부락은 하나의 증산과 방어가 겸비한 부락으로 되어 지평선에 우뚝 서게 된다."9)

---

8) 石軍, 「新部落」, 『藝文志』 제6호, 123면에서 인용.
9) 石軍, 동상서, 198면에서 인용.

소설은 이렇게 북만을 개척하여 증산을 시도하고 또한 소련과 인접한 북부변경을 지키도록 국민들을 동원하던 만주 시국과 시책에 호응한 자세를 보이고 있다.

월간 『예문지』에 발표된 단편소설도 대체로 장편소설 못지않게 현세에 부응하는 자세를 보이고 있다.

의지의 단편소설 「적개심과 동심(敵愾與童心)」(제8호), 소송의 단편소설 「광산의 여관(礦山旅館)」 등이 그 대표적 작품이라고 할 수 있다.

의지의 단편소설 「적개심과 동심」의 주인공은 하빈(夏斌)이라는 국민고급(國民優級)학교 우등생이다. 학급장인 그는 현재 시대가 달라져 좋은 학생이 되자면 덕, 지, 체뿐만 아니라 시사를 관심하고 나라를 도와주어야 한다고 생각한다. 학교에서 대동아성전을 지원하는 금속헌납(金屬獻納)운동을 전개하자 하빈은 고민에 잠긴다. 집이 너무 가난하여 헌납할 금속이 없기 때문이다. 고민하던 끝에 그는 갑자기 작은 동생과 누이동생이 애지중지 아끼는 완구, 즉 빈 깡통뚜껑, 병마개, 녹 쓴 주머니칼 등이 생각난다. 그는 "우리나라는 선린 우방 일본을 도와 성전을 완수해야 한단다. 우리가 전선에 갈 수 없지만 이 물건들을 나라에 바치면 우리들도 전쟁에 공헌한 것으로 된단다."고 어린 동생들을 설득하여 나중에 그 완구들을 학교에 바치러 간다.[10]

만주정권은 대동아성전을 지원한다는 명목으로 1942년 4월 『금속헌납처리요강』을, 1943년 8월 『금속류회수법(金屬類回收法)』을 반포하고 1944년 3월에는 4월 1일부터 11월말까지 전 만주지역에서 금속특별회수운동을 전개한다고 선포하고 민중들의 일상용품에 필요한 금속, 지어 금속도금을 한 열쇠마저 빼내놓지 않고 걷어갔다. 두말 할 것 없이 이렇게 회수한 금속은 모두 일제의 군사물자로 보충되었다. 이런 금속헌납운동을 작가 의

---

10) 疑遲, 「敵愾與童心」, 『藝文志』 제1권 제8호, 90~105면 참조.

지는 초등학교 학생이 완구까지 헌납하는 이야기로 선양하고 있다. 이 소설은 그야말로 대동아성전에 철저하게 동원된 소설이 아닐 수 없다.

소송의 단편소설 「광산의 여관」은 소설의 주인공 '나'가 광산의 어느 일본인이 경영하는 여관에 투숙하였다가 여관과 광산에서 보고들은 사실들을 실화형식으로 쓰고 있다.

소설의 주인공 '나'는 쾌감을 느끼게 하는 목욕서비스를 받아보려고 일본여관에 투숙한다. 그런데 여관에는 중국인 노파 한 사람이 여관을 맡아보고 있다. 일본인 주인들은 광산에 봉사하려 나갔고 그 노파도 집에 먹을 것, 입을 것이 걱정 없으면서도 집에 그저 있을 수 없어 여관 일을 도와주고 있는 상황이었다. '나'는 여관에서 정씨라는 기술공을 만나게 된다. 그 기술공은 원래 어느 백화점에 근무하였지만 신문에서 날마다 증산에 대한 보도를 보고 저도 모르는 힘의 격려를 받고 광산에 와서 증산대오에 가입하였다고 한다. 그와 얼마 이야기를 나누지 못했는데 광산에서 침수사고가 발생하여 모두들 사고현장으로 달려간다. 광산 사장은 "광산은 전쟁의 원동력인 만큼 …… 여러 분들은 나라와 친선우방의 전투력을 증가하기 위해"11) 사고구급현장에 뛰어들 것을 호소한다. '나'는 청년 봉사대원들과 함께 사고처리를 끝마치고 생산을 회복한다. '나'가 여관에 돌아오니 노파가 뜨서운 차를 사셔나준다. "나는 또다시 밎은편에 걸려 있는 금빛 휘황한 '필승(必勝)'이라는 편액을 쳐다보노라니 대동아민족의 해방을 위하려는 의지가 더욱더 격앙되었다. 차 맛이 원래 쓴 것이었지만 그 쓴 맛이 느껴지지 않았다. 다만 전쟁과 필승이라는 감각이 온 몸을 불태우고 있었기 때문이다."12)

이 소설 역시 대동아 전쟁에 적극 동원된 봉사활동 및 증산활동에 대해 생동하게 묘사하고 있다.

---

11) 小松, 「礦山旅館」, 『藝文志』 제1권 제8호, 117~118면 참조.
12) 小松, 위의 책, 118면에서 인용.

이와 같은 주제의 소설들로는 또 안리(雁里)의 단편소설 「흑수병(黑穗病)」 (제9호), 장장(張薔)의 단편소설 「흑구툰의 이야기(黑狗屯的故事)」(제11호), 전현 (田嬛)의 단편소설 「소생(甦生)」(제12호) 등이 있다. 여기서 우리는 월간 『예문 지』에 발표된 소설 대부분이 대동아공영권에 동원된 주제를 다루고 있음 을 쉽게 보아낼 수 있다.

이렇듯 월간 『예문지』는 그 창간 종지에 따라 정론, 시, 소설 등 다양한 장르의 작품들을 통해 대체로 대동아공영권에 동원된 주제를 구현하면서 일제 식민주의와의 협력 양상을 보여주고 있다.

4. 월간 『예문지』의 성격 특징과 편집 의도

월간 『예문지』의 성격 특징은 그 종지와 주요 양상에서 규정되고 있을 뿐만 아니라 편집인들의 편집 의도에서도 명확히 규정되고 있다.

월간 『예문지』의 편집인은 주로 소송을 비롯한 예문지파의 성원들이었 는데 그들은 매 호를 출간할 때마다 편집후기를 쓰는 형식으로 매 호의 편집 의도를 직접적으로 밝혔다. 이런 편집 특징은 창간호부터 마지막 호 까지 줄곧 이어졌다. 우선 창간호의 편집후기에서는 이렇게 쓰고 있다.

> 본지와 직접적인 관계를 갖고 있는 예문연맹은 우리나라의 예문을 추진
> 시키기 위해 본지의 창간을 지원해주고 있다. 이는 본지의 편집과 독자들
> 에게 있어서 영원히 잊을 수 없는 일로 된다. 우리는 금후 관계 방면의 기
> 대를 절대 저버리지 않기에 노력할 것이다.
> ……
> 우리는 여기서 매 호마다 일본문학의 명작들을 한 편씩 소개하려 한다.
> …… 이외 건국대학에서 교편을 잡고 있는 애카이드(艾凱德)박사가 본지를
> 위해 특히 집필한 논문 「현재의 독일문학(現在德國文學)」은 전시(戰時)하의

독일문학의 동향을 보여주고 있으며 야마다 세이자부로우의 생산문학을
제창한 문장은 만주문예계의 목전의 과제를 다루고 있어 한번 읽을 필요
가 있다. ……본지가 창간을 기획하고 있을 때 대동아문학자대회가 개최
되어 본지는 국내 독자들에게 우리 동아문학계의 대사를 알게 하기 위해
여기서 대회의 일부 기사를 특히 기록한다.13)

보다시피 창간호에서는 만주예문연맹의 기관지라는 신분 특징에 맞는
문장들을 편집 발표하고자 하는 편집들의 편집 의도를 밝히고 있는 동시
에 그런 편집 의도에 따른 문장들을 편집 발표하였다. 창간호에 뒤이어
제2호는 그 편집 의도를 이렇게 밝히고 있다.

대동아 전쟁이 시작된 지 이미 2년이 된다. 이 전쟁시국에 우리가 할 일
은 무엇인가? 영국과 미국(英美)을 소멸하고 동아를 해방하여 영, 미 적들
의 손에서 동양의 잃어버린 일체를 되찾아오며 적들을 소멸하는 데로 동
아인민들을 동원하면서 필로 검을 대신하는 것은 문학인들의 현실적 사명
이다. 영, 미를 반격하는 적개심을 증강시키고 전반 동양인들이 기념해야
할 12월 8일(태평양전쟁이 발발한 날. 필자 주)을 기념하기 위해 본지는 신
경에 있는 여러 작가들을 특약하여 '결전시(決戰詩)' 특집을 편집하였다.
여기에는 '풍아(風雅)'가 없고 피의 호소가 있을 뿐이다.14)

월간 『예문지』의 편집인들은 필로 검을 대신하여 대동아 전쟁에 동원되
는 것이 바로 문학인들의 현실적 사명이라고 인정하면서 이와 같은 편집
의도에 따라 대동아성전을 선양하는 '결전시' 특집을 편집 발표한다. 그들
은 또 제6호에 석군의 장편소설 「새 부락」을 편집 발표하면서 '편집후기'
를 통해 이 작품에 대해 이렇게 설명하고 있다.

석군의 장편 「새 부락」에 대해 말해야겠다. 이 소설은 만주의 현실에서

______

13) 「편집후기」, 『藝文志』 창간호, 269~270면에서 인용.
14) 『藝文志』 제1권 제2호, 249~250면에서 인용.

취재한 작품이다. 근래 대동아 전쟁의 자극 하에 만주의 문예작품은 일종 새로운 양상을 보여주고 있는데 이는 바로 우리의 문예가 전쟁과 함께 앞으로 전진하고 있음을 증명해준다. 참으로 기쁜 현상이 아닐 수 없다. 석군 씨의 이 작품은 이 방향으로 전진한 역작으로서 기대가 크다. 만약 가능하다면 이런 작품을 매 호마다 한 편씩 발표하고자 한다.[15]

위에서 이미 언급하다시피 석군의 장편소설 「새 부락」은 만주시책에 호응한 대표적인 작품이다. 편집인은 바로 이와 같은 작품들, 즉 국책에 호응한 작품들을 매 호마다 싣고자 한다. 이 의도에 따라 제7호는 대동아성전을 선양한 '필승음'라는 시 특집을 펴낼 뿐만 아니라 이에 만족하지 못한 듯 그 편집후기를 통해 문인들에게 이렇게 호소하고 있다.

대동아 전쟁은 날마다 치열해지고 이런 치열한 국면이 우리 앞에 나타날수록 우리의 적개심은 더욱 불타오른다. …… 우리가 「개선가」를 부를 시대이다!
시인은 이 전쟁의 유력한 병사인 동시에 대동아 미래의 광명을 노래하는 예언자이다. 들어보자! 우리 시인들이 부르는 노래를! 이 장엄한 노래소리를 들어 보라! 마디마다 적 영, 미를 소멸하는 유력한 명중탄이다.[16]

참으로 '결전시(決戰詩)' 못지 않게 대동아성전으로 문인들을 동원하고 있다. 이런 편집의도는 제8호에서 보다 선명하게 보이고 있다.

만악(萬惡)의 원수 영, 미는 공공연하게 우리나라 철의 도시 안산을 침범하였다. 하지만 우리나라의 방위는 철석같이 견고하다. 적들은 B-29폭격기의 기능과 장비가 우수하다고 떠벌렸지만 우리의 방공 포화에 의해 일거에 격퇴되고 2대가 추락되었다. 여기서 교활한 적들은 허풍만 치고 있을 뿐임을 알 수 있다. 사실 B-29폭격기는 우리의 철석같은 방위 앞에서 하나

---

15) 『藝文志』 제1권 제6호, 204면에서 인용.
16) 『藝文志』 제1권 제7호, 120면에서 인용.

의 종이 범에 지나지 않는다.

　　……

　이 일촉즉발의 대전환기에 제반 동양의 영원한 해방과 발전을 쟁취하자면 동아의 각 민족은 친선우방 일본을 중심으로 일치단결하여 동양의 새 질서를 확립해야 한다. 그 질서는 지금 '대동아공영권'을 완수할 것을 호소하고 있다. 이는 제반 동양인들의 숙명적인 임무이다. 순치 관계라는 말로 제반 동양인들의 관계를 설명할 수 있다. 이 역사의 위대한 흥망시기에 반드시 '공존공영의 이념'으로 이 '광역 공영(廣域共榮)'의 정신을 실현해야 한다.

　이런 정신에 근거하여 문화방면에서 '대동아공영문화'를 완수하는 것은 우리의 최대의 명제이다. 이는 적 영, 미의 '개인주의, 자유주의 문화'에 대한 총공격으로 된다. 이런 문화면에서의 결전에서 우리나라는 우선 대동아의 선진국이 되어 '강덕(康德)문화'와 '결전문예'를 완수하는 것으로 영, 미에 대한 용맹한 전투를 진행해야 한다. 사상전(思想戰)을 완수하는 의의로부터 볼 때 이는 우리의 목전의 최대 사명이다.

　이런 점에서 본지는 완벽하게 최선을 다 하지 못하였지만 진심으로 이 방향을 향해 노력하고 있다. 본 호에 실린 문장들을 통해 이 점을 엿볼 수 있을 것이다.

　불 타 올라라, 우리의 적개심이여! 휘날려라, 우리 사상병사(思想戰士) 들의 필이여!17)

　사실상 1944년 7월 29일부터 시작하여 미군 B-29 폭격기가 선후로 3차례나 안산(鞍山) 제철공장을 폭격하였는데 이는 대동아성전의 패색을 보여주는 계기로 되어 당시 만주정세에 커다란 충격을 주었다. 하지만 월간 『예문지』의 편집들은 그 편집후기에서 이런 사실을 기만하고 독자들과 문학인들을 대동아성전으로 동원하고 있을 뿐만 아니라 단편소설 「적개심과 동심」, 「광산 여관」 등 작품들을 편집 발표하여 그 주장을 문학작품으로 생동하게 보여주고 있다.

---

17) 『藝文志』 제1권 제8호, 120면에서 인용.

이와 같은 편집 의도는 제9호, 제12호 등에서도 시종일관 보여주고 있는데 이는 이런 편집 의도가 우연성이 아닌 반복성을 띠고 있다는 것을 말해준다. 흔히 한 가지 의도가 거듭 반복되는 경우에는 거기에 그 어떤 논리가 존재하게 된다. 월간『예문지』편집인들이 대동아공영권의 논리에 어느 정도 경도되지 않고서는 상기한 편집 의도의 반복적인 출현은 불가능한 것이라고 하겠다.

상기한 편집 의도에 의해 월간『예문지』는 식민주의와의 협력적 성격특징을 보다 뚜렷하게 갖게 되었다.

5. 『예문지』 성격 특징의 형성 요소

태평양전쟁이 발발하기 전까지만 해도 문학의 독립성과 민족성을 주장해오던 고정, 향토문학의 첫 작품으로 되는 소설「산정화」를 비롯하여 현실을 폭로 비판하면서 어느 정도 저항의식마저 보여주는 작품들을 창작해오던 의지, 그리고 대체로 국책문학과의 비협력 경향을 보여주던 예문지파의 기타 중견작가 등이 창간, 편집, 발행, 창작 등 여러 면에서 주체가 되었던, 만주 후기 중국인 문학의 유일한 문학지 월간『예문지』는 대동아공영권의 전쟁, 즉 대동아성전에 동원되어 일제 식민주의와 협력한 성격특징을 뚜렷이 보여주고 있다.

월간『예문지』의 이런 성격 특징은 만주 후기라는 특수한 사회·정치·문화 환경에서 여러 가지 요소들의 복합반응으로 형성되었다고 할 수 있다.

우선 월간『예문지』는 창간 종지에 의해 숙명적으로 이런 성격 특징이 규정지어졌다고 할 수 있다. 위에서 서술하다시피 월간『예문지』는 홍보처의 통제 하에 만주의 각종 문예단체들을 전시동원체제로 동원시키는 만주예문연맹의 중국어 기관지로 창간되었고 홍보처 처장에 의해 성전 협력과 동아신질서 건설을 사명으로 한다는 종지가 명확히 규정되었다. 월간『예문지』는 만주 후기 중국인 문학의 유일한 순수문학지로 되었지만 만약 창간 종지에 따르지 않고 문학 자율화에 따라 출간된다면 수시로 폐간될 수 있었기에 지속적으로 간행하자면 식민주의와의 협력은 불가피한 것이었다고 할 수 있다. 이는 만주 후기 문학장에서 피식민 민족문학이 합법적으로 생존하자면 식민주의 문학에 의뢰하지 않고서는 그 생존이 거의 불가능하였다는 것을 말해 준다.

다음 월간『예문지』의 편집인과 중견작가들은 주로 예문지파의 주요 성원들로 이루어졌는데 이들의 문학 주장과 사회, 문학 활동은 월간『예문지』의 성격 특징의 형성에 영향 주게 되었다고 본다. 고정을 비롯한 예문지파 문인들은 『명명』지를 출간할 때부터 '방향 없는 방향'의 문학주장, 즉 '사인주의'를 주장하면서 무엇보다 먼저 작품을 많이 창작 발표할 것을 주장하여 왔다. 이런 주장을 펴나가기 위해 그들은 일본인 문인들의 지원을 마다하지 않았고 또한 그런 지원을 받는 가운데서 일본인 문인들과 일본인 문학단체와의 내왕을 시종 끊지 못하였다. 고정은 선후로 만주문화회 사무국장, 만주예문가협회 검열 제2부(중국어부) 검열위원 및 대동아 연락부 부장 능 직부를 맡고 여러 가시 문예 간담회에 참석하여 현세에 부응하는 소감들을 발표하며 만주의 대표로 제1차, 2차, 3차 대동아문학자대회에 참석한다. 의지, 소송 등도 선후로 대동아문학자대회에 참석하여 현세부응의 소감들을 발표한다. 이런 사회, 문학 활동은 일본인문인들과 일정한 정분을 쌓게 하였고 그 정분은 중국인 문학의 순수문학지가 전부 폐간된 험악한 사회, 문학 환경에서도 그들이 주체가 된 순수문예지가 창간될 수 있는 뒤받침이 되었다고 하겠다. 또한 시종 나름대로 사인주의를 주장해 온 예문지파의 주요 성원들은 만주 후기 순수문학지 하나 없는 고도로 압축된 피식민 민족문학의 생존공간 속에서 그 문학주장의 지속적인 구현을 위해 월간『예문지』가 만주예문연맹의 기관지라는 성격 특징도 저어하지 않았던 것 같다.

그 다음 일제 식민주의의 대동아공영권의 기만술책과 월간『예문지』의 편집인 및 중견작가들의 특수한 민족심리가 월간『예문지』성격 특징의 형성에 커다란 영향을 주게 되었다고 하겠다. 만주 후기에 일제는 식민주의 문화전체통치를 강화한 한편 중국민중들을 저들의 식민침략전쟁으로 동원시키기 위해 기만적인 동문동종(同文同種)의 동아연맹론, 대동아공영권 논리를 선양하면서 태평양전쟁을 대동아성전으로 기만, 분식하였다. 일제는 중국민중들이 서구 열강 특히 영국 식민주의 열강의 수십 년간의 침략과 약탈을 당하면서 이 열강들에 대해 크나큰 원한과 증오심을 갖고 있는 민족심리를 이용하여 각종 기만적인 선전 수단을 통해 영, 미 등 서구 열강들의 아세아에서의 침략행위를 규탄하고 특히 일제가 필리핀, 싱가포르 등 동아세아에 있는 미국, 영국의 식민지들을 점령한 태평양전쟁의 초기, 중기 승전상황으로 대동아공영권 논리를 크게 분식하면서 실상을 모르는 중국민중들을 미혹하였다. 이런 특수한 식민주의 기만술책과 특수한 민족심리가 예문지파의 주요 성원들을 비롯한 만주의 일부 중국인 문인들로 하여금 대동아공영권 논리를 의식 무의식적으로 서서히 받아들이지 않았나 싶다. 여하튼 이들이 일제의 패색이 완전히 짙어가던 만주 후기에 대동아성전에 동원되어 식민주의와의 협력을 보여준 것은 그것이 면종복배(面從腹背)적이라고 하더라도 당시에 현실적으로 대동아공영권에 동원되었음은 엄연한 역사적 사실이 아닐 수 없다. 이들이 월간『예문지』의 편집인과 중견작가들이었던 만큼 이런 역사적 사실은 당시 월간『예문지』성격특징의 형성에 영향 주지 않을 수 없었다.

요컨대 만주 후기 중국인 문학의 유일한 순수 문학지였던 월간『예문지』는 만주예문연맹의 기관지로 발간되면서 일제 식민주의와의 협력을 뚜렷하게 보여주고 있는데 이는 만주 후기 중국인 문학의 중요한 특징으로 된다.

여기서 한 가지 부언할 것은 만주 후기 중국인 문학은 식민주의와의 비협력적 특징도 어느 정도 보여주고 있다는 것이다. 만주 후기에 적지 않은 진보적 문인들은 만주를 탈출하거나 절필하는 방식으로 식민주의와의 비협력 저항을 보여주었고 일부 진보적 문인들은 열악한 사회, 문학 환경 속에서도 식민주의와의 비협력 문학 창작활동을 견지하였다. 이를테면 산정(山丁)을 비롯한 적지 않은 진보적 작가들은 장편소설 『녹색계곡(綠色的谷)』[18]을 비롯한 진보적인 작품들을 창작 발표하여 우회적으로나마 암흑한 현실을 폭로, 비판하면서 만주 초기부터 형성된 진보적 민족문학의 맥락을 지속적으로 이어 나갔다. 이밖에 『기린(麒麟)』을 비롯한 일부 종합문화간행물에는 통속문학작품들이 적지 않게 발표되었는데 이런 통속문학작품가운데의 많은 작품들은 현세와 부응도 저항도 하지 않은 중간노선 작품들이었고 이런 작품들은 중국인 문학의 생존공간을 확보하는데서 일정한 역할을 하였다. 이와 같은 중국인 문학의 식민주의와의 비협력적 특징에 대해서는 다른 기회에 논하기로 하면서 본고를 마친다.

―2005년 9월

---

18) 山丁, 『綠色的谷』, 1942년 5월부터 『大同報·夕刊』에 연재됨, 얼마 안 되어 大內隆雄에 의해 일본어 신문 『哈爾濱日日新聞』에 번역 연재됨, 1943년 新京文化社에서 단행본으로 출판함, 단행본으로 출판될 때 검열기관에 의해 '삭제 처리'를 당함.

제3부

일제강점기 만주 러시아인 문학 연구

만주 러시아인 문학에 대하여

1. 만주 러시아인 문학의 연구 현황

주지하다시피 일제는 9·18사변을 일으켜 동북을 강점한 후 식민통치를 강화하기 위해 일본인, 조선인, 한족, 만족, 몽고족 등 다섯 개 민족을 5족이라고 칭하고 그 협화, 즉 5족 협화를 만주 건국정신의 하나로 선양하여 왔다. 따라서 만주 문학장은 대체로 일본인 문학과 중국인 문학, 조선인 문학 등으로 이루어지게 되었다. 사실 만주에는 5족 외에도 기타 여러 민족들이 살고 있었으며 또 그 민족 나름대로의 문학도 있었다. 그 중 러시인과 그 문학이 가장 독특한 양상을 보이고 있다. 러시아인 문학은 그 자체의 독특한 양상과 러시아인의 독특한 사회·역사·정치 지위로 말미암아 만주 문학장의 한 자리를 차지하게 되었다.

만주 러시아인 문학은 최근 년에 러시아 어문학 학계의 주목을 받으면서 어느 정도 그 연구 성과물들이 나오기 시작한 상황이지만 그 연구시각이 대체로 러시아 교민문학사(俄羅斯僑民文學史)라는 대전제하의 중국 하얼빈 러시아 교민문학(哈爾濱俄僑文學)이라는 명제로 되어 있다. 중국의 러시아 어문학 학계에서도 이와 같은 시각으로 연구하고 있다. 만주 러시아인 문학이라는 연구 시각은, 다시 말하면 제반 만주 문학장에서의 러시아아인 문학의 양상과 그 지위에 대한 조명은 아직 이루어져 있지 않는 상황이라고 하겠다.

본고는 주로 러시아 어문학 학계의 기존 연구 성과(중국어로 된 것)들을 섭렵하면서 만주 문학장에서의 러시아인 문학이라는 연구 시각으로 그 양상과 지위에 대하여 살펴보고자 한다.

2. 만주 러시아인의 존재와 그 지위

만주의 러시아인을 논하자면 우선 러시아인의 중국 동북으로의 이민, 정착 과정을 살펴보지 않을 수 없다.

1896년 6월, 짜리러시아는 『중러(中俄)비밀협정』을 통해 중국 동북을 가로 지나는 중동철로 수축권한을 갖게 되었고 1898년 중동철로 수축공사가 가동되면서 수축공사의 중심지로 정해진 하얼빈에 러시아인들이 이주하기 시작하였다. 1904년 2월 일러 전쟁이 발발되자 러시아 군대는 양식을 비롯한 많은 군수품들을 공급 받아야 했고 지리, 군사 등 여러 가지 원인으로 하여 이런 군수품은 하얼빈에서 생산 공급하게 되었다. 따라서 많은 러시아인들이 하얼빈에 몰려와 밀가루공장, 피륙가공공장 등 다종다양한 가공업 공장을 운영하게 되었고 이와 더불어 하얼빈의 러시아인 인구가 급증하게 되었다. 불완전한 합계에 의하면 이 시기 하얼빈에 이주한 러시아아인이 3만 명에 달하였고 1912년에는 4만여 명에 달하여 당시 하얼빈 총 인구의 60% 이상을 차지하였다고 한다.[1] 이 시기 하얼빈의 러시아인들은 각종 특권을 향유하면서 경제적으로 비교적 안정되고 부유한 생활을 하게 되었다. 1917년 10월 러시아 사회주의혁명은 짜리봉건정권을 뒤

---

1) 石方 劉爽 高凌 著, 『哈爾濱俄僑史』, 黑龍江人民出版社, 2003年 1月, 52면에서 인용.

엎어버렸다. 짜리 시대의 군관, 귀족, 관료, 인텔리 등 각 계층의 봉건권력 세력들은 10월 혁명을 반대, 탄압하다가 실패하게 되자 저들의 세력을 유지하기 위해 해외로 도주하였다. 그중 많은 잔여 세력들이 짜리정권의 식민지로 여겨왔던 하얼빈으로 도주해 오면서 하얼빈의 러시아인 인구가 급증하게 되었다. 하여 나하로부카, 워스트럽모브 등 러시아 이민촌이 형성되기까지 하였다. 1922년 소련 국내 전쟁이 끝나면서 원동지역의 백군(白匪軍) 잔여군대가 대부분 중국 동북지역으로 몰려들어 하얼빈은 중국 최대의 러시아인 집거 중심으로 되었다. 1923년 하얼빈에 거주한 러시아인이 근 20만 명에 달하였다고 한다.2) 1924년 소련이 중동철도 소유권과 사용권을 접수하고 중국 주재 소련 하얼빈 영사관이 개설되면서 하얼빈에 소련국민이 거주하게 되었다. 소련 영사관은 하얼빈의 러시아 이민들에게 소련 국적에 가입할 것을 요구하고 소련 국적이 있는 사람만이 중동철도에서 근무할 수 있다고 선포하였다. 하얼빈의 대부분 이민들이 정치, 역사적 원인으로 소련정부를 불신임 또는 적대시하였기에 그 가입을 거절하였고 이로 하여 무국적(無國籍) 러시아인이 되고 중동철도에서 근무하던 무국적 러시아인들은 실업하게 되었다. 이런 무국적 러시아인들은 하나의 백계 러시아인(白俄人) 사회를 형성하게 되었고 소련 정부와의 대치 속에서 경제, 정치 상황이 악화되자 많은 무국적 러시아인들은 생계를 위해 하얼빈을 떠나 천진, 상해로 이주하기 시작하였다. 1930년대 초 하얼빈의 러시아인 인구는 6만여 명으로 줄었는데 그중 소련 국적을 가진 러시아인이 2만여 명, 무국적 러시아인이 4만여 명이 되었다고 한다.3)

1932년 2월 일제가 하얼빈을 강점하면서 하얼빈의 러시아인들은 전례 없는 고난을 겪게 되었다. 일제는 우선 파쇼적인 경제 약탈을 감행하여 법적 보호를 받고 있는 소련 국민이든 무국적 백계 러시아인이든 상관없

---

2) 石方 劉爽 高凌 著, 앞의 책, 71면에서 인용.
3) 石方 劉爽 高凌 著, 앞의 책, 80면에서 인용.

이, 그들이 원하든 말든 러시아인들이 경영하는 회사, 상가 등 경제업체에 고문을 파견하여 각양각색의 세금을 받아내고 일본 낭인, 헌병 등을 추동하여 무단적으로 사단을 일으키면서 러시아인 갑부들을 납치 살해한다거나 러시아 여인들을 겁탈 살해하는 등 테러를 감행한데서 제반 러시아인 경제체제가 흔들리게 되었다. 특히 일제는 적대국인 소련 정부가 하얼빈에 설치한 상업기관, 주재 기관 등 경제업체들에 대해 보다 악렬한 약탈 정책을 실행하여 소련 정부의 경제업체와 국민들의 경제상황이 심각한 위기에 직면하게 되었다.

일제의 통제와 탄압에 못 이겨 1935년 3월 소련정부는 도쿄에서 만주 당국과 『북만철도양도협정(北滿鐵路讓渡協定)』을 체결하고 중동철도 소유권, 경영권을 일본에 팔아넘기게 되었다. 그러자 같은 해 4월부터 8월까지 중동철도에서 근무하던 2만여 명에 달하는 소련 국적의 러시아인과 그 가족들이 일제의 박해를 피해 하얼빈을 떠나 소련으로 철거하였다. 1936년 2월 소련정부는 하얼빈 주재 소련 총영사관을 제외한 동북 각지의 영사관 기관을 모두 철거하여 이후부터 만주에는 하얼빈 총영사관 하나만이 남게 되었고 또 시종 일제의 엄밀한 통제 속에 있었다. 따라서 1936년 하얼빈에 거주한 소련 국적 러시아아인이 7천여 명밖에 안되었고 1940년에는 겨우 1천 8백여 명이 남아 있었다고 한다.[4]

소련 국민들만 아니라 일제에게 일정한 기대를 걸고 있었던 적지 않은 백계 러시아인들도 일제의 경제 약탈로 그 경제 상황이 더욱더 악화되자 부득불 하얼빈을 떠나지 않을 수 없게 되었다. 불완전한 통계에 의하면 만주시기 하얼빈의 러시아 이민들이 가장 많은 해가 1934년이었는데 그때 인구가 34,177명이었고 그 후 날로 줄어들어 1935년에는 29,493명, 1936년에는 27,992명, 1937년에는 25,751명, 1938년에는 25,366명이었으

---

4) 石方 劉爽 高凌 著, 앞의 책, 87면에서 인용.

며 일제가 투항한 후인 1946년에는 18,448명밖에 남지 않았다고 한다.5)

한편 일제는 식민통치를 강화하고 다년간의 소련 침략 야욕을 채우기 위해 소련 주재 하얼빈 영사관과 소련 국민들을 경제, 군사적으로 엄밀히 통제하였다. 반소반공(反蘇反共)정책을 실행하기 위해 일제는 하얼빈에 칩거하고 있는 반공경향의 각종 백러시아인 단체 이를테면 입헌당, 파시스당, 까자크당 등 부동한 짜리잔여세력들을 조직 이용하였다. 1935년 1월 일제는 일부 이런 단체들의 우두머리들을 핵심으로 하얼빈 백계 러시아사무국(白俄事務局)을 설립하고 겉으로는 이 사무국은 러시아인들을 등록 관리하면서 그들을 취직시키거나 경제적 구제를 하는 단체라고 선양하였다. 사실이 사무국은 일제특무기관의 통제 하에 주로 반소 반공 활동을 감행하면서 대소련(對蘇聯) 비밀작전의 한 기구와 수단으로 되었고 만주의 러시아인 반만항일(反滿抗日) 경향을 감시하고 탄압하는 일에 종사하였다.

1943년 유럽과 태평양전쟁 정세가 일제에게 불리해지자 특히 소련의 진공을 방어하자면 소련에 대한 자극을 회피해야 한다는 정세에 따라 일제는 만주 정부가 백계 러시아 사무국을 관여하게 하였다. 같은 해 말 만주정부는 백계 러시아지도위원회(白俄輔導委員會)라는 전문기구를 설립하고 이 사무국을 지도 감독하면서 만주의 백계 러시아인 사무를 담당하였다. 이 지도위원회는 일제의 의도에 좇아 "백러시아인은 만주 여러 민족 가운데의 하나이며" "이들을 지도할 때 반드시 소련을 자극하는 일을 절대적으로 회피해야 한다."는 종지를 내세웠다.6)

여기서 만주 러시아인들의 존재와 그 지위는 특수한 정치 역사 및 시대적 특징으로 하여 대체로 일제 반소 반공 정책의 한 이용물에 지나지 않는데 그친다고 해도 과언이 아님을 알 수 있다. 물론 소련 국적의 러시아인들과 민족양심을 가진 진보적 러시아인들은 비록 소수적인 존재였지만

---

5) 石方 劉爽 高凌 著, 앞의 책, 90면에서 인용.
6) 石方 劉爽 高凌 著, 앞의 책, 179~180면에서 인용.

그 가운데 일제의 감시와 탄압 속에서도 반일 반만(反日反滿) 활동을 적극 전개한 반일투사들도 적지 않았음을 간과하지 말아야 한다.

3. 만주 러시아인 문학 양상

만주 러시아인 문학은 1920년대부터 형성되기 시작한 하얼빈 러시아아인 문학의 연장선위에 형성되었다고 할 수 있다.

20세기 초, 하얼빈은 러시아아인들의 경 제중심지로 부상하기 시작하면서 점차 문화 교육의 중심지로도 부상하여 동방의 뻬제르부르그라고도 하였다. 러시아아인들은 1920년대에 이르러 초등학교부터 대학에 이르기까지 완벽한 체계적인 교육체계를 구축하였고 몇 십 개에 달하는 교회당, 극장을 세우고 수십 종에 달하는 신문, 잡지들을 발행하면서 이국땅에 상대적으로 독자적이고 활기 띤 문화 교육의 분위기를 형성하였다. 게다가 20년대 중기에 러시아의 일부 기존 작가들 이를 테면 당시 유명한 산문가 오렘보스끼(奧廉堡斯基, 1867~1963), 스키다레츠(斯基塔列茨) 등이 하얼빈에 잠시 거주하게 되면서 문학 분위기가 형성되어 하얼빈 러시아아인 문학이 신속히 생성 발전하기 시작하였다.

20년대 초 하얼빈 러시아아인 문단에 최초로 등장한 대표적 문인은 시인 알레모브(阿雷莫夫, 1892~1948)라고 할 수 있다. 그는 일찍 짜리러시아정부에 의해 시베리아에 추방당하여 하얼빈에 거주하게 되었는데 선후로 『아늑한 서재(溫柔書屋)』(1920), 『평화의 목소리(和平的呼聲)』(1921), 『번개 없는 하프(沒有閃電的豎琴)』(1922) 등 시집을 출판하였다. 그의 시는 대체로 러시아 10월 사회주의 혁명을 구가하고 있다. 1926년 그는 소련으로 돌아갔다.

20년대 중기 오렘보스끼(奧廉堡斯基, 1867~1963), 스키다레츠(斯基塔列茨) 등이 러시아아인 문단에 새로운 활력을 주입하였는데 그중 시인 알렉세이 네스메로브(阿爾謝尼·涅斯梅洛夫, 1889~1945)가 제일 대표적이라고 할 수 있다. 그는 봉건 짜리러시아의 옹호자로서 그 사상정서를 반영한 시집 『혈광(血光)』(1928), 『러시아는 존재하지 않는다(不存在的俄羅斯)』(1931) 등을 출판하여 문단에 커다란 영향을 끼쳤다.

20년대 중기에 하얼빈의 러시아인 사회에는 문학 살롱, 시 낭송회 등 여러 가지 형식의 문학 활동이 전개되면서 새로운 문학단체의 형성을 구축하였다. 1926년에 유명한 문학단체 츄라예부카(楚拉耶夫作)가 설립되었다. 이 문학단체는 청년 시인 아챠이르(阿恰伊爾, 1896~1960) 등을 핵심으로 대체로 시문학을 중심으로 매주 두 차례씩 행사를 가졌는데 매주 화요일에는 주로 개방적인 활동, 이를 테면 문학특강 같은 보고회를 거행하였는데 그 참석자들이 성황을 이룰 때는 근 천 명 정도에 달하였다. 매주 금요일에는 단체 회원들만 모여 당시 러시아 문학과 예술의 발전 도로를 토론하고 소련 작가 내지 이민 작가들의 창작을 평가하였고 자신들의 작품들도 발표, 분석하기도 하였으며 『하르빈 매일 신문보(哈爾濱每日新聞報)』의 매주 특집으로 「기독교청년회 청년 츄라예부카」라는 문학신문을 간행하면서 회원들의 문학작품들을 발표하였고 그 후에 독자적으로 「츄라예부카」라는 신문(주간)을 간행하였으며 또 시집 『구름에 닿은 사닥다리(云梯)』(1929), 『7인집(七人集)』(1932) 등 시집도 간행하였다. 그리고 이 단체의 성원늘노 석시 않는 시집들을 출판하였는데 그중 그레쵸부(格雷佐夫)의 시집 『작은 새(小鳥)』과 『근심(憂愁)』, 스위트로브(斯維特洛夫)의 시집 『달의 반점(月亮上的斑點)』, E·라친스카야(拉欽斯佳婭)의 시집 『봄날의 시(春天的詩)』 등이 그 대표적 시집이라고 할 수 있다.

이 시기에는 또 여러 가지 신문 문예란과 문학지가 간행되었는데 그중 영향력이 제일 큰 문학지는 『변계(邊界)』(1926~1945)였다. 이 문학지는 부동한 독자들의 수요를 만족시키기 위해 이념이나 주제가 부동한 작품들도 널리 포섭하여 문학교류를 추진하고 문학도들의 문학창작정열을 적극 불러 일으켰다.

20년대 러시아인 문학작품들은 대체로 고향에 대한 그리움, 이국 타향 살이에서의 굳센 생활의욕을 보여주고 있으며 또한 잃어버린 옛 시절짜리 러시아 시대에 대한 미련도 적잖게 보여주고 있다고 하겠다.

이런 문학양상은 파리를 중심으로 한 유럽 러시아 이민 문인들의 부러움을 자아냈고 그들의 문학 창작에 적지 않는 영양을 끼치기까지 하였다.

하지만 1932년 만주가 건립되고 일제의 정치, 경제, 군사 등 여러 면에서 전면적인 식민통치를 강화함에 따라 하얼빈의 러시아인 사회도 커다란 재난을 겪게 되었다. 일본의 힘을 빌려 복벽을 꿈꾸면서 일제와 협력한 일부 짜리러시아 몰락 귀족들을 제외하고 대부분 러시아인들은 일제의 각종 협박으로 경제, 사회생활 모두가 안정을 잃게 되자 안정된 생활을 찾아 상해로 이주하였다.

1935년, 츄라예부카의 주요 성원들이 일제와 친일세력의 박해에 못 이겨 하얼빈을 떠나 상해로 이주하게 되면서 츄라예부카의 해산을 고하게 되었고 대부분 진보적 작가들도 불안감을 못 이겨 분분히 상해로 이주하게 되었다. 따라서 활발하게 진행되던 각종 문학 활동이 침체기에 들어가고 중국 러시아인 문학의 중심지도 하얼빈으로부터 상해로 이전되었다.

반면 하얼빈에 계속 남은 친일 협력의 경향을 가진 문인과 무국적 중간파 문인들이 한 동안의 침체를 깨뜨리고 하얼빈 러시아인 문단을 재구축하게 되었다. 1938년 보황당(保皇黨)연합회의 산하 조직으로 모라죠브(莫羅佐夫)를 대표로 하는 K.P라는 문학단체가 설립되었다. K.P는 만주 중기부터 후기에 이르기까지 6년간 비교적 정기적이고 활약적인 문학 활동을 전개하여 이 시기 대표적인 러시아인 문학단체라고 할 수 있다. 이 단체는 네체르스카(涅捷爾斯佳姬)를 비롯한 적지 않은 청년시인들을 창출하고 그들의 시집들도 간행하였다. 네체르스카는 선후로 시집 『문가(門旁)』(1940), 『백색의 작은 수림(白色小樹林)』(1943) 등을 간행하여 러시아인 문단에 일정한 영향을 끼쳤다.

1936년 민속학자 바이꼬브(巴伊科夫)의 이름으로 명명한 동방민족학이라는 문학단체가 설립되어 자연주의 문학을 주장 전파하면서 이 시기 러시아인 문학의 한 양상을 보여주었다.

만주가 건립되기 전에 하얼빈에는 수십 종에 달하는 러시아어 신문, 잡지들이 간행되었지만 일제가 하얼빈의 신문 언론, 문화를 통제하면서부터 러시아어 신문 잡지들도 엄격한 검열과 통제를 받게 되었고 따라서 많은 신문, 잡지들이 폐간되었다. 반면에 일본인들이 이용, 통제한 대동아공영에 협력한 신문, 잡지나 일부 중간파 경향 잡지들이 계속 간행되게 되었다.

그중 가장 대표적인 신문으로는 『하얼빈시보(哈爾濱時報)』(1931~1945)이다. 이 신문은 하얼빈의 친일 반소 세력이 통제한 신문으로 1936년에는 만주 홍보협회에 가입하여 만주가 망할 때까지 줄곧 하얼빈 백계 러시아인 단체의 동향을 반영하면서 친일 반소, 대동아공영을 선양하였고 이를 대변하는 문학작품들이 발표되었다. 하여 이 신문은 소련정부가 하얼빈의 백계 러시아인들의 동향을 살피는 필독 참고 신문으로 주목 되었다.

이 시기 대표적인 잡지로는 『변계(邊界)』(1926. 8~1945. 8)를 들 수 있는데 이 잡지는 상업 성격을 띤 문학시로서 만주 초기까지만 히여도 시, 소설, 보도기사, 전기, 번역문 등 여러 가지 장르를 망라하고 적지 않은 기성 작가와 광범한 독자를 갖고 있은 유명한 문학지로 되었다. 그 주요한 원인의 하나는 그 내용들이 정치와 멀리하고 있었다는 것이다. 하지만 만주 중기부터 말기에 이르기까지 생존을 위해 일제의 심열에 응부하여 '위대한 일본'이라는 특집란을 개설하여 친일성향을 보여주는 내용의 글들을 발표하여 많은 영향력을 잃게 되었다.

만주 대표적 문인들로는 네스메로브, 아챠이르, 바이꼬브 등이다.

네스메로브는 상기하다시피 20년대 중기부터 하얼빈 러시아인 문단에서 활약한 시인이자 기자이다. 그는 일찍 백계 러시아군에 참가하여 원동 공화국에서 생활하다가 소베트 정권이 건립되자 하얼빈으로 도주하여 온 봉건적인 보수파로서 문학적으로 소련을 반대하고 짜리 러시아를 지지하는 경향을 보여주었다. 그는 만주에 선후로『작은 기차역(鐵路小站)』(1938), 『백색함대(白色艦隊)』(1942) 등 시집들을 간행하였다. 그의 시작품은 대체로 이국 타향의 러시아 이민들의 비참한 운명과 굳센 생활 의지(意志)를 형상화하고 있으며 신세대 이민들이 러시아인의 전통을 잃어가고 있음을 안타까워하고 후기에는 주로 종교 주제를 다루었다.

> 난민 인생 벌써 4분지 1의 세기가 되었구나.
> (비애가 없고 투쟁이 없은 것은 아니다)
> 우리는 필경 많은 것을 거절하였다.
> 하지만 우리는 자신의 이념을 신성하게 보유하고 있다.
> 우리는 조상들의 풍습을 보유하고 있으며
> 우리 눈 속의 러시아와 신성함을
> 우리 영원히 잃지 않을 것이리.[7]

네스메로브의 시는 각종 운율이 유기적으로 결합되고 낭만적인 정서와 비애의 정서가 어울려 비교적 독특한 스찔을 보여주었다.

그는 시 작품에 외에도 소설들을 창작 발표하였는데 그의 소설들은 대체로 전쟁제재를 다루고 있다. 이런 소설들은 그로 하여금 만주의 일본인 문인들을 관심을 갖게 하였고 또한 일부 소설들은 러시아인 문학 대표작으로 뽑혀 일본어로 번역 발표되었다. 단편소설『눈 위의 피 흔적』이 일본어로 번역되어『滿洲國各民族 創作選集(1)』(創元社, 1942)에 수록되었고 단편소설『빨간 머리 련끄(紅頭髮的蓮克)』는『신만주(新滿洲)』(1941년 11월호)의

---

7) [俄羅斯] 弗·阿格諾索夫 著 劉文飛 陳方 譯,『俄羅斯僑民文學史』, 人民文學出版社, 2004年 12月, 385면에서 재인용.

『재만일만선아 각계 작가전특집(在滿日滿鮮俄各系作家展特輯)』에 번역 발표되었다.

네스메로브는 일상생활뿐만 아니라 문학 창작에서도 시종 짜리러시아에 충성하고 소련을 반대한 보수파였기에 1945년 소련 홍군이 하얼빈을 점령할 때 체포되어 소련에 압송되었다가 같은 해 9월 감옥에서 죽었다고 한다.[8]

아챠이르는 1920년에 가을 백계 러시아군에 참가하였다가 건강상태가 안 좋아 1922년에 퇴역한 후 부친을 따라 하얼빈으로 이주하였고 하얼빈에서 주로 성악 교육에 종사하는 한편 시 창작에 정진하면서 문학단체 츄라예부카(楚拉耶夫作)의 핵심 인물로, 하얼빈 러시아인 문단의 대표적 문인으로 되었다. 그는 만주가 망할 때까지 선후로 『첫 시집(第一本書)』(1925), 『쑥과 태양(艾蒿和太陽)』(1938), 『금빛 하늘 아래(在金色的天空下)』(1943) 등 시집 5부를 간행하였다. 그의 시들은 대체로 잃어버린 조국 — 러시아를 제재로 이국 타향에서도 러시아의 운명을 걱정하고 난민들의 비참한 운명을 걱정하는 러시아 이민 지식인의 사상과 정서를 보여주고 있다.

> 생활이 준 침중한 교훈
> 오늘날 ㄱ 당시의 그 환상들이
> 이미 그 한 쌍의 심각한 눈에
> 고통과 우울로 변하였다[9]

아챠이르의 시작품에도 하얼빈의 부분 러시아 시인들과 마찬가지로 '의지'라는 시구를 애용하면서 생명의 의지는 영예, 사랑과 하느님 등과 같은 개념으로 함께 쓰이면서 낙관적 정서를 보여주었다. 그의 시는 간결하고 음악성이 강하며 회화(繪畵)적인 특징을 보여주고 있어 '음악가 시인'이라

---

8) ［俄羅斯］弗·阿格諾索夫 著 劉文飛 陳方 譯, 앞의 책, 376면에서 인용.
9) ［俄羅斯］弗·阿格諾索夫 著 劉文飛 陳方 譯, 앞의 책, 78면에서 재인용.

불렸고 당시 문학청년들에게 깊은 영향을 끼쳤다.

　아챠이르는 만주가 망할 때까지 줄곧 하얼빈에서 생활하고 문학활동을 하였는데 그의 반(反)소련 사상 경향과 경력으로 하여 1945년 9월 소련 홍군에게 체포되어 소련에 압송되어 갔고 시베리아 감옥에서 10년간 옥살이를 하였다. 1955년부터 자유로운 사람이 되었음을 느끼고 시베리아의 어느 학교에서 자신을 잊어가며 열심히 성악 교육에 정진하다가 강의도중에 사망하였다고 한다.10)

　바이꼬브(1872~1958)는 하얼빈 러시아인 문단에서 제일 유명한 작가이자 민족학 학자인데 1901에 하얼빈에 들어와 1925년에 정식 정착하여 1956년 호주로 가기까지 무국적 러시아인으로 줄곧 하얼빈에 거주하였다. 그는 1908년에 러시아 동방학 학자 연합회에 가입하여 민족학 학자의 신분으로 중국 동북을 누비다시피 답사하면서 동물, 식물 표본 수집을 하였다. 1934년에 저서『만주의 밀림 속에서(在滿洲的密林中)』(1914년에 뻬제르부르그에서 초판 출판)를 출판하여 민족학 학자의 기반을 다졌고 선후로 문학작품『위대한 왕(偉大的王)』(1936, 1938), 『삼림의 호소(森林在呼嘯)』(1938), 『우등불 가에서(篝火旁)』(1939), 『서적 바다(書海)』(1942), 『숲속의 길(林中的路)』(1945) 등을 발표하였다. 그의 작품에는 동북지역 민족학과 대흥안령을 비롯한 신비하고 풍요로운 동북 대자연에 대한 묘사가 특징적으로 반영되어 있었다. 그의 독특한 문학 특징, 특히 동북 대자연에 대한 묘사는 만주의 일본인 문인들의 관심을 끌게 되었고『위대한 왕(偉大的王)』을 비롯한 적지 않은 작품들이 일본어로 번역되었다. 소설『위대한 왕』은 원명이『위대한 왕 : 동북범의 생활실상, 태가림구(泰加林區)의 풍속, 태가림구 거주민의 전기와 전선』인데 제목 그대로 동북원시림의 독특한 자연풍경과 민속생활풍경을 묘사하고 있다. 이 소설은 삼림을 주재하는 동북 범 한 마리가 사냥꾼에

---

10) [俄羅斯] 弗·阿格諾索夫 著 劉文飛 陳方 譯, 앞의 책, 81면에서 재인용.

게 잡혔다가 다시 대자연으로 풀려나오는 이야기를 통해 동북 원시삼림의 독특한 자연풍경과 중국 사람들이 전통적으로 대자연을 존중하고 무서워하는 심리정서를 보여주고 있다. 소설 『노령산에서(老嶺山上)』도 일본어로 번역되어 『滿洲國各民族 創作選集(2)』에 수록되었다. 그의 소설들은 하얼빈 러시아인 문학의 한 독특한 특징을 보여줌과 아울러 중국 동북지역의 대자연 특징과 민속풍습을 보여 주고 있다. 바이꼬브는 그의 이런 독특한 문학 특징으로 하여 점차 러시아인 대표문인으로 인정받고 만주의 각종 문학 활동에 참가하게 되었으며 1942년 11월 만주의 러시아인 문인 대표로 뽑혀 일본 동경에 가서 제1회 대동아문학자대회에 참가하게 되었다.

4. 만주 러시아인 문학의 주요 특징

상기한 바와 같이 만주 러시아인 문학은 아주 독특한 특징을 보여 주고 있다. 우선 초기까지는 활발한 양상을 보이고 있었으나 점차 일제의 문화통치가 심화되면서 자유로웠던 문학 분위기가 살벌해지자 많은 작가들은 상해로 이주하게 되고 또 진보적 신문, 잡지들이 폐간되어 제반 문단은 크게 약화되었다. 그리고 만주에 계속 거주하면서 문학 창작활동을 진행한 작가들은 절대 대부분이 백계 러시아 출신으로 소련정부를 거부 반대하거나 지어 일본의 힘을 빌려 짜리 러시아 징권을 복벽히려는 친일파들을 포함한 무국적 러시아인 작가들이었다. 물론 일부 중간노선을 택한 작가들도 있기는 하였지만 이들 역시 무국적 러시아인들이었다. 이런 작가들의 사상경향으로 말미암아 만주 중기, 후기의 러시아인 문학작품들은 반소 친일 경향의 작품이나 일부 정치경향성을 회피한 작품들이 많이 창작 발표되고 또 이런 작품들이 러시아인 문학의 주류를 이루었다.

또한 이와 같은 특징이 바로 만주 러시아인 문학이 생존할 수 있은 주된 원인으로 되었다고 할 수 있다. 일제는 5족협화라는 건국이념을 선양하였는데 이 5족협화에는 러시아인이 포합되지 않는다. 하지만 일제는 러시아인과의 협화를 자못 중요시하였다. 일러 전쟁 후 일제는 러시아에 대한 침략야망을 품고 시종 침략 기회를 노리고 있었다. 특히 1938년에는 장고봉(張鼓峰)사건을 일으키고 1939년에는 노르만사건(諾門罕事件)을 일으켜 그 북진(北進)계획을 공공연하게 시탐하였다. 아울러 하얼빈의 무국적 러시아인들의 특수한 지위를 이용하여 갖은 수단으로 반소반공(反蘇反共)활동을 감행하였다. 그중 러시아인들의 사상 문화를 통제하기 위한 술책으로 러시아인들의 반일 진보문학을 탄압하고 친일 반소 문학을 부축하여 주었다. 이런 와중에 러시아인 문학의 생존공간이 확보되고 상기한 양상을 보여주는 문단이 형성되었다.

요컨대 만주 러시아인 문학은 대체로 반소 친일 협력문학이 주요 양상으로 되었다고 하겠다.

—2006년 11월

부록

「부억녀」와 「재만선계문학」 원문 보기

「부억녀」는 『新滿洲』 1941년 11월호에,
「재만선계문학」은 『新滿洲』 1942년 6월호에 게재됨.

「부억녀」삽화

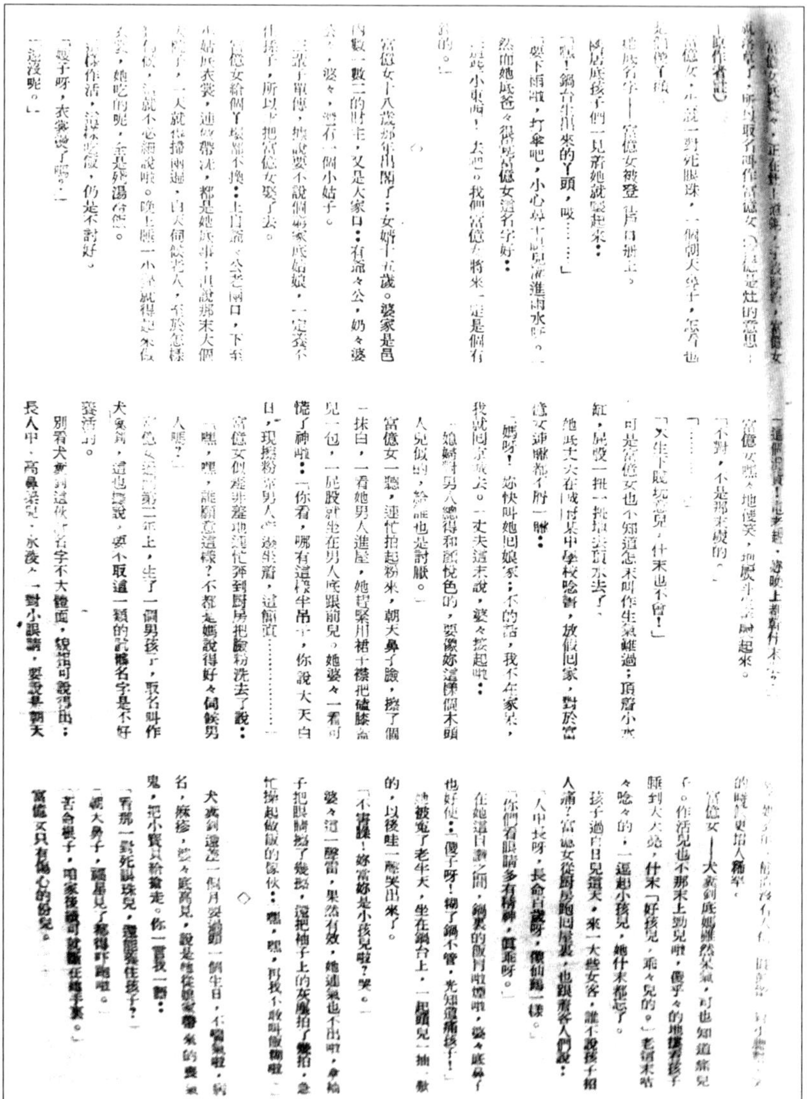

富億女底媽媽，正在炕上燒飯，富億女……

一通個跟頭！電老趟，連晚上都赤著什麼……

富億女瞧瞧地傻笑，把屁股扭起來。

「不對，不是那末破的。」

「……」

「人生下賤坯睡覺，什末也不會！」

可是富億女也不知道怎末叫作生氣難過；頂瘩小末缸，屁發一挑一挑把頭水法了。

她底丈夫在城裡某中學校唸書，放假回家，對於富億女連瞟都不附一瞟：

「媽呀！妳快叫她回娘家；不的話，我不在家呢，我就回京旅去。」一丈夫這末說，婆婆挖起來吧……

富億女十八歲都年出閣了：女婿十五歲。婆家是邑內數一數二的財主，又是大家口：有流々公々、婆々，還有一個小姑子。

然而她底爸々很喜歡富億女這名字好：

「一跪，小東西！去吧。我們富億女，將來一定是個有富的。」

富億女給個丫壞都不換：上自箱々公婆、小姑底衣裳，連做帶洗，都是她底事；什麼大院子，一人就得掃兩遍，白天伺餃老々々々……她吃的呢，盡是死湯冷飯。

「嬰子呀，衣裳送了嗎？」

「還沒呢。」

富億女一聽，連忙拍起粉來，朝天鼻子臉，擦了個一抹白，一看她男人進屋，她趕緊用裙十襟把磕膝盍兒一包，一屁股就坐在別人呇跟前兒。她婆々一看可慌了神啦！「你看，哪有這樣半吊子，你說大天白日，現擦粉弄男人，邊坐着，過個武……」

富億女似乎擺非礱地連忙弈到廚房把臉粉洗去了說：

「嘿，嘿，龍願意這樣？不都是媽說得好々伺餃男人嗎？」

富億女過門第二年上，生了一個男孩了，取名叫作犬來剑這么一個月要滿，一個鬼，麻疹，疹々眼見，說是龍窩家的要名，把小寶貝轎繪走。你一買我一賣，富億女又只有傷心的份兒。

（117）富億女

「부엌녀」 원문

她到河邊去洗衣裳，要看見一塊像樣的石頭，衣裳
叫河水漂去。她也不管；把那塊石頭，搬到孩子坟
上，放聲哭夠啦，才囘來。

正在做飯呢，一隻手拿著碗，一隻手拿著刷帚，也
自像木頭人似的，老站在那兒出神。

把她自己底衣服，改裁成孩子底小衣裳。

「我底犬藝到喪活着，遺件衣裳可能合過。」

「我孩子在陰世三囘，誰給我孩子做件衣裳？你就
學這個吧。」

說着說着，到院子裡，把小衣裳棼化啦；婆婆可就
沒有說的啦。

「那全是鬼八卦的勾當。」

她說……

「我孩兒還沒等記事兒就死啦，可憐見兒的。」

她又說……

「咋晚我夢見犬藝釗，連一件小衫都沒穿，冷得只
哭，我還貼牙抱了來着。」

說着說着，她又抽泣起來。

　　◇

她底學生男人，心並不在世上，又囘到家來。

「我不願意見她，快叫她囘娘家吧，不那末婚，我
共死。」

一個渴着，就是小弟弟兒子，媽未懷義的，唁
中用心不用心，自然是小弟一樣，你說他要死，這
何處此不得；老人們還放說什末嗎？

「他媽！我不是咕告訴妳啦嗎？混蛋！」

她男人一面罵著，端起來「飯亡」對她打過去，她面
不改色地把撒的飯和碗片子一類的東西，牧拾乾淨。

「妳先囘娘家吧，他越煩妳，妳越在他眼前轉溜，
他不是越上火兒嗎？妳先囘娘家，他過些日子就自
好的；年青人底脾氣，都是一陣子。」

富億女把隨身的物件，包了一個包頂着囘到娘家。

「姑娘到了婆家，活齊是婆家底人，死了是婆家
底鬼；遭許把包頂着囘來？快給我再囘去！」還是
一道嚴命。

她底包袱還沒從頭上拿下來，只得轉身囘婆家。

「叫妳囘娘家，妳就悄悄地囘去得啦，妳怎囘來囘
去地，簡直太不是物。」

她實在沒有地方可去，只得在婆家大門外呆着。

　　◇

怀的感情，在她底腦中搖蕩起來，她覺得在婚眠先夫
身上，得到這樣的滋味。——花燭之夜也沒有過
那個男的為什末扔這塊石頭呢？結思付着，臉
可倒紅了起來。

　　◇

從那以後，富億女跟長松之間，先成了一種秘密。

　　◇

屯子裏得到了這項消息，喧揚的聲

「這太不要臉啦。」

「妳婆家睁着眼找妳底麻煩，妳還不知道嗎？」

「古人云：忠臣不事二主，烈女不事二夫。」

「關我啥的？」

「……」

「這些日子怎麼見不着你啦。」

　　◇

「那怪長松，他先扔石頭。」

她又說「我說不好，長松說不要緊。」

以後只得囘到娘家，大概是三個月以後的事吧，正
是春天，屯子頭兒上底井旁邊，乖揚拖着胃絲，這青
絲輕輕地撫摸着每個來頂水的婦女底臉；始頓喇手點
地，仰望兒着天空，那一帶地方，佈滿了春家。富億
女想孩子，以及許多零亂的情緒，駛授着她底胸懷；
頂着水缸，拖着無力的腳步往前正走的富兒，只聽巴
一聲缸也打了，水也撒了，頭上腳下，全還光了。

她撲頭一面遇過一無，看見鄰居富長工的長松正站

長松。

一個晚上，就在前夫扔石頭打缸的現場

「開戰啦怎的？」

他給囘來一個報包着新地說……「我自天上春
他沒再用手扔，她彎盆上輕輕拍了一下。
在十塊上頭，還拉着扔石頭的架子，看見富億女看他
啦，他倒笑起女人，羞皮笑臉跑說……

「唔兒兒對小子，件人家缸上打石頭，管該天打去
一聲兒，當他丈婦然失聲叫了一聲，可是有一股子的
房樹，家院子那麼度的風氣，是一双一接

「부엌녀」 원문

「梳寶印?」她從不曾有過這樣的憂矣‥把鞋接過來，反過來看，掉過去看，還用手捏々石，然後，把兩隻手擺齊放在地上，兩隻腳互相刑腳有摸過了鞋等，才把鞋穿上。脚太鞋小，好容易才塞下去，鞋撐的像個狗皮鼓似的。

「是不小?」他說。

「是不小?」她說。

「我作工頂下飯。」

富億女有生以來，人家賞賜東西，這質是頭一遭。她作著，把鈔包掏出來；錢包是布做的，折了三叠，揭用小細繩子多少道，好容易才打開，把手伸到究前，摸出一捲紙幣，紙幣擺底的簡直都像爛紙一樣了：數，二十五圓整的，外有合的三毛八。

又把手伸到鈔包底大裏頭，掏出來一封信‥

「我咸叔伯得々在滿洲，這封信是上次給我來的，他只叫我去，妳有怎樣?」

富億女也不知聲。

「妳別說話呀。」

長松一個勁兒催她回答：富億女低頭看自己的鞋，有了一陣子，很快地把鞋脫下來，抱起小水缸，撒腿就跑了，對蘆葦弈下去了，一面說‥

「嚜々，家裏人說，不讓和你在一塊。」

◇

「你是不貞之女、有沽門楣，其罪實不可恕啦。」

「從今天起，你已經不是這家底人啦，妳長住娘家去吧。」

她聽到了「不是這家底人，長住娘家」一類的話，她當場就坐下去放聲號啕了。老人們補充一句是‥

「可惡之極。」

老人們退場了，她仍然哭在那裏，嘴裏還咕々唸々地說‥「都是長松不好，他先扨的不頭。」

◇

回到娘家的电子要去，屯子裏底牧童們，成群紅結黟地跟在她底背後，亂吵亂叫；她耐不住，回頭問他們‥「幹什末?」

牧童們並不害怕‥「嗅!富億女上火兒啦。」

「妳有話在妳公々面前說呀，不就不把你赶回來啦嗎?。」

「這些野孩子!」她撿起一塊石頭打他們，他們都很靈敏地躲過石頭，說‥

「呵!這石頭不是打缸的嗎? 還阿打人嗎?」

富億女氣的哭起來。

牧童們又叫起來‥

「妳想長松呀?他叫妳跟他跑，妳不幹，還呢。」

◇

回到娘家住一年多吧，她病了，什末病雖然不大清楚，病三天，說糊話，發熱，死去了。

當然也等着病好，不曾請過醫生。

臨死的時候，起先招呼媽々，然後把眼睛睜閉，叫犬窶釗，又叫長松，嘴向天張着，鼻翅兒淚乎幾下，流了些眼淚，斷了氣。（綠漢譯）

揭，她被叫到這些人們底面前。崽家那面親威——老年人們，岸然危然地坐成一捐。

問間的正話是「有夫之婦，又有了男子，犯了七出條之一。」

在婆家那方面開了離婚間過了。

作者略歷

安壽吉氏生於朝鮮之咸南，現居於間島之龍井，年三十歲，於早大高師英文部中退。康德三年在龍井發刊同人誌「北鄉」，約從事記者生活五年間，只今仍爲滿鮮日報之記者，中篇作品有「黎明前」及其他短篇創作多篇。

「부엌녀」 원문

在滿日鮮系文學介紹特輯

在滿鮮系文學

高在騏

滿洲是否有鮮系文學存在，這一點或者會成其他各民族的一個疑問，致成疑問的原因，當不外沒有人肯去介紹。往昔高勾麗，曾在這塊土上建過國，至今猶有一些藝術文化的遺跡，任憑考古的史家們發掘考證。距現在七十年前，我們移住的同胞，已不下百五十萬，他們創造文化來獲得生活，曾傾注過他們全副的力量。但實際說起來，我們的祖先，是個吟風詠月尚文輕武的種族，這無論是新羅文化，無論是李朝文化，全含有這種成分的。在對朝鮮文化有相當理解的讀者，受了前述歷史的影響，或者要毫不躊躇的引證出在滿洲鮮系文學的存在；不過，抱歉得很，那是不中肯的。

在日系，有所謂滿洲文學，如此看來，關於鮮系文學，也可以做若干的記述。如以滿洲地理的政治的諸特殊性中育成之某種特殊理念的具體化為前提時，或者尚有相當距離，如與日系之滿洲文學相比，倒還可以有所云々；當然它比日系的滿洲文學出發較晚，所以它是屬於將來的，對於它的展望，我們是超出悲觀與樂觀，只是隨着要求向前進展，這非論理的推案，也可說是一個遺憾。

本稿所謂滿洲鮮系文學，是指住在滿洲的鮮系作家用鮮語寫的文字，餘者除外，此種見解是否正確，固有議論的餘地；但我却以為滿洲鮮系文學的運命，亦卽是在滿的朝鮮語的運命，故對於母土朝鮮的言語問題的推移，不能不考慮的。在這個國家的言語問題，是規定滿洲文學概念最重要的一個要素，因非本稿題內事，姑不贅論。

前文曾提及創造文化來獲得生活，現在再把它詳細重復一下。按渡滿的鮮民，初期自由移民，其次是政治亡命者，再其次便是建國後的大量的開拓民，他們奔忙於衣食，尚感不足，當然無暇去修禮樂。朝鮮的新文學史，雖有三十年的過去，而流浪在這塊土上的鮮人，距離文化生活，似尚遼遠，所說在滿的鮮系文學，只是從六七年以前才漸萌動，但也不是在滿受教育的鮮人，而是新渡來的一些文學人們所促成的動機，起初頗不振，最近二三年來，漸々認識了鮮系文學的當然性，多以眞摯的態度從事寫作。

康德二年十月由住間島一些文學人，出過一個叫「北鄉」的同人雜誌，雖是一個不滿三十頁的小刊物，還可代表出文學機運的成熟，出到三號便告終了，至於雜誌的族幟和一般的傾向，倒沒有什麼可以指摘的，只是僑滿鮮系，大部分是農民，所以有農民文學的彩色，又該誌中千青松的「農民文學以前」和魯迅的「故鄉」譯文，頗引人注意；但並沒有明顯的目標，就是一些熱情的文學人們，向文學一種熱烈的憧憬，一方是出發於人本主義的憤慨，兹引用創刊辭如次：

「……我等公布文學之力於天下，宣言奮鬥，執着比武力還偉大之筆的人們呀，君等之胸，會湧出清新之乳……我等將向彷徨於荒野而不得吸文化之乳的白衣大衆絕叫，快々醒來，快々由幻想，錯覺醒來，集聚

「재만선계문학」원문

在明朗的旗幟之下，快從彷徨踏路覺醒，走向堂々的陣營……」

該誌對於滿洲鮮系文學，不啻是一個溫床。當時文筆人們的發表機關。此外有間島日報和滿鮮日報前身的滿蒙日報，後來北鄉廢刊，間島日報與滿蒙日報合併，只有「滿鮮日報」與「在滿鮮人通信」（去年五月廢刊）還肯提供一點地盤給文筆人用，缺少發表機關，這確是鮮系文學的，一大障碍，一大苦悶。實際說來，滿洲的鮮系文學，尚未脫離搖籃時期，所謂文壇，也不是完全形成的東西，最近二三年來的創作界，登場作家約三十名之譜，作品已達相當多數，比之在鮮的作家四十，作品家，在滿鮮系文學，差堪自慰。這裡所說的作家，非如日系作家，每人一年間亦不過寫短篇一兩篇或四五篇而已。

同時差不多都是在朝鮮文壇相當知名之士，比如朴榮濬，玄卿駿，全鎭壽，安壽吉等，全可說是現役的中堅作家了。他們的作品，多是取材於滿洲，內容新穎，很得好評，近年來作品的活動，逐漸減退，作品的技巧，却大見進步。去年雖有幾個新人的活動，但作品方面，僅能保持從來的水準，沒有甚麼值得大筆特書的。

此等作家的一般傾向，可說是「寫實主義」，與在鮮作家，步調相同，只是不能產生明朗的建設的作品，確是一件憾事。

朝鮮文壇的耆宿，功勞可比之中國魯迅的廉想涉氏，早已折筆停寫，過去的中堅作家金永人氏，邇來也沉默起來，雖然兩氏全尚健在。

其次是詩壇，如麗水，朴八陽，白石，柳致環，全朝奎等，全都是出過詩集的中堅詩人，不過現在似乎都不常寫了，間島圖們的同人誌「詩現實」如李琇馨等，曾大發表過屬於超現實主義的詩文，今已氣息奄々。

滿洲寫詩的雖然不少却很少詩的評論，只是一種原始的熱情流露。

鮮內作家，以滿洲爲題材的主要作品，有李箕永的「大地之子」李泰俊的「農軍」尹白南的「事變前後」等々。此地的文學人，和其他各圖的文學人同樣，也是在奔的時勢之流中，無舵船一般的不知所之，一些新人，雖有熱情，但缺文學的教養，對滿洲的現實，更不能深思熟考，他們生活的浮動性，使他們懷疑了文學，漸々轉向生活的途上，因爲現在的文學路上，要比過去，還要艱難困苦的多呢。

襄者弘報處發表「藝文指導要綱」這對於其他各系的作家，當有很大的幫助；在鮮系作家，勿用說稿費，即唯一發表機關的滿鮮日報，還一再減少文藝的篇幅。

應在滿洲開花結實協力複合文化的鮮系藝文，今後須走如何途徑，雖是藝文人自身的問題，但文化自體，是與政治有着魚水的關係，一切也只好依存於政治了。

（筆者·朝鮮每日新聞社新京特派員·在滿鮮系評論家）

〈93〉　學文的系鮮滿在

「재만선계문학」 원문

▌참고문헌

■ 만주 文學場에서의 변두리문학의 二重性 연구

박영준, 김창걸 등 저, 『20세기중국조선족문학사료전집(제5집)』, 연변인민출판사, 2001
　　　　년 4월.

연변대학 조선언어문학연구소 편, 『중국조선민족문학대계(9) 소설집(현경준)』, 흑룡
　　　　강조선민족출판사, 2002년 2월.

오양호 著, 『日帝强占期滿洲朝鮮人文學硏究』, 文藝出版社, 1996년 1월.

오양호 著, 『韓國文學과 間島』, 文藝出版社, 1995년 7월.

月刊 『藝文志』, 新京 藝文書房, 제1권 1~4호, 6~12호(1943년 11월~1944년 10월).

李春燕 編, 『古丁作品選』, 春風文藝出版社, 1995년 6월.

■ 이마무라 에이지 연구

新京日日新聞社, 『新京日日新聞』, 1935년~1945년 1월.

新天地社, 『新天地』, 1936년~1943년.

滿洲行政社, 『滿洲行政』, 1936년~1940년.

『宣撫月報』, 1936년~1944년.

滿洲文化會 編, 『滿洲文藝年監』(소화 14년판), 1939년 11월.

大雄隆雄, 『滿洲文學二十年』, 國民畵報社, 1944년 10월.

滿洲文藝年監編纂委員會 編, 『滿洲文藝年監』(康德9년판), 1943년 11월.

大村益夫, 布袋敏博 編, 『舊滿洲文學關係資料集』(2), 2001년 3월.

岡田英樹 著, 『僞滿洲國文學』, 吉林大學出版社, 1992년 9월.

■ 만주 후기 문학장과 「북향보」

연변대학 조선언어문학연구소 편, 『중국조선민족문학대계(10) 소설집(안수길)』, 흑
　　　　룡강조선민족출판사, 2001년 11월.

오양호 저, 『한국문학과 간도』, 문예출판사, 1995년 7월.
김윤식 저, 『안수길 연구』, 정음사, 1986년.
月刊 『藝文志』, 新京 藝文書房, 제1권 1~4호, 6~12호(1943년 11월~1944년 10월).
吉林編寫組 譯, 「滿洲國史」(分論) 上, 東北淪陷14年史, 1990년 12월.
『王精衛漢奸政權的興亡』, 復旦大學出版社, 1987年 7月.

■「부엌녀」의 중국어 번역문 소고

연변대학 조선언어문학연구소 편, 『중국조선민족문학대계(10) 소설집(안수길)』, 흑
        룡강조선민족출판사, 2001년 11월.
김윤식 저, 『안수길 연구』, 정음사, 1986년.
『新滿洲』(월간), 滿洲圖書株式會社(新京), 1939년 1월~1945년 4월.

■『조선단편소설선』 소고

王赫 編, 『朝鮮短篇小說選』, 新京新時代社, 1941년 7월 20일.
『盛京時報』, 1941年 1月~12月.
『大東報』, 1941年 1月~12月.
조동일, 『한국문학통사』(5), 지식산업사, 1994년 1월.

■ 고재기의 「재만조선인 문학」에 대하여

『新滿洲』(월간), 滿洲圖書株式會社(新京), 1939년 1월~1945년 4월.
『北響』 제2~4호, 『일송정』(2~4), 연변교육출판사, 2001년 5월, 2001년 10월, 2002년
        4월.
연변대학 조선언어문학연구소 편, 『중국조선민족문학대계(10) 소설집(안수길)』, 흑
        룡강조선민족출판사, 2001년 11월.

■ 중국에서의 만주 문학 연구 양상

료녕성 사회과학원 문학연구소, 흑룡강 사회과학원 문학연구소 편찬, 『東北現代文
        學史料』(비공식 간행물), 제1~9집, 1980년 3월~1984년 6월.
료녕성 사회과학원 문학연구소, 흑룡강 사회과학원 문학연구소 편찬, 『東北文學研
        究叢刊』(비공식 간행물), 1984년 8월~1986년 8월.
료녕성 사회과학원 문학연구소, 흑룡강 사회과학원 문학연구소 편찬, 『東北文學研
        究史料』(비공식 간행물), 1986년 9월.

張毓茂 主編, 『東北現代文學大系』 제1권(평론권), 沈陽出版社, 1996년 12월.

『東北現代文學史』編寫組, 『東北現代文學史』, 沈陽出版社, 1989년 12월.

李春燕 編, 『東北淪陷時期作家古丁作品選』, 春風文藝出版社, 1995년 6월.

徐迺翔 黃萬華 著, 『中國抗戰時期淪陷區文學史』, 福建敎育出版社, 1995년 7월.

■ 만주 중국인 문학의 제 양상

『明明』(月刊), 滿洲社, 1937년~1938년.

『藝文志』(月刊), 藝文書房, 1943년 1월~1944년 1월.

『滿洲國史』(분론)상, 東北淪陷14年史吉林編寫組譯, 1990년 12월.

秋螢 著, 『小工車』, 文選刊行會, 1941년.

山丁 著, 『山風』, 新京益智書店, 1940년.

吳瑛 著, 『兩極』, 新京文叢刊行會, 1940년.

關沫南 著, 『蹉跎』, 哈而濱精益印書局, 1938년.

百靈 著, 『未明集』, 詩歌叢刊刊行會, 1939년.

成弦 著, 『靑色詩抄』, 詩歌叢刊刊行會, 1939년.

月刊 『藝文志』, 新京 藝文書房, 제1권 1~4호, 6~12호(1943년 11월~1944년 10월).

李春燕 編, 『古丁作品選』, 春風文藝出版社, 1995년 6월.

『東北現代文學史』 編寫組, 『東北現代文學史』, 沈陽出版社, 1989년 12월.

徐迺翔 黃萬華 著, 『中國抗戰時期淪陷區文學史』, 福建敎育出版社, 1995년 7월.

■ 만주 중국인 한간문학의 내적 논리

『藝文志』(月刊), 藝文書房, 1943년 1월~1944년 1월

『王精衛漢奸政權的興亡』, 復旦大學出版社, 1987年 7月.

史桂芳 著, 『"同文同種"的騙局』, 社會科學文獻出版社, 2002年 12月.

徐迺翔 黃萬華 著, 『中國抗戰時期淪陷區文學史』, 福建敎育出版社, 1995년 7월.

김재용, 『협력과 저항』, 소명출판사, 2004년 7월.

■ 월간 『예문지』 연구

月刊 『藝文志』(新京 : 藝文書房, 1943년 11월~1944년 10월), 제1권 1~4호, 6~12호.

季刊 『藝文志』(新京 : 藝文書房, 1939년 10월~1940년 6월), 2~3호.

『明明』(新京 : 月刊滿洲社, 1937년 3월~1938년 8월), 제1권 1~6호, 제3권 1~6호.

錢理群 主編 『中國淪陷區文學大系－史料卷』(南寧 : 廣西敎育出版社, 2000년 4월).

張毓茂 主編 『東北現代文學大系－제14권(資料索引卷)』(沈陽：沈陽出版社, 1996년 12월).

■ 만주 러시아인 문학에 대하여

石方 劉爽 高凌 著, 『哈爾濱俄僑史』, 黑龍江人民出版社, 2003年 1月.

[俄羅斯] 弗・阿格諾索夫 著 劉文飛 陳方 譯 『俄羅斯僑民文學史』, 人民文學出版社, 2004
　　　年 12月.

『俄語語言文學硏究』(文學卷)第二輯, 人民文學出版社, 2003年 9月.

凌建侯, 『哈爾濱俄僑文學初探』, 『國外文學』, 2002年 2期.

穆馨, 『俄羅斯僑民文學在哈爾濱』, 『黑龍江社會科學』, 2004年 4期.

李延齡, 『論哈爾濱俄羅斯僑民詩歌』, 『俄羅斯文藝』, 1998年 2期.

周艾民 著, 『東方馬基諾防線大揭秘』, 中央編譯出版社, 2004年 8月.

저자 **김 장 선**

1963년 중국 길림성 화룡서에서 출생

연변대학 조선어문학부 및 대학원 졸업, 문학박사

천진사범대학교 한국문화연구센터 센터장

천진사범대학교 외국어학원 한국어학과 학과장, 교수

저서 『僞滿洲國時期 조선인 문학과 중국인 문학의 비교 연구』(도서출판 역락, 2004년 8월), 『中國飜譯文學史』(공저, 北京大學出版社, 2005년 7월) 등이 있음.

만주문학 연구

초판 인쇄 2009년 4월 23일
초판 발행 2009년 4월 30일

저 자 김장선
펴낸이 이대현
편 집 권분옥·이소희·추다영·한호정

펴낸곳 도서출판 역락
주소 서울 서초구 반포4동 577-25 문창빌딩 2층
전화 02-3409-2058, 2060
팩스 02-3409-2059
등록 1999년 4월 19일 제303-2002-000014호
이메일 youkrack@hanmail.net

값 12,000원
ISBN 978-89-5556-666-6 93800

* 파본은 교환해 드립니다.